L'ÂGE DES MIRACLES

Karen Thompson Walker

L'ÂGE DES MIRACLES

Roman

Traduit de l'anglais (Etats-Unis)
par Alice Delarbre

PRESSES
DE LA CITÉ

Titre original · *The Age of Miracles*

© 2012 by Karen Thompson Walker
All rights reserved.
Published in the United States by Random House,
an imprint of The Random House Publishing Group,
a division of Random House, Inc., New York.

© Presses de la Cité, 2012 pour la traduction française

ISBN 978-2-258-09281-5

Presses
de   un département **place des éditeurs**
la Cité

place
des
éditeurs

A mes parents et à Casey

« Voici que dans les dernières minutes, à la toute
[fin du monde,
tandis que l'un serre une vis plus fragile
[qu'un cil,
une autre, aux poignets fins,
[arrange des fleurs... »

James Richardson, *Another End of the World*[1]

---

1. Soit : « Une autre fin du monde ». Poème publié dans le recueil
Interglacial : New and Selected Poems and Aphorisms, paru chez Ausable
Press en septembre 2004. *(Toutes les notes sont de la traductrice.)*

1

On ne l'a pas remarqué tout de suite. On ne pouvait pas le sentir.

Au début, ce temps supplémentaire qui faisait une boursouflure à la frontière de chaque journée est passé inaperçu, telle une tumeur grossissant imperceptiblement sous la peau.

A l'époque, on était trop préoccupés par la météo et la guerre pour s'intéresser à la révolution de la Terre. Des bombes explosaient continuellement dans les rues de pays lointains. Des ouragans allaient et venaient. L'été se terminait ; une nouvelle année scolaire commençait. Les horloges égrenaient, selon leur habitude, les secondes qui devenaient des minutes. Les minutes, des heures. Et rien ne suggérait que ces heures ne formaient plus des jours identiques, d'une durée équivalente et connue de tout être humain.

Bien sûr, plus tard, il y en aurait pour prétendre qu'ils avaient appréhendé la catastrophe avant tout le monde : les travailleurs de nuit, les manutentionnaires, les chargeurs de bateaux, les conducteurs de poids lourds, mais aussi ceux frappés par les fléaux de l'insomnie, de l'angoisse ou de la maladie, et accoutumés à veiller jusqu'au petit jour, les yeux injectés de sang. Certains avaient noté une persistance suspecte de l'obscurité les matins précédant l'annonce, néanmoins chacun dans sa solitude avait cru à un tour que lui jouait son esprit déboussolé.

Le 6 octobre, les experts firent une déclaration publique. Ce jour-là est, naturellement, gravé dans nos mémoires. Il y avait eu un changement, annoncèrent-ils, un ralentissement – le terme est d'ailleurs resté : *ralentissement.*

— Nous n'avons aucun moyen de savoir si cette tendance se confirmera, expliqua un barbu timide lors d'une conférence de presse organisée à la hâte, devenue depuis tristement célèbre.

Il se racla la gorge, aveuglé par le crépitement des flashs. Puis il prononça la phrase, rediffusée si souvent par la suite que ses inflexions particulières – variations de volume, pauses, léger accent du Midwest – resteraient à tout jamais associées à la nouvelle elle-même.

— Nous avons cependant des raisons de croire que ce changement se poursuivra.

Nos journées s'étaient allongées de cinquante-six minutes durant la nuit.

Au début, certains se sont postés à l'angle des rues pour annoncer, à grand renfort de cris, la fin du monde. Des psychologues sont venus nous parler au collège. Je me souviens d'avoir observé notre voisin, M. Valencia, remplissant son garage de boîtes de conserve et de bouteilles d'eau comme s'il se préparait, c'est ce qui m'apparaît avec le recul, à un cataclysme bien moins important que celui que nous allions connaître.

Les épiceries ont été dévalisées, les rayons plumés tels des poulets.

Rapidement, des embouteillages ont bloqué les autoroutes. En apprenant la nouvelle, beaucoup avaient décidé de déménager. Des familles entières ont quitté leur Etat, entassées dans des mono-spaces. Les gens s'égaillaient dans toutes les directions comme des petits animaux surpris par la lumière.

Seulement, bien sûr, il n'y avait aucun endroit sur Terre où aller.

2

La nouvelle est tombée un samedi.

Dans ma famille, en tout cas, personne n'avait remarqué le changement. Nous dormions encore lorsque le soleil s'est levé, ce matin-là, et nous n'aurions donc pas pu nous rendre compte qu'il le faisait à une heure inhabituelle. Je conserve un souvenir très net de ces quelques heures précédant la découverte du ralentissement – même après toutes ces années –, comme si elles avaient été mises sous cloche.

Ma copine Hanna avait passé la nuit chez nous, et nous avions, comme une centaine de fois déjà, installé nos sacs de couchage côte à côte dans le salon. Notre réveil fut bercé par le ronronnement des tondeuses, les aboiements des chiens et le couinement du trampoline des jumeaux d'à côté. Moins d'une heure plus tard, nous serions prêtes pour le foot : nous aurions enfilé nos maillots bleus, attaché nos cheveux en queue-de-cheval, mis de la crème solaire, et nos crampons claqueraient sur le carrelage de la cuisine.

— J'ai fait un rêve super-bizarre cette nuit, lança Hanna.

Elle était allongée sur le ventre, en appui sur un coude, ses longs cheveux blonds, emmêlés, repoussés derrière ses oreilles. Sa maigreur lui conférait une forme de beauté que je lui enviais.

— Tu fais toujours des rêves bizarres.

Après avoir descendu la fermeture éclair de son sac de couchage, elle s'assit, les genoux contre la poitrine. Les nombreuses breloques de son bracelet cliquetaient autour de son poignet fin. Parmi celles-ci se trouvait la moitié d'un petit cœur en cuivre ; l'autre m'appartenait.

— Dans mon rêve, j'étais chez moi, mais ce n'était pas vraiment chez moi. J'étais avec ma mère, mais ce n'était pas vraiment ma mère. Pareil pour mes sœurs.

— Je ne me rappelle presque jamais mes rêves, rétorquai-je avant de me lever pour faire sortir les chats, enfermés dans le garage.

Mes parents occupaient leur matinée selon leur habitude – je ne leur en connaissais pas d'autres. Ils lisaient le journal dans la salle à manger. Je garde d'eux une image très précise, assis à la table, ma mère dans son peignoir vert, les cheveux humides, parcourant rapidement les colonnes, tandis que mon père, déjà habillé, lisait dans l'ordre, page après page, les articles qui se reflétaient tour à tour dans les verres épais de ses lunettes.

Il conserverait longtemps ce quotidien, tel un héritage précieux, rangé bien à plat à côté de celui datant du jour de ma naissance. Les pages de ce journal, imprimé avant l'annonce de la nouvelle, mentionnaient une hausse des prix de l'immobilier en ville, l'érosion régulière de plusieurs plages de la région et le projet de construction d'un pont autoroutier. Cette semaine-là, un surfeur du coin avait été attaqué par un grand requin blanc ; une patrouille frontalière avait découvert un tunnel de près de cinq kilomètres de long, creusé à deux mètres sous terre entre le Mexique et les Etats-Unis et servant au trafic de drogue ; le corps d'une fillette, disparue depuis longtemps, avait été retrouvé sous un tas de rochers dans l'immense étendue désertique à l'est. Les horaires du lever et du coucher du soleil apparaissaient dans un tableau en dernière page, prévisions qui, naturellement, ne se révéleraient pas fiables.

Une demi-heure avant que nous n'apprenions la nouvelle, ma mère sortit acheter des bagels.

Je crois que nos deux siamois sentirent le changement avant nous. Issus de portées différentes, ils n'auraient pas pu être plus dissemblables. Douce et câline, Chloe aimait somnoler. Au contraire, Tony, vieille créature nerveuse, souffrant même peut-être de troubles mentaux, arrachait par touffes son propre pelage et les abandonnait dans toute la maison, petits chardons s'accrochant aux fibres de la moquette.

Tandis que je versais des croquettes dans leurs bols, ils pivotèrent brusquement les oreilles vers la porte d'entrée. Peut-être avaient-ils perçu, d'une façon ou d'une autre, un changement dans l'atmosphère. Ils reconnaissaient infailliblement la Volvo de ma mère. Pourtant, plus tard j'en viendrais à me demander s'ils avaient également noté la vitesse exceptionnelle avec laquelle elle s'était engagée dans l'allée menant au garage ou le déclic sec du frein à main.

Bien vite, je pus à mon tour percevoir la tension extrême de ma mère au martèlement de ses pieds sur les marches du perron, au cliquetis impatient de ses clés contre la porte d'entrée : elle avait entendu les premiers bulletins d'information, désormais célèbres, entre le magasin de bagels et chez nous.

16

— Allumez la télé tout de suite, dit-elle, hors d'haleine et trempée de sueur.

Elle avait oublié sa clé dans la serrure, et son trousseau y resterait accroché toute la journée.

— Une catastrophe terrible est en train de se produire.

Nous étions habitués aux excès de ma mère. Elle employait des grands mots. Elle dramatisait ou embellissait. « Catastrophe terrible » aurait pu désigner n'importe quoi, englober un millier de possibilités, pour la plupart anodines : jours de canicule ou encombrements, fuites d'eau ou files d'attente interminables. Même la fumée de cigarette, si elle venait à l'incommoder, pouvait s'apparenter à une « catastrophe absolument terrible ».

Notre réaction ne fut pas immédiate. Mon père, dans son tee-shirt jaune et usé des Padres [1], ne quitta pas la table de la salle à manger, une main autour de sa tasse de café, l'autre sur sa nuque, pendant qu'il terminait un article de la rubrique économie. De mon côté, je me jetai sur le sac contenant les bagels, appréciant le froissement du papier sous mes doigts. Même Hanna connaissait assez ma mère pour ne pas interrompre ce qu'elle faisait, en l'occurrence repêcher le pot de *cream cheese* au fond du réfrigérateur.

— Vous avez vu ça ? nous apostropha ma mère.

Aucun de nous ne regardait l'écran.

Plus jeune, ma mère avait été actrice pour des spots publicitaires, vantant essentiellement les mérites de soins capillaires et de produits ménagers, enterrés dans la pile de cassettes vidéo poussiéreuses

---

1. Équipe de base-ball de San Diego.

à côté du téléviseur. Les gens me répétaient combien elle avait été belle, ce qui se voyait encore à son teint de porcelaine et à ses pommettes hautes, même si elle avait pris du poids à la quarantaine. Elle enseignait au lycée désormais : une heure de théâtre, quatre d'histoire. Nous vivions à cent cinquante kilomètres de Hollywood.

Elle s'était approchée tout près du poste, sans se soucier de piétiner nos sacs de couchage. Quand je me remémore la scène aujourd'hui, je l'imagine la main devant la bouche, ainsi qu'elle manifestait toujours son inquiétude, alors qu'à l'époque j'étais obnubilée par l'idée que les semelles en caoutchouc gaufré de ses baskets écrasaient le duvet de Hanna, en coton rose à pois blancs, conçu, non pour les irrégularités d'un terrain de camping, mais pour la moquette moelleuse d'une maison chauffée.

— Vous m'avez entendue ? répéta ma mère, en faisant volte-face.

J'avais la bouche pleine. Une graine de sésame s'était coincée entre mes dents de devant.

— Joel ! hurla-t-elle à l'adresse de mon père. Je suis sérieuse. C'est effroyable !

Mon père finit par lever les yeux de son journal, non sans avoir posé l'index à l'endroit où il avait interrompu sa lecture. Comment aurions-nous pu soupçonner que la mécanique céleste avait enfin égalé la véhémence de la rhétorique maternelle ?

3

En tant que Californiens, nous étions accoutumés aux mouvements terrestres. Nous savions que le sol pouvait bouger et trembler. Il y avait toujours des piles à l'intérieur de nos lampes torches et des litres d'eau dans nos placards. Nous ne nous étonnions pas que des fissures apparaissent sur les trottoirs. Ou que les piscines débordent parfois, comme un bol d'eau qu'on secoue. Nous savions nous réfugier sous une table et nous protéger des éclats de verre. A chaque rentrée scolaire, nous apportions tous en classe un grand sac en plastique rempli de denrées non périssables, pour ne pas être pris au dépourvu par la secousse du siècle. Et pourtant, bien que californiens, nous n'étions pas davantage préparés à ce cataclysme que ceux qui avaient bâti leurs maisons sur des terrains plus solides.

Lorsque, ce matin-là, nous comprîmes enfin ce qui se passait, nous nous ruâmes, Hanna et moi, dehors, pour chercher des indices dans le ciel. Mais celui-ci restait muet – ordinaire, bleu et sans nuages. Le soleil brillait. Une brise familière montait de l'océan et l'air embaumait l'herbe coupée, le chèvrefeuille et le chlore. Les eucalyptus ondulaient au vent telles des anémones de mer, et le pichet de thé que ma mère avait laissé infuser au soleil était presque assez foncé pour être bu. Au loin, l'auto-route vrombissait encore. Et les lignes électriques bourdonnaient. Si nous avions lancé un ballon en l'air, nous n'aurions sans doute même pas remarqué que sa chute aurait été un peu plus rapide qu'avant, le contact avec le sol un peu plus brutal. J'avais onze ans, et je vivais dans une banlieue résidentielle. Ma meilleure amie était à côté de moi. Aucun élément ne semblait manquer à mon univers, ni même avoir été déplacé.

Dans la cuisine, ma mère passait déjà en revue nos réserves, ouvrant en grand les portes des placards et inspectant le contenu des tiroirs.

— Je veux juste savoir où se trouvent les produits de première nécessité, expliqua-t-elle. On ignore ce qui pourrait arriver.

— Je ferais mieux de rentrer à la maison, décréta Hanna, encore en pyjama violet, les bras serrés autour de sa taille frêle.

Elle ne s'était pas brossé les cheveux, alors qu'ils exigeaient une attention constante, n'ayant pas reçu un seul coup de ciseaux depuis ses sept ans. Pour une raison que j'ignorais, toutes les mormones de ma connaissance portaient les cheveux longs. Ceux de Hanna lui tombaient presque à la taille et leurs pointes s'enroulaient telles des flammes.

— Ma mère aussi doit paniquer, ajouta-t-elle.

Elle avait une multitude de sœurs, alors que j'étais fille unique ; les pièces me paraissaient toujours trop calmes sans elle. Je n'ai jamais aimé la voir partir.

Je l'aidai à rouler son sac de couchage, puis elle rassembla ses affaires dans son sac à dos.

Si j'avais su que nous resterions si longtemps sans nous voir, je lui aurais dit au revoir différemment. Je ne me serais pas contentée d'un simple geste de la main, avant que mon père ne la reconduise chez elle, à trois rues de là.

Il n'y avait aucune image à montrer à la télévision, ni immeubles en feu, ni ponts effondrés, ni bouts de ferraille tordue, ni terre brûlée, ni maisons emportées par un glissement de terrain. Aucun blessé. Aucun mort. Ce fut, au début, une tragédie invisible.

Et cela explique, il me semble, pourquoi j'éprouvai d'abord non de la peur mais de l'excitation. Un petit frisson, étincelle subite au cœur du quotidien, qui avait l'éclat de l'inattendu.

Ma mère, elle, était terrifiée.

— Comment est-ce possible ? voulait-elle savoir.

Elle ne cessait d'attacher et de détacher ses cheveux, d'une belle couleur châtain foncé, miracle de la teinture.

— Peut-être que c'était une météorite ? suggérai-je.

Nous avions étudié l'univers en cours de SVT, et j'avais appris par cœur l'ordre des planètes. Je connaissais le nom de toutes les choses qui flottaient dans l'espace. Il y avait des comètes, des trous noirs et des nuées de rochers géants.

— Ou une bombe atomique ?

— Ce n'est pas une bombe atomique, intervint mon père.

Je voyais les muscles de sa mâchoire se contracter pendant qu'il fixait l'écran. Il gardait les bras croisés et les pieds écartés, refusant de s'asseoir.

— Nous sommes, dans une certaine mesure, capables de nous adapter, expliquait le scientifique à l'antenne.

Un minuscule micro avait été fixé au col de sa chemise, et le présentateur lui soumettait les hypothèses les plus alarmistes.

— Toutefois, si la vitesse de rotation de la Terre continue à ralentir, poursuivait-il, et il s'agit d'une pure spéculation, je dirais que nous pouvons nous attendre à des changements météorologiques radicaux. Nous verrons des tremblements de terre et des tsunamis. Et nous pourrions assister à l'extinction de quantités d'espèces végétales et animales. Les océans risquent également de se déplacer vers les pôles.

Derrière nous, les stores bruissaient dans la brise et un hélicoptère bourdonnait à distance : nos moustiquaires n'arrêtaient pas le vrombissement de ses pales.

— Mais qu'est-ce qui a bien pu provoquer une chose pareille ? s'inquiéta ma mère.

— Helen, la raisonna mon père, je ne le sais pas plus que toi.

Nous avons tous oublié le match de foot, ce jour-là. Ma tenue est restée sagement pliée dans le tiroir. Et mes protège-tibias n'ont pas quitté le fond de ma penderie. J'ai appris, plus tard, que seule Michaela s'était présentée à la rencontre, en retard comme toujours, ses chaussures à crampons à la main, ses longues boucles rousses lui fouettant le visage tandis qu'elle gravissait, en chaussettes, la pente qui menait au terrain... pour découvrir qu'il n'y avait pas une seule fille en train de s'échauffer, pas un seul maillot bleu flottant au vent, pas une seule tresse battant en rythme, pas un seul parent ou entraîneur sur la pelouse. Pas une mère sirotant du thé glacé sous sa visière, pas un père arpentant, en tongs, la ligne de touche. Ni glacières, ni chaises longues, ni quartiers d'orange. Le parking du haut était entièrement vide. Seuls les filets, ondulant entre les poteaux, prouvaient que ce terrain avait déjà accueilli des matchs de football.

— Tu connais ma mère, me confierait-elle des jours plus tard à l'heure du déjeuner, affalée contre un mur pour imiter la pose langoureuse des filles de cinquième. Le temps que je redescende au parking du bas, elle était déjà repartie.

Sa mère était la plus jeune de toutes. Même les plus glamour du lot avaient déjà au moins trente-cinq ans à l'époque, et la mienne avait franchi le cap des quarante. Celle de Michaela n'avait que vingt-huit ans, même si sa fille le démentait. Elle avait toujours un homme différent au bras. Sa peau lisse et son corps ferme, sa poitrine haute et ses cuisses fines formaient un ensemble apparemment honteux, ce que nous ne percevions que confusément. Michaela était la seule élève du collège à vivre dans un appartement et dont l'état civil ne mentionnait pas de père.

La mère de Michaela dormait pendant l'annonce de la nouvelle.

— Tu n'as rien vu à la télévision ? demandai-je à ma copine.

— Tu oublies qu'on n'a pas le câble. En fait, je n'allume presque jamais la télé.

— Et l'autoradio ?

— Cassé.

Même en temps normal, Michaela avait constamment besoin d'un chauffeur. Le premier jour du ralentissement, alors que nous étions tous devant nos écrans de télévision, Michaela, bloquée au terrain de foot, s'acharna à faire marcher un vieux téléphone public hors service et depuis longtemps oublié par son fabricant – nous étions passés aux portables – jusqu'à ce que l'entraîneur finisse par se pointer pour annoncer aux éventuelles familles présentes que le match était annulé, ou du moins reporté. Il reconduisit Michaela chez elle.

Dès midi, ce premier jour, les chaînes se trouvèrent à court de nouvelles fraîches. Privées de scoops, elles continuèrent pourtant à exploiter le sujet, mâchant et remâchant les mêmes bribes d'information. Peu importait : nous étions fascinés.

J'ai passé la journée entière assise sur la moquette, à quelques centimètres du poste, avec mes parents. Je me souviens encore de ce que j'ai ressenti pendant ces heures étranges. C'était presque physique, cette soif de savoir tout ce qu'il y avait à savoir.

Régulièrement, ma mère faisait le tour de la maison pour vérifier les robinets, un par un, étudiant la couleur et la transparence de l'eau.

— Il n'y aura pas de problème du côté de l'eau, chérie, lui dit mon père. Il ne s'agit pas d'un tremblement de terre.

Il essuyait ses verres avec le bas de son tee-shirt, comme si nous souffrions, tout simplement, d'un problème de vision. Sans lunettes, il avait toujours l'air d'avoir des petits yeux de taupe.

— A t'entendre, il n'y a pas de drame, rétorqua-t-elle.

A cette époque, les différends de mes parents étaient encore mineurs.

Mon père tendit le bras pour examiner ses verres à la lumière avant de les remettre avec soin sur son nez.

— Dis-moi ce que tu veux que je fasse, Helen. Je le ferai.

Il était médecin. Il croyait aux problèmes et aux solutions, aux diagnostics et aux remèdes. L'inquiétude, à son sens, était une perte de temps.

— La panique gagne tout le monde, répondit ma mère. Qu'est-ce que tu fais de ceux qui s'occupent de l'approvisionnement en eau et des centrales électriques ? Tu penses à la nourriture aussi ? Et s'ils abandonnaient leurs postes ?

— On n'a pas le choix, il faut qu'on surmonte cette épreuve.

— Tu parles d'un plan ! Vraiment excellent, oui.

Elle se précipita dans la cuisine, frappant les carreaux de ses pieds nus. Je reconnus le grincement caractéristique du placard à alcools, le cliquetis des glaçons dans un verre.

Soudain saisie du besoin de dire quelque chose de rassurant, je ne pus retenir les mots qui montaient de ma gorge :

— Je parie que tout va s'arranger. Je suis sûre que ça va aller.

Déjà, les cinglés et les génies sortaient de leurs tanières pour s'exprimer dans des talk-shows, brandissant les articles scientifiques que les journaux sérieux avaient refusé de publier. Ces loups solitaires se targuaient d'avoir senti la catastrophe arriver.

Ma mère revint s'installer sur le canapé, son verre à la main. Au bas de l'écran de télévision, une question se détachait en grosses lettres rouges. *La fin est-elle proche ?*

— Oh, non ! s'exclama mon père. Ils ne vont pas nous infliger leur sensationnalisme. Que disent-ils sur les chaînes publiques ?

Personne ne prit la télécommande, laissant la question sans réponse. Soudain, mon père posa les yeux sur moi et dit à ma mère :

— Je ne suis pas sûre que Julia doive regarder ça. On sort faire des passes, ma puce ?

— Non, merci.

Je ne voulais surtout rien rater. J'avais tiré mon sweat-shirt sur mes genoux. Allongé à côté de moi sur le tapis, les pattes étirées, Tony avait la respiration sifflante. Il était si décharné qu'on distinguait chacune de ses vertèbres. Chloe s'était réfugiée sous le canapé.

— Viens, me pressa mon père, allons-y.

Il sortit mon ballon de foot du placard de l'entrée et le comprima entre ses mains.

— Il est un peu dégonflé.

Je le regardai manier la pompe avec autant de soin que s'il s'agissait d'un de ses instruments médicaux, insérer l'aiguille dans le trou avec une précision chirurgicale, puis actionner le piston comme si c'était un respirateur artificiel, attendant toujours que chaque bouffée d'air ait pénétré le ballon avant de lui en insuffler une nouvelle.

Je laçai mes chaussures à contrecœur.

Pendant un temps, nous fîmes des passes en silence. Le caquetage des journalistes me parvenait depuis la maison. Leurs voix se mêlaient au bruit sourd du pied contre le ballon.

Les jardins des voisins étaient déserts. Les balançoires, immobiles, semblaient les vestiges d'un temps passé. Le trampoline des jumeaux ne couinait plus. Je n'avais pas la tête à ce que je faisais ; je voulais rentrer.

— Celle-là etait jolie, commenta mon père. Bonne maîtrise de la trajectoire.

Sauf qu'il n'y connaissait pas grand-chose en football. Il se servait de la mauvaise partie du pied pour taper. Je frappai le coup suivant trop fort, et le ballon disparut dans le chèvrefeuille au coin du jardin, ce qui mit fin à l'entraînement.

— Tu ne t'inquiètes pas, hein ? me lança-t-il.

De grands oiseaux décrivaient des cercles dans le ciel. Nous n'avions pas l'habitude de voir au-dessus de nos pavillons de banlieue ces faucons, ces aigles et ces corbeaux, dont l'envergure puissante évoquait les paysages plus sauvages à l'est de chez nous. Ils plongeaient d'arbre en arbre, étouffant sous leurs appels le gazouillis de nos moineaux.

Je savais que les animaux sentaient souvent le danger avant les humains et que, dans les minutes voire les heures précédant un tsunami ou un incendie de forêt, ils prenaient la fuite. J'avais même entendu dire que des éléphants brisaient leurs chaînes et cherchaient un refuge en hauteur. Les serpents, eux, pouvaient parcourir des kilomètres.

— Tu crois que les oiseaux ont compris ? demandai-je.

Je sentais les muscles de ma nuque se crisper pendant que je les observais. Mon père examina leurs silhouettes, mais ne répondit rien. Un faucon se posa à la cime de notre pin, battit des ailes, puis s'envola vers l'ouest, en direction de la côte.

Ma mère nous appela à travers la porte moustiquaire :

— Les voilà qui disent que ça pourrait affecter la gravité.

— On te rejoint dans une minute, répondit mon père.

Il me serra l'épaule, puis pencha la tête en arrière comme un fermier guettant la pluie.

— Je veux que tu te rappelles combien l'homme est malin. Pense à tout ce qu'il a inventé. Le vaisseau spatial, l'ordinateur, le cœur artificiel. Il résout les problèmes, tu sais ? Il résout toujours les problèmes, même les plus gros. C'est la vérité.

Je le suivis dans la maison, par la porte-fenêtre de la cuisine. Il insista pour que nous essuyions nos pieds sur le paillasson avant d'entrer – à croire que ces petits rituels pouvaient garantir notre sécurité. J'eus pourtant l'impression, en lui emboîtant le pas, que, si le monde restait encore le même pour l'instant, le mien ne tarderait pas à s'effondrer.

Au cours des heures qui ont suivi, nous avons attendu en nous rongeant les sangs. Nous nous sommes perdus en conjectures et spéculations, nous nous sommes émerveillés. Nous avons découvert de nouveaux termes et de nouvelles théories dans la bouche des scientifiques et des personnalités politiques qui défilaient chez nous par l'intermédiaire de la télévision et d'Internet. Nous avons scruté la trajectoire du soleil dans le ciel comme jamais auparavant. Ma mère a bu du scotch ; mon père a fait les cent pas. J'ai tenté d'appeler Hanna mais personne ne décrochait. Le temps s'est écoulé différemment ce samedi-là. La matinée nous semblait dater d'hier. Lorsque nous nous sommes installés pour voir le soleil disparaître derrière les collines à l'ouest, j'avais l'impression que plusieurs journées avaient passé, que celle-ci n'avait pas seulement enflé d'une toute petite heure.

En fin d'après-midi, mon père monta se changer dans sa chambre ; il réapparut en chemise et chaussettes noires, ses chaussures de ville à la main.

— Tu vas quelque part ? lui demanda ma mère.

— Je prends mon tour de garde à 18 heures, tu te rappelles ?

Mon père, obstétricien, était spécialisé dans les accouchements à risque. Il était souvent de garde et travaillait parfois de nuit à l'hôpital. Sans oublier les permanences du week-end, fréquentes.

— N'y va pas, le pria ma mère. Pas ce soir.

J'espérais qu'elle réussirait à le convaincre, pourtant il continua à lacer ses chaussures. Il aimait que les deux boucles soient exactement de la même taille.

— Ils comprendront que tu ne viennes pas, insista-t-elle. C'est le chaos dehors, entre la circulation, la panique et le reste.

Certaines patientes de mon père étaient à l'hôpital depuis plusieurs mois afin de garder leur bébé le plus longtemps possible dans leur ventre – pour que ceux-ci puissent affronter le monde avec assez de forces.

— Allons, Helen, tu sais bien que je ne peux pas.

Il se redressa et tâta la poche de son pantalon. Je reconnus le cliquetis assourdi des clés.

— Nous avons besoin de toi, reprit ma mère avant d'appuyer sa joue contre le torse de mon père, qui la dominait de plus d'une trentaine de centimètres. On n'a vraiment pas envie que tu partes, hein, Julia ?

J'avais beau vouloir le garder avec moi, j'avais développé un grand sens de la diplomatie, comme seuls les enfants uniques en sont capables.

— J'aimerais qu'il puisse rester, répondis-je avec prudence. Mais j'imagine qu'il n'a pas le choix.

Se détournant de moi, ma mère baissa la voix :

— S'il te plaît. On ne sait même pas encore exactement ce qui se passe.

— Voyons, Helen, riposta-t-il en lui caressant les cheveux. N'exagère pas. Il ne se produira rien entre

29

maintenant et demain matin. Je te parie même que toute cette histoire va retomber comme un soufflé.

— Comment ? Comment veux-tu que ça retombe ?

Il lui déposa un baiser sur le front et s'éloigna. Il m'adressa un signe de la main avant de refermer la porte derrière lui. Presque aussitôt, nous entendîmes sa voiture démarrer.

Ma mère s'affala à côté de moi, sur le canapé.

— Au moins, toi, tu ne m'abandonnes pas, dit-elle. On va devoir veiller l'une sur l'autre.

J'eus aussitôt envie d'aller me réfugier chez Hanna, ce qui, je le savais, contrarierait ma mère.

Des voix d'enfants s'infiltraient dans le salon. Entre les lames du store, j'aperçus la famille Kaplan. Le samedi, ils faisaient shabbat, ce qui signifiait qu'ils ne pouvaient pas prendre leur voiture de la journée. Ils étaient six : les parents, Jacob, Beth, Aaron et le bébé dans la poussette. Les enfants allaient dans une école religieuse, au nord, et ils portaient presque toujours des vêtements noirs et longs – jupes ou pantalons droits –, qui me rappelaient les personnages de vieux films. Beth Kaplan avait mon âge, mais je la connaissais mal. Elle restait dans son coin. Elle était vêtue d'un tee-shirt à manches longues, d'une jupe, et de jolies chaussures en cuir verni rouge. J'en déduisis que c'était la seule partie de sa garde-robe où sa fantaisie pouvait s'exprimer. Tandis qu'ils passaient devant chez nous, et que Aaron cueillait des pissenlits sur le bord de notre pelouse, je me rendis compte qu'ils n'étaient peut-être pas encore au courant pour le ralentissement.

Plus tard, Jacob m'apprit que j'avais vu juste : les Kaplan ne découvrirent qu'au coucher du soleil – quand, leur shabbat ayant pris fin, ils étaient à nouveau autorisés à utiliser les interrupteurs et à allumer la télé – que l'univers n'avait plus rien à voir avec celui dans lequel ils étaient nés. Le monde ne leur paraissait pas différent. Cela changerait, bien sûr. Ce premier jour, toutefois, la Terre semblait encore elle-même.

Nous vivions au fond d'une impasse, dans un lotissement des années 1970 ; chaque terrain de mille mètres carrés accueillait un pavillon avec fausses pierres apparentes et amiante, dans les murs comme les plafonds. Un olivier au tronc tordu ornait chaque pelouse, sauf lorsqu'il avait été arraché et remplacé par un arbre plus à la mode, et qui consommait plus d'eau. Les jardins de notre rue, quoique bien entretenus, n'étaient pas pour autant tirés au cordeau. Des pâquerettes et des pissenlits jonchaient le gazon clairsemé. Des buissons de bougainvillées roses s'accrochaient aux flancs de la plupart des maisons, frissonnant et chatoyant au vent.

Sur les images satellites, les impasses bien alignées, se terminant chacune par un bulbe, évoquaient dix thermomètres suspendus à un fil. Notre lotissement se trouvait pris dans un réseau de rues modestes, creusées sur le mauvais versant d'une colline californienne, dont l'autre était tourné vers l'océan.

Nous étions habitués à avoir du soleil le matin, nos cuisines étant orientées à l'est. Des flots de lumière pénétraient par les fenêtres, pendant que les cafetières gargouillaient et que les douches coulaient, tandis que je me lavais les dents ou choisissais une tenue pour le collège. L'après-midi, nous avions de l'ombre et de la fraîcheur, car le soleil disparaissait derrière les maisons plus luxueuses, au sommet de la colline, une bonne heure avant de plonger dans l'océan. Ce jour-là, son coucher s'accompagna d'un suspens inédit.

— Je crois l'avoir vu légèrement bouger, dis-je, les paupières plissées. En tout cas, il descend, j'en suis sûre.

Tout le long de la rue, les portes électriques des garages s'ouvraient sur des breaks ou des 4 × 4, chargés d'enfants, de vêtements et de chiens. Quelques-uns de nos voisins s'étaient réunis sur une pelouse. Les bras croisés, ils fixaient le ciel, comme s'ils attendaient le début d'un feu d'artifice.

— Ne regarde pas le soleil en face, me souffla ma mère, assise à côté de moi sur la véranda. Tu vas t'abîmer les yeux.

Elle ouvrait un paquet de piles AA déniché dans un tiroir. Trois lampes torches reposaient sur le ciment au pied de son siège, petit arsenal de crise. Le soleil était encore haut, mais elle était obsédée par l'idée d'une nuit prolongée.

Au loin, j'aperçus ma vieille amie Gabby, perchée seule sur son toit. Je ne l'avais pas beaucoup vue depuis que ses parents l'avaient inscrite dans une école privée de la ville voisine. A son habitude, elle était en noir de la tête aux pieds. Ses cheveux noirs tranchaient sur le bleu du ciel.

— Pourquoi s'est-elle fait une teinture de cette couleur ? demanda ma mère, qui l'avait remarquée, elle aussi.

— Aucune idée.

A cette distance, on ne pouvait pas voir les trois boucles qui ornaient chacune de ses oreilles.

— Elle devait en avoir envie, je suppose, ajoutai-je.

Une radio portative jacassait à côté de nous. D'heure en heure, nous gagnions des minutes. Déjà, la polémique enflait autour de la Question du Blé – je n'ai jamais su si cette notion avait été enterrée pendant des dizaines d'années dans les glossaires de livres d'agronomie ou si elle avait été forgée ce jour-là, nouvelle réponse à une nouvelle interrogation : combien de temps les principales cultures pouvaient-elles survivre sans la lumière du soleil ?

Ma mère testa les lampes, une par une, braquant leur faisceau sur la paume de sa main. Elle remplaça systématiquement les anciennes piles par de nouvelles – on aurait dit qu'elle chargeait des armes à feu

— Je ne comprends pas pourquoi ton père ne m'a pas rappelée, dit-elle.

Elle avait pris le téléphone sans fil avec elle, et il demeurait muet. Elle sirota son whisky à petites gorgées silencieuses. Je me remémore parfaitement le bruit des glaçons qui s'entrechoquaient dans le verre, la condensation sur les parois et le fond, qui dessinait des ronds entrecoupés sur le ciment.

Tout le monde ne paniquait pas, bien sûr. Sylvia, ma prof de piano, qui vivait en face de chez nous, s'occupa de son jardin comme si de rien n'était. Je l'observai alors qu'elle s'agenouillait calmement. La lame de son sécateur réfléchissait les rayons du soleil. Plus tard, elle fit le tour du pâté de maisons, battant le pavé de ses sabots ; des mèches rousses s'échappaient de sa natte tressée à la hâte.

— Bonjour, Julia, me dit-elle en arrivant devant notre carré d'herbe.

Elle sourit à ma mère, mais ne prononça pas son nom. Elles avaient à peu près le même âge, pourtant seule Sylvia avait un côté petite fille.

33

— Tu n'as pas l'air bien inquiète, remarqua ma mère.

— *Que sera sera*, riposta Sylvia comme dans un long soupir. C'est ce que j'aime répéter : qui vivra verra.

Je savais que, contrairement à moi, ma mère ne l'appréciait pas. Gracile, Sylvia sentait la crème pour le corps. Ses membres longilignes, semblables aux branches d'un eucalyptus, étaient souvent ceints de gros bijoux en turquoise, qu'elle retirait au début de mes leçons de piano pour favoriser la communion avec les touches. Elle jouait toujours pieds nus.

— Peut-être que je n'ai pas les idées très claires, reprit Sylvia. Je suis en pleine purification.

— Purification ? répétai-je.

— Un jeûne, répondit-elle.

Lorsqu'elle se pencha vers moi pour m'expliquer, j'entendis ma mère cacher les lampes torches dans son dos. Sans doute avait-elle honte, subitement, de ses frayeurs.

— Ni nourriture ni alcool, rien que de l'eau. Pendant trois jours. Je suis sûre que ta mère en a déjà fait une.

— Non, répondit celle-ci avant de secouer la tête.

Je jetai un coup d'œil au verre de scotch qui transpirait sur la véranda. Le silence se prolongea quelques instants.

— Bref ! lança Sylvia en s'éloignant. Que ça ne t'empêche pas de travailler, Julia. A mercredi !

Sylvia consacrerait les après-midi suivants à tailler ses rosiers et arracher les mauvaises herbes, coiffée d'un chapeau de paille.

— Tu sais, ce n'est pas sain d'être aussi maigre, observa ma mère après que Sylvia fut partie retrouver son jardin (ma mère qui avait une penderie remplie de robes trop étroites, attendant

34

depuis des années dans leurs housses en plastique qu'elle perde les cinq kilos en trop dont elle se plaignait). On voit ses os.

Elle avait raison. Je changeai de sujet :

— Regarde, les lampadaires se sont allumés.

Ils étaient commandés par une minuterie, censée se déclencher au crépuscule. Le soleil brillait toujours.

Je pensai aux habitants de l'autre côté du globe, en Chine et en Inde, blottis dans le noir, scrutant eux aussi le ciel... pour guetter l'aube.

D'autres minutes s'écoulèrent.

— Il pourrait au moins nous faire savoir s'il est bien arrivé au travail, reprit ma mère.

Elle composa à nouveau le numéro, attendit puis reposa le combiné.

J'avais accompagné mon père à l'hôpital, une fois. Il ne s'était pas passé grand-chose. Les femmes enceintes regardaient la télévision en grignotant des biscuits dans leur lit. Il leur posait des questions et vérifiait leur dossier médical. Les maris étaient toujours dans les parages.

— Est-ce que je ne lui ai pas spécifiquement demandé de téléphoner ?

— Il est sans doute débordé.

Je remarquai alors que Tom et Carlotta, le couple âgé qui vivait au bout de la rue, s'étaient installés dehors, eux aussi. Il portait un tee-shirt *tie and dye* sur son jean, elle des Birkenstock. Sa longue tresse grise reposait sur son épaule. Ils sortaient généralement les transats à cette heure de la journée, pour s'y prélasser avec une margarita et une cigarette. Dans leur dos, le garage, grand ouvert, exposait ses entrailles, les rails du train électrique de Tom. La plupart des pavillons de notre rue avaient été rénovés, ou au moins retapés ; ils avaient reçu un nouveau placage, comme des dents abîmées. Celui de Tom et Carlotta, lui, était resté intact, et je savais, pour m'être présentée à leur porte quand j'étais chez les scouts afin de leur vendre des cookies, qu'ils avaient conservé la moquette d'origine, bordeaux à poils longs.

Tom leva son verre pour me saluer. Je ne le connaissais pas bien, mais il se montrait toujours amical avec moi. J'agitai la main.

On était en octobre, et on se serait cru en juillet : des températures estivales, un ciel d'azur, et le jour qui se prolongeait au-delà de 19 heures.

— J'espère que les téléphones marchent, dit ma mère. Enfin, ils n'ont aucune raison de ne pas marcher, si ?

Depuis cette époque, j'ai retrouvé en moi nombre de manies maternelles, notamment cette tendance à l'obsession et la rumination excessives, cette intolérance pour l'incertitude... Cependant, tout comme ses hanches larges et ses pommettes hautes, ces traits caractéristiques resteraient, quelques années encore, latents chez moi. Ce soir-là, je n'étais pas en mesure de la comprendre.

— Calme-toi, maman, d'accord ?

Le téléphone finit par sonner. Ma mère se jeta dessus. Visiblement déçue par la voix qu'elle découvrait à l'autre bout du fil, elle me tendit le combiné.

Ce n'était pas mon père, mais Hanna.

Je quittai la véranda pour rejoindre la pelouse, le téléphone coincé entre mon épaule et mon oreille, observant le soleil à travers mes paupières plissées.

— Je ne peux pas vraiment parler, commença mon amie. Je voulais juste te prévenir qu'on s'en va.

J'entendais ses sœurs derrière elle. Je l'imaginai dans la chambre qu'elle partageait avec elles, je me représentai les rideaux à rayures jaunes

36

confectionnés par leur mère, les peluches entassées sur les lits, les barrettes étalées sur la commode.

— Tu vas où ? lui demandai-je.

— Dans l'Utah.

Son ton trahissait la peur.

— Tu reviens quand ?

— On ne reviendra pas.

Une vague de panique me submergea. Nous étions si inséparables depuis le début de l'année que les professeurs confondaient parfois nos prénoms.

Je l'apprendrais plus tard, des milliers de mormons se réunirent à Salt Lake City après le début du ralentissement. Hanna m'avait expliqué que leur Eglise avait localisé l'endroit précis du prochain retour sur Terre de Jésus – une zone d'un kilomètre carré dans l'Utah. Ils y avaient dressé un énorme silo à grains, pour se nourrir jusqu'à la fin des temps.

— Je ne devrais pas t'en parler parce que tu ne partages pas notre foi, précisa-t-elle. Mais voilà.

Dans ma famille, nous pratiquions une version édulcorée du luthéranisme, ne comportant ni secrets ni vision précise de la fin du monde.

— Tu es toujours là ? fit Hanna.

J'avais du mal à parler. Les pieds dans l'herbe, je m'efforçais de ravaler mes larmes.

— Tu déménages pour de bon ? dis-je enfin.

La mère de Hanna l'appela à ce moment-là.

— Je dois y aller. Je te rappellerai plus tard.

Elle raccrocha.

— Qu'est-ce qu'elle a dit ? s'enquit ma mère depuis la véranda.

Une boule s'était formée dans ma gorge.

— Rien.

— Rien ?

Mes yeux s'embuèrent. Ma mère ne le vit pas.

37

— Je voudrais comprendre pourquoi ton père ne nous a pas téléphoné. Tu crois qu'il a un problème avec son portable ?

— Bon Dieu, maman, tu es obligée d'en rajouter autant ?

Après m'avoir dévisagée, elle rétorqua sèchement :

— N'emploie pas ce ton avec moi !

Un léger crépitement s'éleva de la radio et elle déplaça le curseur pour le faire disparaître. Un professeur de Harvard avait la parole :

— Si la tendance se confirme, les conséquences pour les cultures agricoles pourraient se révéler catastrophiques. Ce qui vaut donc aussi pour les réserves mondiales de nourriture.

Je me rassis sans un mot.

Soudain, de l'intérieur de la maison nous parvint un bruit sourd, le son mouillé d'un objet mou heurtant du verre. Nous avions toutes deux sursauté.

— Qu'est-ce que c'était ? demanda ma mère.

Nous avions imaginé l'inimaginable, cru l'incroyable. A présent, le danger me semblait tapi partout, la menace prête à surgir du moindre craquement.

— Je ne suis pas très rassurée, dis-je.

Je la suivis dans la cuisine, où elle s'était précipitée. Nous avions tout laissé en plan, le matin : l'assiette contenant le bagel à peine entamé était restée à l'endroit précis où je l'avais posée, huit heures plus tôt ; le fromage avait séché sur les bords. Les chats avaient renversé un pot de yaourt, dont ils avaient soigneusement léché l'intérieur. Quelqu'un avait négligé de remettre le lait au frigo. Je remarquai aussi que Hanna avait oublié, sur le dossier d'une chaise, son sweat-shirt de l'équipe de foot.

Le bruit avait été provoqué par un oiseau. Un geai bleu avait heurté la vitre la plus haute, avant de tomber sur la véranda ; il avait dû se rompre le cou. Ses ailes étaient déployées de façon asymétrique.

— Il s'est peut-être seulement assommé, suggéra ma mère.

Nous étions postées devant la fenêtre.

— Ça m'étonnerait, répliquai-je.

Le ralentissement, nous le comprendrions peu après, avait affecté la gravité. L'attraction terrestre s'était légèrement accentuée. Les corps en mouvement rencontraient une plus grande résistance. Tous les êtres vivants étaient susceptibles de ressentir ce changement. Cette modification des lois physiques avait sans doute précipité cet oiseau contre la fenêtre de notre cuisine.

— On devrait l'enlever, observai-je.

— Je ne veux pas que tu y touches. Ton père s'en chargera.

Je laissai le geai exactement où il était et ma mère enferma les chats à l'intérieur pour le restant de la soirée.

Nous laissâmes également la cuisine en désordre. Depuis les derniers travaux de rénovation, récents, une odeur de peinture flottait dans l'air, pourtant les effluves chimiques s'accompagnaient déjà de ceux, aigres, du lait tourné. Ma mère se resservit à boire : les deux nouveaux glaçons craquèrent sous le jet de scotch additionné d'eau pétillante. Je ne l'avais jamais vue enchaîner autant de verres.

— Viens, dit-elle en ressortant.

Comme elle me fatiguait, je montai dans ma chambre et m'allongeai à plat ventre sur mon lit.

Vingt minutes plus tard, le soleil finit par glisser derrière la colline, preuve si attendue que la Terre continuait, même au ralenti, à tourner.

Changeant de direction dans la soirée, le vent se mit à souffler fort, non plus en provenance de l'océan mais du désert. Il hurlait et gémissait. Les eucalyptus, qui ployaient sous ses assauts, résistaient néanmoins. L'éclat des étoiles indiquait qu'il n'y avait pas un nuage dans le ciel – les bourrasques n'annonçaient aucun orage.

Au milieu de la nuit, j'entendis les placards de la cuisine soupirer doucement et les gonds grincer légèrement. J'identifiai le frottement des pantoufles de ma mère sur le carrelage, puis le petit bruit sec d'un flacon de comprimés qu'on ouvre, suivi du son d'un filet d'eau coulant dans un verre.

J'aurais aimé que mon père soit là. Je tentai de me le représenter à l'hôpital. Peut-être qu'à cet instant précis il mettait au monde des bébés. Je m'interrogeai sur ce que cela pouvait signifier de venir sur Terre un jour pareil.

Peu après, les lampadaires s'éteignirent, privant ma chambre de leur faible éclat. Cela aurait dû coïncider avec l'aube, pourtant le quartier restait plongé dans le noir. L'obscurité avait acquis une nouvelle qualité, impénétrable et campagnarde, inhabituelle en zone urbaine.

Je rejoignis à tâtons la chambre de mes parents. La lumière bleutée de la télévision passait sous leur porte et s'écoulait sur la moquette du couloir.

— Tu ne dors pas non plus ? me demanda ma mère lorsque j'entrai.

Elle paraissait avachie, accablée, dans sa vieille chemise de nuit blanche. Des éventails de ridules se déployaient autour de ses yeux. Je me glissai dans le lit avec elle.

— D'où vient tout ce vent ?

Nous chuchotions, comme si quelqu'un dormait juste à côté. Le son du poste était coupé.

— C'est juste un vent de Santa Ana, répondit-elle en me frottant le dos du plat de la main. On est en plein dans la saison. Il y en a toujours en automne, souviens-toi. Rien d'anormal, au moins de ce côté-là.

— Quelle heure est-il ?

— 7 h 45.

— Ça devrait être le matin.

— C'est le cas.

Le ciel demeurait sombre, toutefois. Pas la moindre lueur à l'horizon.

Nous pouvions entendre les chats s'agiter dans le garage ; un grattement à la porte, les modulations du gémissement insistant de Tony. Sa cataracte le rendait quasiment aveugle, mais il devinait que quelque chose clochait.

— Papa a appelé ?

Ma mère hocha la tête.

— Il va enchaîner avec un second tour de garde, certains médecins ne sont pas venus.

Nous restâmes muettes un long moment, tandis que le vent mugissait autour de nous. L'éclat maladif de la télévision vacillait sur les murs blancs.

— Quand il rentrera, il faudra le laisser se reposer, d'accord ? dit enfin ma mère. Il a eu une nuit très dure.

— Qu'est-ce qui s'est passé ?

Elle se mordilla la lèvre sans quitter l'écran des yeux.

— Une femme est morte.

— Morte ?

Je n'avais jamais entendu parler de décès pendant une garde de mon père. Mourir en couches me semblait aussi impossible que d'être frappé par la polio ou la peste, avec l'ingéniosité du monitoring, le pouvoir de l'hygiène et des antiseptiques, les médicaments, les remèdes et nos réserves infinies de savoir.

— Ton père est convaincu que ça ne se serait pas produit si l'équipe avait été au complet. Ils ont trop tiré sur la corde.

— Et le bébé ?

— Aucune idée, répondit-elle, les yeux voilés de larmes.

Pour une raison inexplicable, c'est à cet instant précis, et pas avant, que j'ai vraiment commencé à m'inquiéter. J'ai roulé sur le côté et l'odeur capiteuse du parfum de mon père, imprégnée dans les draps, m'a empli le nez. J'aurais voulu qu'il soit là.

La télévision montrait une journaliste postée dans un désert, quelque part. Le ciel rosissait derrière elle. Suivait une carte animée, comme celles permettant de suivre l'évolution des tempêtes : le soleil avait atteint l'extrémité est du Nevada mais n'était pas encore apparu en Californie.

Plus tard, je me ferais la réflexion que, durant ces premiers jours, nous avions pris conscience, en tant qu'espèce, que nous nous étions alarmés pour les mauvaises raisons : trou dans la couche d'ozone, fonte des calottes glaciaires, virus du Nil occidental, grippe aviaire ou porcine, abeilles tueuses. Cela dit, je suppose que le danger ne surgit jamais vraiment là où on l'attend. Les véritables cataclysmes relèvent toujours de l'imprévu, de l'impensable, de l'inconnu.

4

Comme une poussée de fièvre interminable, la nuit finit par céder. Dimanche matin : ciel d'un bleu délicat.

Le jardin derrière la maison était tapissé d'aiguilles de pin. Sur la terrasse, deux pots de soucis s'étaient renversés, répandant de la terre. Le vent avait également fait valser le parasol et les chaises longues. Nos eucalyptus donnaient de la bande sous les assauts des bourrasques. Le geai bleu était toujours mort.

Au loin, des volutes de fumée enflaient à l'horizon, dérivant rapidement vers l'ouest. C'était aussi la saison des incendies. Un hélicoptère tournait autour du panache telle une mouche, et je fus rassurée de constater qu'une équipe de reporters, au moins, avait été chargée de couvrir cette catastrophe des plus ordinaires.

Après le petit déjeuner, je tentai à nouveau d'appeler Hanna, mais son téléphone sonnait dans le vide. Je savais que sa situation était différente : ses sœurs faisaient de sa vie un brouhaha permanent, sa maison ressemblait à un labyrinthe de lits superposés et de lavabos partagés, bercé par le ronronnement du lave-linge, qui tournait en permanence pour tenir le rythme face aux robes s'entassant, chaque soir, dans le panier. Sa famille avait besoin de deux breaks pour se déplacer.

Chez moi, le calme était tel que j'entendais le plancher craquer.

A l'heure où mon père rentra de l'hôpital, en fin d'après-midi, le vent s'était calmé et un brouillard bas montait de la côte, masquant la lente trajectoire du soleil dans le ciel.

— J'ai dû rouler phares allumés tout du long, expliqua mon père. Je n'y voyais pas à un mètre cinquante avec cette purée de pois.

Il avait beau avoir l'air éreinté, c'était un soulagement de le voir dans notre cuisine. Il avala la moitié d'un sandwich, debout, avant de débarrasser la vaisselle qui traînait depuis la veille et de passer une éponge sur les plans de travail. Puis il arrosa les orchidées de ma mère et se lava les mains, longuement.

— Tu devrais dormir un peu, suggéra-t-elle.

Elle était emmitouflée dans le même pull gris que la veille.

— Je n'y arriverai pas, je suis une vraie pile électrique.

— Allonge-toi, au moins.

Le regard perdu par la fenêtre, il examina la terrasse et l'oiseau mort.

— Quand est-ce arrivé ?

— Hier soir, répondis-je.

Hochant la tête, il ouvrit le tiroir où il conservait une paire de gants chirurgicaux pour les petits travaux domestiques. Je le suivis dehors.

— Quel dommage... dit-il en s'accroupissant à côté du geai.

Une colonne de fourmis, qui avaient découvert le cadavre, remontait le long de la terrasse et s'enfonçait au cœur des plumes. Elles en ressortaient chargées de minuscules bouts de chair. Mon père secoua un sac-poubelle blanc jusqu'à ce qu'il s'ouvre en claquant et se gonfle d'air.

— C'est peut-être à cause du changement de gravité, observai-je.

— Je n'en suis pas si sûr. Nos fenêtres ont toujours été un piège pour les oiseaux. Ils n'ont pas une très bonne vue.

Les gants libérèrent un nuage de poussière de caoutchouc lorsqu'il les enfila. L'odeur du latex me picota les narines.

Il prit l'oiseau par la cage thoracique ; ses ailes pendaient telles des branches. Ses yeux noirs, gros comme des grains de poivre, demeuraient parfaitement immobiles. Quelques fourmis égarées décrivaient des cercles frénétiques sur le poignet de mon père.

— Désolée pour ce qui est arrivé à l'hôpital, dis-je.

— Comment ça ? s'étonna-t-il.

Il laissa glisser le geai dans le sac-poubelle, qui fit un son mat et mouillé contre le plastique. Il souffla sur son poignet pour se débarrasser des fourmis.

— Une femme est bien morte, non ?

— Quoi ?

Il me dévisagea, surpris. Je compris alors que je n'aurais jamais dû parler de ça. Il conserva le silence un instant ; je sentais mes joues s'échauffer et rougir. Se servant de deux doigts comme d'une pince, il ramassa les dernières plumes sur les planches et les jeta dans le sac. Puis il se frotta le front avec le dessus d'un poignet.

— Non, ma chérie, personne n'est mort.

45

C'était la première fois que j'entendais mon père mentir – ou plutôt que j'en avais conscience. Et ce ne serait ni son dernier mensonge ni, surtout, le plus éhonté.

Sur la terrasse, à l'endroit où s'était trouvé l'oiseau, une centaine de fourmis s'agitaient en tous sens, à la recherche de leur festin disparu. Mon père tira sur les cordons du sac-poubelle pour le refermer et serra bien le nœud.

— Ta mère et toi, vous vous inquiétez trop. Je vous avais dit qu'il ne se passerait rien cette nuit. Tu vois ? J'avais raison.

Je l'accompagnai aux poubelles, sur le côté du pavillon. La silhouette sombre de l'oiseau apparaissait à travers le plastique blanc ; le geai se replia progressivement sur lui-même tandis que le sac se balançait au bout des doigts de mon père, au rythme de son pas vif.

Il déroula le tuyau d'arrosage pour chasser les fourmis et le sang de la terrasse ; la vitre, elle, conserverait une tache plusieurs semaines, comme les traces de pneus sur le bitume après un accident de voiture.

Enfin, il monta se coucher, et ma mère avec lui.

Je restai seule dans le salon, devant la télévision, pendant que mes parents discutaient à voix basse dans leur chambre, porte fermée. J'entendis que ma mère posait une question. Mon père haussa le ton :

— Qu'est-ce que tu sous-entends par là ?

Je coupai le son et tendis l'oreille.

— Bien sûr que j'étais à l'hôpital, rétorqua-t-il. Bon sang, où aurais-tu voulu que je sois ?

Nos vies étaient régies par une nouvelle loi de la gravité, trop subtile pour que nos esprits puissent

46

l'appréhender, néanmoins nos corps se montraient déjà sensibles à ses variations. Dans les semaines qui suivirent, alors que les jours continuaient à s'allonger, les quarterbacks découvrirent qu'ils ne pouvaient plus lancer les ballons aussi loin qu'avant et les joueurs de base-ball habitués à frapper la balle du premier coup constatèrent qu'ils ne la touchaient plus. J'aurais de plus en plus de difficultés à faire une passe d'un bout du stade à l'autre. Les pilotes devraient réapprendre à voler. Tous les objets tombaient plus vite.

Il me semble à présent que le ralentissement a provoqué d'autres changements, moins visibles au premier abord mais plus profonds. Il a dévié le cours de certaines trajectoires imperceptibles : celles d'amitiés par exemple, ou d'histoires d'amour. Qui suis-je, cependant, pour décréter que la voie de mon enfance n'était pas déjà toute tracée avant le ralentissement ? Au fond, mon adolescence a peut-être été une adolescence quelconque, et ma blessure n'a peut-être rien de remarquable. Les coïncidences existent, j'en suis convaincue. Il se peut que tout ce qui nous est arrivé, à ma famille et à moi, n'ait absolument rien à voir avec le ralentissement. C'est de l'ordre du possible. Toutefois, j'ai des doutes. De sérieux doutes.

5

Une autre journée passa. De nouvelles minutes s'agglutinaient à chaque heure. Lundi était arrivé et nous n'avions pas d'informations supplémentaires.

Comme tous les élèves, j'espérais que les cours seraient annulés. Ils furent seulement décalés. Une mesure d'urgence avait été adoptée, repoussant notre première heure de quatre-vingt-dix minutes, ce qui équivalait grosso modo au retard pris.

Le gouvernement nous avait demandé de poursuivre le cours normal de nos vies. Cela ne dura qu'un temps, bien sûr ; au début, nos dirigeants prenaient régulièrement la parole en costume bleu marine et cravate rouge, un drapeau américain épinglé au revers de leur veste. L'économie constituait le principal sujet de préoccupation : il fallait continuer à travailler et dépenser de l'argent, ne surtout pas vider ses comptes en banque.

— C'est évident qu'ils ne nous disent pas tout, décréta Trevor Watkins à l'arrêt de bus, le lundi matin.

Plus de la moitié des élèves étaient restés chez eux ou avaient quitté la ville avec leurs familles. Hanna me manquait à la façon d'un membre fantôme.

— C'est comme la zone 51, ajouta-t-il en mâchouillant les bretelles effilochées de son sac à dos. Ils cachent toujours la vérité aux citoyens.

Nous avions la vie douce à l'époque. Les filles en robes d'été et sandales, les garçons en shorts et tee-shirts de surf. Nous grandissions dans le rêve de tout retraité, avec un ensoleillement annuel de trois cent trente jours – au point que chaque averse était une fête. De même, toute catastrophe météorologique nous excitait et nous mettait en verve.

De l'autre côté du terrain vague retentit l'écho d'un skate-board heurtant le trottoir. Je n'avais pas besoin de tourner les yeux pour savoir de qui il s'agissait, et pourtant j'en avais envie. Seth Moreno. Grand, discret et solitaire. Descendant de sa planche, il s'engagea sur la terre battue ; ses cheveux sombres lui tombaient dans les yeux. Je n'avais jamais osé lui adresser la parole alors que j'étais assise derrière lui en maths. J'avais perfectionné une technique pour l'observer sans en avoir l'air.

— Faites-moi confiance, poursuivit Trevor. Le gouvernement sait beaucoup plus de choses qu'il ne veut bien l'admettre.

Il n'avait pas d'amis, et son énorme sac à dos vert était si lourd pour sa carrure frêle qu'il était obligé de se pencher en avant, tel un vieillard, s'il voulait garder l'équilibre.

— La ferme ! lança Daryl. Personne ne t'écoute, Trevor.

Daryl, c'était le nouveau, le méchant, celui qui sautait systématiquement la dernière heure de classe de la matinée pour aller à l'infirmerie et avaler une dose de Ritaline. En bref, celui que nous cherchions tous à éviter.

La journée commençait dès l'arrêt de bus, où les insultes fusaient et où les secrets étaient tantôt trahis, tantôt partagés. Nous nous tenions à l'endroit habituel, sous un soleil qui tapait avec la force habituelle. Nos montres ne servaient plus à rien, mais la luminosité était un bon point de repère.

— Je suis très sérieux, les gars, s'obstina Trevor. C'est la fin du monde.

— Si ce bus ne se pointe pas dans les deux minutes qui viennent, je me barre ! s'exclama Daryl.

Il était affalé contre le grillage délimitant une parcelle à l'abandon. Des années plus tôt, la maison qui s'y dressait était tombée, en même temps qu'une portion de falaise calcaire, dans le canyon. On apercevait encore les restes du pavillon en contrebas, bouts de bois enchevêtrés dans les broussailles et morceaux de tuile plantés dans la terre. Il ne restait plus grand-chose de l'ancien terrain : un chemin de dalles fissurées qui ne menait nulle part. Les mauvaises herbes envahissaient ce qui autrefois avait été une pelouse. Des panneaux jaunes mettaient en garde contre l'instabilité du sol à cet endroit.

— Je peux même vous dire comment ça va se passer, continua Trevor. D'abord, les récoltes vont mourir. Puis ce sera le tour des animaux. Et enfin des humains.

A cet instant précis, mes angoisses étaient plus terre à terre : sans Hanna, je me sentais mal à l'aise sur ce trottoir. Même un jour normal, personne n'avait envie d'attendre le bus sans renfort. C'était le royaume de la tyrannie ; aucun adulte n'était là pour faire régner la justice. Je décidai de me rapprocher de Michaela, même si notre amitié, à l'époque de l'école primaire, n'était plus d'actualité.

— Salut, Julia, fit-elle en m'apercevant. Toi qui es maligne, tu crois que ce truc terrestre pourrait avoir une incidence sur mes cheveux ? Parce qu'ils sont vraiment impossibles à coiffer ce matin.

Elle refaisait justement sa queue-de-cheval, épaisse, rousse et bouclée. On aurait cru qu'elle partait à la plage, avec sa minijupe, son débardeur et ses tongs à sequins. Ma mère ne m'aurait jamais laissée aller en tongs au collège.

— Aucune idée, répondis-je en regrettant d'avoir choisi une tenue aussi passe-partout (tennis en toile blanche et jean tout bête). Peut-être.

Depuis un moment, Michaela portait toujours du gloss à lèvres. Et sa démarche était devenue chaloupée. A la fin de chaque entraînement de foot, elle avait les joues striées de mascara. Et elle énumérait un tas de garçons – difficile, d'ailleurs, de ne pas s'y perdre entre les Jason, Brian et Brad. Comment aurais-je pu lui avouer que mon objectif était beaucoup plus humble ? Comment lui expliquer que, depuis des mois, j'aurais voulu trouver le courage de parler au garçon qui attendait précisément le bus avec nous, faisant aller et venir sa planche à roulettes à l'autre bout du terrain ? Seth Moreno, son nom clignotait telle une enseigne au néon dans ma tête.

— Sérieusement, insista-t-elle tout en me montrant les pointes de ses cheveux, regarde ces frisottis !

Des effluves fruités de shampooing s'élevaient chaque fois qu'elle remuait la tête.

— Aïe ! s'écria-t-elle tout à coup en faisant volte-face comme si elle venait d'être piquée par une guêpe.

Daryl avait tiré l'élastique de son soutien-gorge.

— Arrête ça, dit-elle.

Le soutien-gorge n'avait pas une grande utilité : Michaela était aussi plate que moi. Il représentait, en revanche, un symbole ostentatoire de promesses futures. Visibles à travers le coton blanc de son débardeur, les deux bonnets vides évoquaient le temps où ils seraient remplis et je suppose que cette perspective, ce simple rêve d'un corps de femme suffisait à attirer les garçons.

— Je ne plaisante pas, Daryl, remarqua-t-elle lorsqu'il réitéra son geste (j'entendis le claquement sec de l'élastique contre sa peau). Tu m'agaces.

Un peu plus loin, Seth Moreno jetait une pierre dans le canyon, par-dessus le grillage. J'avais le sentiment qu'il avait de vrais sujets de préoccupation. Sa tristesse transparaissait souvent. Elle était dans le mouvement de son poignet, quand il lança la pierre. Dans sa façon de secouer la tête, avec lassitude. De ne pas détourner les yeux alors que le ciel l'éblouissait.

Seth savait déjà ce qu'était le désastre : sa mère était malade, et ce depuis un moment. Je les avais croisés à la pharmacie à une ou deux reprises, elle avait un bandana rouge sur la tête et des jambes maigrelettes plantées dans une paire d'épaisses chaussures orthopédiques. Cancer du sein. Il y avait des années déjà qu'elle le traînait, depuis toujours me semblait-il, même si j'avais appris qu'elle était désormais condamnée pour de bon.

Tout à coup, je ressentis un pincement douloureux dans le dos. Je me retournai. Daryl riait d'un air mauvais.

— Bah ! cria-t-il à l'intention des autres. Julia ne porte même pas de soutif !

Je rougis.

Hanna aurait su comment réagir. De nous deux, c'était elle la chef, elle qui prenait la parole, et les décisions. Elle pouvait être méchante, même. Peut-être qu'elle avait eu de l'entraînement avec ses sœurs. En tout cas, elle se serait interposée pour balancer une réplique cinglante à Daryl.

Sauf que j'étais seule ce jour-là, et que je n'avais pas l'habitude qu'on s'en prenne à moi.

Quelques mois plus tôt, j'avais traversé, avec ma mère, le département lingerie d'un grand magasin. Une vendeuse nous avait demandé si nous voulions voir les brassières. Ma mère l'avait toisée comme si elle venait de parler de sexe. J'avais gardé les yeux rivés sur le revêtement de sol.

« Ah, avait fini par lâcher ma mère, je ne crois pas, non. »

Daryl me fixait. Il avait la peau très blanche, un nez pointu et constellé de taches de rousseur. Je sentais les regards des autres sur mon visage, attirés par la cruauté comme des mouches par de la viande fraîche.

J'aurais aimé être sauvée par l'arrivée du bus, qu'annonçait un fracas métallique, mais je n'entendais que le murmure discret des insectes, qui butinaient les fleurs dans le canyon, et le bruit sourd du skate-board de Seth tapant, sans relâche, contre le trottoir. Les lignes électriques bourdonnaient au-dessus de nos têtes, l'alimentation en courant n'ayant pas souffert du ralentissement. J'apprendrais plus tard que les machines continueraient sans doute à fonctionner un moment après l'extinction de la race humaine.

Un mensonge prit forme dans ma bouche et atterrit sur ma langue sans que je le décide vraiment, telle une dent cassée :

— Moi aussi, je porte un soutien-gorge.

Un monospace gris métallisé tourna au coin de la rue, nous dépassa et disparut.

— Ah ouais ? Voyons voir ça !

Tout le monde à part Seth observait maintenant la scène. Même les garçons plus vieux avaient cessé de se battre pour voir ce qui allait se passer. Même Trevor s'était tu. Diane aussi s'était approchée, frottant à deux doigts la croix en argent qui ne quittait pas son cou potelé. Les jumeaux Gilbert me scrutaient de leur regard silencieux. J'avais également conscience de la présence de Seth, pourtant le seul resté à l'écart. J'espérais qu'il n'avait rien remarqué. Perché sur son skate, dos à nous, il roulait lentement sur le sol irrégulier et poussiéreux du terrain vague.

— Si t'en portes un, reprit Daryl en se penchant vers moi, prouve-le.

Je jouais avec mon collier. Une minuscule pépite d'or au bout d'une fine chaînette, déterrée soixante ans plus tôt par mon grand-père lorsqu'il travaillait dans des mines en Alaska. C'était, de tous ses présents, celui que je chérissais le plus.

— Fiche-lui la paix, finit par intervenir Michaela, trop tard et d'une voix trop hésitante.

A ce que j'avais compris de la vie, il y avait les tyrans et les tyrannisés, les chasseurs et les proies, les forts, les très forts et les faibles... Jusqu'à maintenant, je ne m'étais rangée dans aucune catégorie : je faisais partie de la masse indistincte, une fille discrète au physique quelconque perdue dans la foule de ceux, inoffensifs, qu'on épargnait. Apparemment, la donne venait de changer. Une pensée cruelle me traversa l'esprit : je n'aurais jamais dû me retrouver dans cette position, elle aurait dû revenir à une des filles plus moches que moi, Diane, Teresa ou Jill. Ou bien Rachel. Où était-elle d'ailleurs ? C'était la moins intégrée de nous tous. En fait, sa mère l'avait gardée à la maison pour prier et se préparer – ses parents, des témoins de Jéhovah, étaient convaincus que la fin du monde arrivait.

L'absence d'une majorité d'élèves à l'arrêt de bus bouleversait les hiérarchies. Une autre voiture s'engagea dans la rue. Cette fois, c'était le break vert de mon père, en route pour l'hôpital. Il agita la main en nous doublant. Je ne voulais pas qu'il me voie dans cette situation, même si aucun signe extérieur ne trahissait que j'avais des ennuis.

— Soit tu le montres toute seule, soit je le fais pour toi ! reprit Daryl.

De nombreuses études l'ont prouvé depuis, le taux de meurtres et de crimes violents a connu un pic au cours des jours et semaines suivant le début du ralentissement. L'atmosphère était électrique. Comme si le ralentissement avait aussi freiné notre capacité de jugement, nous libérant des interdits. J'ai toujours eu le sentiment qu'il aurait dû produire l'effet inverse, puisque, à partir de ce moment-là, chaque action exigeait un peu plus d'efforts qu'avant. La physique avait changé. Songez, par exemple, qu'il fallait exercer une pression légèrement plus forte sur le manche d'un poignard ou la détente d'une arme à feu. En conséquence, nous avions tous un peu plus de temps pour prendre la bonne décision. Et qui a déjà mesuré la vitesse du remords ? Celle du regret ? La nouvelle gravité terrestre ne suffisait pas à dépasser l'attraction d'autres forces, plus puissantes et moins connues. Aucune loi physique ne parviendra en effet jamais à rendre compte du désir.

J'identifiai le grondement du bus au moment où il apparaissait au détour de la rue, le crissement de ses freins, le ronflement de son moteur. A cet instant, Daryl agrippa mon tee-shirt et le souleva. Je me contorsionnai pour lui échapper, mais trop tard.

En me retournant, je vis Seth, qui balançait sa silhouette dégingandée dans notre direction juste à temps pour entrevoir ma poitrine.

Voici la suite des événements, telle que je m'en souviens : le blanc de mon tee-shirt sur mon visage, le souffle d'une brise humide sur mon sternum et mon thorax, sur la surface plane de mes seins. Les cris échauffés des autres. Daryl me maintint dans cette position durant de longues secondes, alors que je me débattais, engagée dans une danse cruelle. Je sentais l'air frais sur ma peau et la chaîne de mon pendentif me cisaillait la nuque.

Enfin, Daryl laissa retomber mon tee-shirt.

— Menteuse ! Je savais que tu n'en portais pas !

Le bus s'arrêta le long du trottoir. Son moteur tournait au ralenti et l'odeur légèrement sucrée du diesel envahit l'atmosphère. Prise d'un vertige, je battis des cils pour chasser mes larmes.

— Purée, Daryl, dit Seth en lui donnant une bourrade. T'es pas bien ou quoi ?

Des mois plus tard, tout en étalant une carte du ciel devant nous, la mère de Michaela m'expliquerait que le ralentissement avait modifié les profils astrologiques de tout le monde. La roue avait tourné. Les personnalités s'étaient transformées. Les malchanceux étaient devenus chanceux, et les chanceux un peu moins. Nos destins, gravés dans le marbre par les astres, avaient été réécrits en un jour.

— Ne t'en fais pas, me chuchota Michaela tandis que nous montions dans le bus. Personne n'a rien vu.

Je savais pourtant que c'était précisément ce qu'on disait dans le cas inverse : tout le monde avait tout vu.

Seth fut le dernier à bord. Il m'adressa un sourire gêné au moment de rejoindre, à son habitude, la rangée du fond. Ce que je lus sur son visage lorsqu'il passa près de moi me peina bien plus que la mauvaise plaisanterie de Daryl. Dans les yeux sombres de Seth, dans le pincement de ses lèvres charnues, je découvris quelque chose de différent, quelque chose de pire : la pitié.

J'envisageai de descendre du bus, cependant, il était trop tard. Les portes se refermaient déjà.

— Je parie qu'ils sont prêts à envoyer le président et les meilleurs scientifiques dans une station spatiale, où ils seront en sûreté, lança Trevor, assis tout devant, comme si rien n'avait interrompu son flot de théories.

Pour une fois, je me réjouissais qu'il parle.

Le bus reprit sa route dans une secousse. Le chauffeur, un gros homme sanglé d'une épaisse ceinture noire, paraissait préoccupé. Il jetait des coups d'œil réguliers au soleil.

En voulant toucher mon pendentif, je me rendis compte qu'il avait disparu, que la petite pépite d'or de mon grand-père avait dû tomber dans la poussière.

— Mon collier, dis-je à Michaela. Où est mon collier ?

Elle ne m'entendit pas. Elle était déjà au téléphone.

— Je vous le dis, poursuivait Trevor. C'est l'Armageddon.

Je n'avais accordé aucune attention à ce fait jusqu'à présent, et il m'apparaissait soudain avec la force de l'évidence : Hanna était ma seule vraie amie. J'avais besoin d'elle.

Au collège, on nous demanda de ne plus écouter les sonneries, désormais obsolètes, puisqu'elles n'étaient pas calées sur les nouveaux horaires.

Sans la cloche du matin pour nous rappeler à l'ordre, nous errions sans but. Les élèves se laissaient porter dans un sens ou dans l'autre, volée d'oiseaux à la dérive. Nous semblions plus sauvages, plus difficiles à rassembler. Nous étions bruyants et échauffés. Je suivais le mouvement en me faisant toute petite, pendant que les enseignants s'échinaient, en vain, à nous canaliser. Leurs faibles voix étaient noyées par le déferlement des nôtres.

C'était le collège, l'âge des miracles, celui où les élèves prennent près de dix centimètres durant l'été, où les poitrines s'épanouissent d'un coup, où les voix plongent et s'envolent. Nos premières imperfections apparaissaient, mais on les corrigeait. Une mauvaise vue disparaissait grâce à la magie des lentilles de contact. Des dents de travers étaient réalignées grâce à un appareil. Une peau boutonneuse se voyait purifiée par l'application de produits chimiques. Certaines filles devenaient belles. Certains garçons devenaient grands. Quant à moi, je continuais à ressembler à une gamine.

Le brouillard matinal s'était dissipé, laissant place à un ciel lumineux et dégagé. Le drapeau de l'établissement claquait au vent.

Une rumeur enflait au sein de l'assemblée d'élèves, réunis au pied du drapeau. Par cette même voie, nous avions déjà appris que les doigts de Drew Costello avaient exploré des territoires interdits, que la langue d'Amanda Cohen possédait des talents acrobatiques insoupçonnés ou que le sac à dos de Steven Galleta renfermait un sachet de marijuana – et, plus tard, nous avions découvert les détails de son quotidien au camp de Mount Cuyamaca pour jeunes en difficulté. Parmi les inepties habituelles surnageait une rumeur d'un autre type, aux sources tout aussi incertaines : en 1562, un scientifique du nom de Nostradamus avait prédit que la fin du monde se produirait ce jour précis.

— C'est flippant, non ? me souffla Michaela, en me donnant un coup d'épaule.

Je crevais d'envie de m'échapper, de me perdre dans la foule, mais j'avais trop peur de m'éloigner d'elle.

— Je crois que c'était un voyant, ou un truc dans le genre, ajouta-t-elle.

Mon tee-shirt était froissé à cause de l'incident à l'arrêt de bus.

— Hé ! s'écria-t-elle tout à coup en regardant autour d'elle. Où est Hanna ?

— Dans l'Utah.

Les mots m'avaient tant coûté que je marquai une pause avant d'ajouter :

— Toute sa famille est partie aussitôt.

Je me représentai ses cousins, par dizaines, endormis dans des voitures au cœur du désert, autour d'un immense silo à grain.

— La vache, lâcha Michaela. Et c'est définitif ?

— Je crois.

— Bizarre...

Sans transition, elle me demanda de recopier mes devoirs d'histoire.

— Je ne pensais pas qu'on aurait cours aujourd'hui, se justifia-t-elle. Alors je ne les ai pas faits.

Je savais pertinemment qu'elle avait cessé de faire ses devoirs en début d'année. Afin d'avoir le temps de développer d'autres talents. Il y avait beaucoup à apprendre sur les soins à apporter aux cheveux et à la peau. Sur la bonne façon de tenir une cigarette.

Une fille ne savait pas de façon innée comment masturber un garçon. Je ne refusais jamais de la laisser recopier.

En SVT, le professeur nous fit fabriquer de nouveaux cadrans solaires pour remplacer ceux datant de la semaine de la rentrée. J'étais heureuse de me retrouver dans une salle remplie d'élèves qui n'avaient pas assisté à ma séance d'humiliation.

— La capacité d'adaptation est une composante constitutive de la nature, observa M. Jensen après nous avoir distribué à chacun un cadre gradué.

Il croisait et décroisait les mains tout en parlant.

— Ce qui arrive est parfaitement naturel, poursuivit-il.

Nous nous débattions pour introduire des cure-dents dans des monticules d'argile molle. Toute la difficulté était de respecter le bon angle. De toute évidence, la plupart de nos cadrans solaires ne donneraient qu'une heure approximative et seraient donc inutilisables.

— Pensez aux dinosaures. Ils sont morts parce qu'ils ont été incapables de s'adapter à leur nouvel environnement.

M. Jensen portait une queue-de-cheval et une barbe. Il avait une collection de tee-shirts hippie. Il venait au collège à bicyclette ; on racontait qu'il cuisinait ses repas sur un bec Bunsen, au fond de la salle de classe, et dormait dans un sac de couchage sous son bureau. Il faisait toujours cours en chaussures de marche. A le voir, on avait l'impression qu'il aurait pu vivre pendant plusieurs mois dans le désert avec pour seuls compagnons une boussole, un canif et une gourde.

— Mais bien sûr, ajouta-t-il en joignant les mains, nous sommes très différents des dinosaures.

J'avais conscience qu'il voulait éviter de nous effrayer, sauf que le problème était inverse : nous n'étions pas aussi inquiets que nous aurions dû l'être. Nous étions trop jeunes pour ça, trop obnubilés par nos propres univers miniatures, trop convaincus de notre immortalité.

Des rumeurs concurrentes affirmaient que M. Jensen était en réalité millionnaire, ou qu'il avait découvert une invention capitale pour la NASA et ne continuait à enseigner que par amour du métier. C'était mon prof préféré cette année-là, et je savais qu'il m'appréciait.

Il nous proposa de poser, anonymement, toutes les questions que nous voulions au sujet du ralentissement.

— Il n'y a pas de question stupide, précisa-t-il en récoltant nos morceaux de papier dans une boîte à Kleenex vide.

Nous nous en étions déjà servis le jour où l'infirmière avait pris les filles à part pour leur parler de leur futur.

« Une chose très spéciale va vous arriver, avait-elle expliqué lentement, comme une voyante étudiant les lignes d'une main. Son nom vient du mot latin pour *mois*, car c'est un phénomène qui se reproduira chaque mois, à l'image des cycles lunaires. »

Seules Tammy Smith et Michelle O'Connor, à l'écart, s'étaient agitées sur leurs chaises d'un air entendu, leurs corps étant déjà réglés sur le rythme de la lune.

Une fois qu'il eut collecté toutes nos questions, M. Jensen plongea la main dans la boîte. Il déplia le bout de papier avec beaucoup de soin.

— Est-il vrai, lut-il, qu'un scientifique avait prédit que le monde finirait aujourd'hui ?

— Nostradamus n'était pas exactement un scientifique.

A l'évidence, le bruit qui circulait dans les couloirs était parvenu jusqu'à ses oreilles.

— Vous savez tous que personne ne peut prévoir l'avenir. Personne ne peut affirmer ce qui arrivera demain et encore moins dans cinq cents ans.

La sonnerie retentit. Pourtant aucun de nous ne quitta son tabouret. La cloche du déjeuner ne correspondait plus à rien.

Dehors, le ciel restait clair. Le soleil se déversait à flots par les fenêtres, jouant avec les rangées d'éprouvettes et de vases à bec, les faisant scintiller sur les étagères.

M. Jensen piocha une nouvelle question : quelqu'un se demandait si le ralentissement avait pu être provoqué par la pollution. Apparemment déprimé par le sujet, il répondit :

— Nous ignorons encore la cause de ce bouleversement.

Il retira ses lunettes et se frotta le front avec le dos de la main. Il s'arrêta devant l'aquarium, vide depuis la panne inopinée du filtre, en septembre. C'était arrivé un week-end. Le lundi matin, cinq poissons flottaient à la surface de l'eau, telles des feuilles. On pouvait apercevoir du sang sous les écailles de leurs petits corps. Si, à l'œil nu, l'eau nous apparaissait encore limpide, elle était devenue toxique pour eux.

— L'activité humaine est à l'origine d'un grand nombre de dégâts subis par notre planète, déclara-t-il, tandis que nous reprenions la confection des cadrans solaires. Les humains sont responsables du réchauffement climatique, du trou dans la couche d'ozone, de l'extinction de milliers d'espèces végétales et animales. Toutefois, il est encore trop tôt pour pouvoir dire si ce changement est aussi de notre fait.

Avant la fin du cours, M. Jensen mit à jour notre carte du système solaire occupant tout un mur : l'espace, représenté par cinq mètres cinquante de papier kraft noir, contenait neuf planètes en kraft naturel. Notre carte comportait également un soleil et une lune en papier d'aluminium. Eparpillées dans les coins, des punaises de toutes les couleurs symbolisaient les planètes que nous n'avions pas encore découvertes. Il était censé y en avoir plusieurs milliers. Voire des millions. Aujourd'hui encore, je suis stupéfaite de voir combien notre connaissance de l'univers reste dérisoire.

Sur le panneau au-dessus de la Terre, M. Jensen remplaça la mention *24 heures* par *25 h 37*, mais inscrivit le nouveau nombre sur un Post-it afin de pouvoir le changer si besoin.

Toute la journée, les salles de classe restèrent à moitié vides – ou à moitié pleines, selon. Des dizaines de chaises inoccupées, et autant de cases non cochées sur les feuilles d'appel. A croire qu'une partie des élèves était montée directement au paradis, ainsi que certains chrétiens le prévoyaient, nous abandonnant sur Terre, nous, enfants de scientifiques, athées ou tout simplement moins pieux.

Les enseignants nous dissuadaient de suivre les informations pendant leurs cours, toutefois quelqu'un avait apporté une radio et nous avions tous des téléphones portables.

Les premières victimes du changement de gravité surgissaient déjà un peu partout dans le monde. Des centaines de personnes étaient atteintes des symptômes suivants : vertiges, défaillances, épuisement. En EPS, quelques élèves se plaignirent, après avoir couru mille cinq cents mètres, de nausées et de douleurs mystérieuses.

Les adultes faisaient mine de ne pas s'inquiéter. Pourtant, à l'heure du déjeuner, ils se réunirent dans la salle des profs pour regarder le journal télévisé. Sans s'en rendre compte, ils laissèrent tomber le masque, nous montrant alors leurs yeux fatigués, leurs fronts plissés et la peur non déguisée sur leurs traits.

Je ne revis pas Seth Moreno avant le premier cours de l'après-midi. Nous avions maths ensemble. La prof lui avait attribué la place juste devant moi et j'attendais chaque jour avec impatience de me retrouver près de lui. Je connaissais le moindre détail de l'arrière de sa tête – le mouvement de ses cheveux, le contour de son oreille, la ligne droite et anguleuse de sa mâchoire. J'aimais qu'il sente encore le savon à la fin de la journée.

Nous ne nous adressions jamais la parole. Je n'avais jamais prononcé son nom tout haut, pas même devant Hanna. Pourtant, chaque fois que nous passions la nuit dans mon salon, blotties dans nos sacs de couchage, elle profitait de l'obscurité.

« Allez, murmurait-elle, il y a bien quelqu'un. »

J'avais toujours menti :

« Non, personne. »

Des semaines durant, j'avais espéré que Seth se retournerait vers moi, mais pas aujourd'hui. Il en avait assez vu à l'arrêt de bus.

Mme Pinksy tentait d'exploiter le ralentissement pour sa leçon. Sur le tableau noir, elle avait inscrit le casse-tête quotidien : *La longueur d'une journée terrestre a augmenté de quatre-vingt-dix minutes en deux jours. En supposant que cet accroissement se poursuive de façon régulière, quelle sera la durée d'une journée terrestre dans deux jours ? Dans trois ? Dans une semaine ?*

— On est vraiment obligés de faire cet exercice ? demanda Adam Jacobson, affalé sur sa chaise.

Il posait systématiquement la même question.

— Dans la vie, on n'a qu'une seule obligation : mourir, répondit Mme Pinsky, citant l'une de ses maximes préférées. Tout le reste relève du choix.

Son humour grinçant la rendait intimidante. Il suffisait qu'elle appelle à son bureau un élève souffrant de hoquet pour qu'il soit instantanément guéri.

— Ne vous contentez pas d'écrire la réponse, faites aussi apparaître le raisonnement, dit-elle, circulant dans les rangées, les plis de sa robe orange bruissant contre les pieds chromés de nos chaises. Et il ne s'agit pas d'une devinette. Servez-vous de formules d'algèbre.

Les murs de sa salle de classe étaient tapissés d'affiches encourageantes : *Il ne faut jamais dire jamais ; Attendez-vous à l'inattendu ; L'impossible est toujours possible.*

Mme Pinsky fit venir au tableau plusieurs élèves. Seth et moi étions parmi eux ; côte à côte, nous recopiâmes nos résultats. J'avais, je m'en souviens, une conscience aiguë de la proximité de son bras droit. Tous les nombres qu'il inscrivait en faisant grincer la craie penchaient vers le bas. Je sentais l'usure de la moquette marron sous mes pieds. Trente générations de sixièmes avaient résolu des problèmes à cet endroit très précis.

Seth frappa deux brosses en feutre l'une contre l'autre ; la poussière le fit éternuer. Même ses éternuements étaient attendrissants. Il avait des mains magnifiques. La puissance de ses poignets se lisait dans les veines et les tendons qui sillonnaient le dos de ses mains. Sa mère s'éteignait à petit feu chez lui. Et lui devenait plus fort de jour en jour.

Au moment de relire ma réponse, remarquant que celle de Seth était fausse, j'eus comme un coup au cœur. J'aurais voulu la changer pour lui ou dire quelque chose, mais il avait déjà reposé sa craie et rejoignait sa place.

Par les fenêtres ouvertes nous parvint le cri strident d'un camion de pompiers qui démarrait en trombe. Un instant plus tard, un second prenait la même direction. Ces bruits avaient toujours accompagné nos heures de cours. Il y avait une caserne juste en face du collège et les sirènes retentissaient constamment. Si, au début, ces sons liés à la détresse des autres m'avaient agacée, j'avais fini par m'y habituer. Comme tout le monde.

Le changement dans l'atmosphère fut à peine perceptible, d'abord : une légère ombre, telle celle d'un nuage masquant brièvement le soleil.

— Il se passe un truc bizarre dehors... lança Trevor depuis le fond de la salle.

Il reposa brusquement le compas métallique avec lequel il jouait.

— ... Un truc très bizarre.

— Si tu as quelque chose à dire, Trevor, lève la main, s'il te plaît, rétorqua Mme Pinsky.

Elle faisait la suite de son cours sur un transparent. Un léger vent frais s'était levé. Le couinement de son feutre sur le plastique ponctuait le bourdonnement du ventilateur du projecteur. Elle continuait à préférer les vieilles technologies aux ordinateurs, dont se servaient ses collègues.

— La vache ! Nom de Dieu ! lâcha Adam
Jacobson, qui était le plus près des fenêtres.

— Adam, surveille ton langage, fit Mme Pinsky.

Des éclats de voix nous parvenaient des classes
voisines.

— Venez voir, insista Adam, on dirait qu'il va
faire nuit.

Nous nous précipitâmes tous vers le seul mur
percé de fenêtres, comme glissant sur le pont d'un
navire qui donnerait de la bande. Je n'apercevais pas
grand-chose par-dessus les têtes des élèves les plus
grands, pourtant la variation de luminosité ne
m'échappa pas. Une obscurité étrange était en train
de tomber, de celles qui accompagnent l'arrivée
d'un orage. Sauf qu'il n'y avait pas un nuage dans le
ciel limpide.

La suite des événements s'enchaîna en moins de
trente secondes.

— Regagnez vos places, ordonna Mme Pinsky.

Personne ne s'exécuta.

— Je vous ai demandé de regagner vos places,
répéta-t-elle.

Puis elle sortit dans le couloir pour voir de quoi il
retournait. De retour dans la classe, elle était passée
en mode alerte :

— Bien. Bien, restez calmes. Tout le monde doit
garder son calme.

Elle rafla le sifflet et le porte-voix, le passe-partout
et le talkie-walkie. Elle avait appris à le faire lors des
exercices d'évacuation en cas d'incendie ou de tremblement de terre. La procédure restait la même si
quelqu'un se mettait à tirer dans l'enceinte du
collège.

La gamme de couleurs s'était réduite à quelques
nuances de gris foncé. La classe était maintenant
plongée dans la pénombre. C'était une lumière de

fin de journée, de celle qui accompagne cette poignée d'instants juste après le coucher du soleil et juste avant qu'on allume les lampes. Un crépuscule subit et précipité. Il était 13 h 23.

Les élèves commencèrent à quitter les salles, au compte-gouttes d'abord, puis ce fut l'hémorragie.

Quelqu'un m'agrippa par le poignet. Levant les yeux, je fus surprise de découvrir Seth, encore plus séduisant dans la demi-obscurité qui adoucissait ses traits anguleux.

— Viens ! dit-il.

J'avais l'impression que le contact de nos peaux faisait des étincelles. Des papillons se déchaînaient dans mon ventre ; la chaleur moite de sa paume n'y était pas pour rien. Nous sortîmes ensemble dans le couloir.

— Revenez ici ! lança Mme Pinsky, sans parvenir à retenir quiconque.

Elle répéta son ordre, beuglant cette fois dans le porte-voix. Pas un seul élève ne se retourna vers elle. Nous nous égaillions dans des directions différentes, même si la plupart se précipitaient vers la pente herbeuse derrière le collège.

En quelques secondes, il fit aussi sombre qu'à la nuit tombée. Le ciel prit une teinte bleu foncé angoissante. Une lueur orangée ourlait l'horizon. Seth et moi nous étions jetés à plat ventre sur l'herbe, devinant qu'il était plus sûr de s'allonger.

— C'est peut-être en train d'arriver, dit-il.

Je crus percevoir une pointe d'excitation dans sa voix. Tout autour de nous, des élèves hurlaient. J'identifiai des bruits de sanglots dans le noir. Les flashs des téléphones portables crépitaient faiblement. Nous pouvions voir les étoiles. Des dizaines de voitures étaient arrêtées dans la rue près du collège. Leurs conducteurs avaient laissé les portières ouvertes, telles des ailes, et les phares allumés. Tous les regards étaient braqués sur le ciel. Une petite brise nocturne faisait onduler l'herbe.

Au pied de la butte, sur le seuil du labo de SVT, M. Jensen nous hurlait quelque chose en agitant la main. Je ne pouvais pas l'entendre, mais je percevais sa frénésie. S'il se mettait à paniquer lui aussi, quelle chance avions-nous de garder notre calme ?

Seth me prit la main et nos doigts s'entrelacèrent. Je n'avais jamais tenu la main d'un garçon de cette façon. Je ne respirais presque plus.

Mon téléphone portable se mit à vibrer dans ma poche. Espérant que ce serait Hanna, je vis que l'appel venait de ma mère et l'ignorai.

— Et si on mourait comme ça ? chuchota Seth.

Il paraissait sérieux. Et il n'avait pas l'air d'avoir peur. Progressivement, tout le monde se tut ; nous étions réduits au silence par les ténèbres et la fraîcheur. Je me rendis soudain compte que des dizaines de chiens hurlaient à la mort. Plusieurs minutes s'écoulèrent. La température continuait à chuter.

Sans m'en rendre compte, je murmurai une vague prière :

— S'il vous plaît, s'il vous plaît, faites que nous nous en sortions.

Nous étions, tout à coup, semblables aux Anciens. Terrifiés par notre propre ciel, immense.

Nous savons aujourd'hui que l'obscurité a duré quatre minutes et vingt-sept secondes ; nous eûmes pourtant l'impression qu'elle s'était étirée bien plus longtemps. De façon générale, le temps passa différemment les premiers jours. Sans les enregistrements – des centaines de personnes avaient filmé l'incident –, je jurerais encore que nous avions attendu une heure avant d'apercevoir la première lueur.

— Regarde, avait dit Seth. Regarde, regarde !

Une traînée lumineuse s'épanchait juste au-dessus de nos têtes, un croissant de soleil, qui nous revenait comme par miracle. Maintenant, nous distinguions ses contours : un mince cercle de lumière avec une boursouflure éblouissante sur un côté, tel un diamant sur une bague.

Je vis M. Jensen se frayer un passage à travers la cohue. Il nous rejoignit et nous pûmes enfin entendre ce qu'il criait depuis le début :

— Ecoutez-moi, tous, ce n'est qu'une éclipse. Il n'y a aucun danger. L'ombre de la lune occulte le soleil, c'est tout.

Nous apprendrions dans les heures suivantes que M. Jensen avait raison : une éclipse était attendue dans le Pacifique. Elle n'aurait dû être visible que pour les bateaux en pleine mer et quelques atolls peu peuplés. Pourtant le ralentissement avait modifié les coordonnées de toutes les éclipses – prévues à la minute près pour les dix années à venir. Celle-ci nous avait pris par surprise. Elle avait été vue dans une large bande de l'ouest des Etats-Unis.

Un soulagement infini s'empara de tout mon corps. Nous étions sains et saufs. Et j'étais allongée dans l'herbe avec Seth Moreno.

Il parut déçu par la nouvelle.

— C'est tout ? demanda-t-il. Une simple éclipse ?

Ensemble, nous regardâmes le soleil réapparaître. Côte à côte, les yeux plissés. J'étais si près de lui que je pouvais voir les poils de ses avant-bras.

— Ça t'arrive de regretter de ne pas être une héroïne ? me dit-il.

70

— Comment ça ?

— J'aimerais sauver la vie de quelqu'un un jour.

Je pensai à sa mère. Mon père m'avait expliqué que le cancer ne renonçait quasiment jamais, se démultipliait et qu'il fallait détruire chacune des cellules contaminées. Et qu'on ne pouvait être sûr à cent pour cent d'avoir gagné. Il y avait toujours le risque que le cancer réattaque. D'ailleurs, la plupart du temps, il réattaquait.

— Et moi j'aimerais devenir médecin, dis-je.

Ce n'était qu'une demi-vérité. Je n'étais pas certaine de réussir à faire ce que faisait mon père. J'ignorais si j'aurais le cran de supporter tout ce sang et toute cette tristesse.

— Chaque fois que je mets les pieds dans une banque, dit Seth, j'espère presque qu'un braqueur débarquera et que je serai celui qui sauvera tout le monde en le plaquant à terre et le désarmant.

Pour ceux qui, comme nous, voyaient sa maladie de loin, la mère de Seth avait, un temps, semblé tirée d'affaire. Un an plus tôt, elle apportait encore des brownies aux kermesses et collectait de l'argent à Noël pour les bonnes œuvres de Mme Sanderson. Elle était restée si active que son cancer paraissait une nouvelle composante avec laquelle elle apprenait à vivre, comme des kilos en trop ou des cheveux gris. Cependant, je ne l'avais pas vue depuis longtemps.

Le ciel reprenait des couleurs, lentement mais sûrement, évoquant le visage d'un homme après un malaise.

— Je serai ranger quand je serai plus vieux, m'expliqua-t-il. C'est le bataillon le plus difficile à intégrer.

— C'est classe.

Les gens remontaient en voiture. Les klaxons retentissaient. Les chiens continuaient d'aboyer. Des élèves se dirigeaient vers leur salle de cours, d'autres quittaient le collège afin de rejoindre le monde extérieur, trop excités pour suivre les règles ou reprendre le train-train quotidien.

Seth et moi nous restâmes sur la butte. Un silence flottait entre nous, qui n'avait rien de gêné. Nous étions semblables, réservés et réfléchis.

Je le regardai regarder le ciel. Un cirrus délicat dérivait en direction de l'est, premier nuage de la journée. J'eus envie de dire quelque chose d'important et de vrai.

— Je suis sincèrement désolée pour ta mère.

— Quoi ?

Il se tourna vers moi, l'air sonné. Ayant soudain du mal à soutenir son regard, je détournai les yeux.

— Je voulais juste dire que j'étais désolée qu'elle soit malade. Ça doit être très dur.

Seth s'assit et frotta ses paumes sur son jean.

— Qu'est-ce que tu en sais d'abord ?

Il se relevait maintenant. Le soleil, qui avait presque entièrement reparu, m'éblouissait et m'empêchait de voir son visage, à contre-jour.

— Tu ne sais rien de ma mère.

Sa voix se brisa lorsqu'il conclut :

— Je t'interdis de parler d'elle. Ne parle plus jamais d'elle.

J'éprouvai la morsure de chacun des mots.

J'aurais voulu m'excuser, mais j'étais trop abasourdie. Seth avait déjà tourné les talons, dans la direction opposée au collège. Je le vis traverser la rue d'un pas rageur, imprudent. Slalomant entre les voitures, il s'éloignait de plus en plus de moi.

Le ciel avait repris son aspect normal pour un début d'après-midi, un azur vif. Je m'assis pour

72

découvrir que j'étais la dernière sur la butte. Sans me presser, je me dirigeai vers la salle de maths. En chemin, je croisai Michaela avec un groupe d'élèves plus âgés que je ne connaissais pas.

— On va à la plage, m'annonça-t-elle.

— Et les cours ?

Je regrettai aussitôt ma question.

— Oh là là, Julia ! lança-t-elle en éclatant de rire. Tu as déjà fait un truc interdit ?

Cet après-midi-là, l'entraînement de foot fut annulé. Ma mère vint me prendre au collège. Elle était furieuse.

— Pourquoi n'as-tu pas répondu au téléphone ?

Je montai à côté d'elle et claquai la portière, faisant taire en un instant les piaillements des conversations à l'arrêt de bus.

— C'était juste une éclipse, dis-je.

Je bouclai ma ceinture et me laissai aller contre le dossier, tandis qu'elle enclenchait la boîte de vitesse.

— Tu aurais dû décrocher, insista-t-elle. Tu aurais dû me rappeler.

La soufflerie de l'air conditionné vrombissait dans l'habitacle. Et la radio diffusait en boucle des bulletins d'information sur l'éclipse.

— Tu m'écoutes, Julia ? me demanda-t-elle d'une voix montant dans les aigus, alors que les voitures devant nous avançaient au pas, attendant le signal de l'agent de la circulation pour sortir du parking du collège.

J'observai une bande d'élèves dans la cour. Ils me semblaient très loin, tout à coup. Je promenai mon doigt sur la vitre. Ce n'étaient pas mes amis. Pas un seul d'entre eux.

— Hanna a déménagé dans l'Utah.

Alors que je le savais depuis deux jours, je ne lui en avais pas encore parlé. Elle se tourna vers moi et son expression se radoucit. Une Mercedes rouge s'inséra dans la file de voitures, devant nous.

— Elle a déménagé ?

Je hochai la tête.

— Oh, Julia... fit-elle en me pressant l'épaule. Vraiment ? Tu es sûre que c'est définitif ?

— C'est ce qu'elle a dit.

Elle prit la direction de l'autoroute ; je sentais qu'elle me jetait des coups d'œil réguliers. Après avoir baissé le volume de la radio, elle lança :

— Je suis désolée pour toi. Ils reviendront sans doute.

— Je ne pense pas.

— Les gens ont peur. Tu comprends ce que je veux dire ? Ils n'ont pas les idées claires.

De retour à la maison, nous découvrîmes que les poubelles, descendues par mon père sur le trottoir le matin même, débordaient d'ordures. Les éboueurs n'étaient pas passés ; les fourmis et les mouches, elles, s'affairaient. L'oiseau était encore à l'intérieur. Après avoir remis les poubelles à leur place, sur le côté de la maison, nous sortîmes les courses du coffre. Ma mère avait acheté plusieurs boîtes de conserve et six bidons d'eau minérale. Elle anticipait une possible pénurie... et elle n'était pas la seule.

Ce soir-là, mon père affirma qu'il avait tout de suite compris qu'il s'agissait d'une éclipse.

— Tu veux me faire croire que tu n'as pas eu peur une seule seconde ? lui demanda ma mère.

— Pas vraiment, répondit-il tout en délaçant ses chaussures, assis sur une marche. Je savais ce que c'était.

Le journal télévisé du soir, essentiellement consacré à ce sujet, montra une poignée d'initiés qui, bien avant le début du ralentissement, s'étaient rendus sur une île isolée du Pacifique, l'un des rares endroits d'où l'on était censé pouvoir observer l'éclipse de la terre ferme. Ils avaient embarqué des appareils photo sophistiqués dans leurs bagages, ainsi que des filtres spéciaux permettant de capturer les images du soleil en train de rétrécir. Mais le matériel était resté rangé dans ses étuis molletonnés. Et les filtres spéciaux s'étaient révélés inutiles, ainsi que les lunettes de protection, qui n'avaient pas quitté les poches poitrine de leurs vestes. L'éclipse n'avait été visible que depuis la côte ouest des Etats-Unis.

Les éliminatoires de base-ball reprirent comme prévu – face à l'incertitude, continuer à jouer semblait la seule réponse du peuple américain. Toutefois, le match de ce soir-là fut particulièrement difficile. Défier la gravité était, plus que jamais, un exploit. Personne n'était habitué aux nouvelles lois. Sept lanceurs furent remplacés. Personne ne maîtrisait la trajectoire de la balle. A chaque heure qui passait, chaque parcelle de matière se trouvait un peu plus soumise à l'influence de la gravité.

Le marché boursier, victime de la même tendance, enregistra une baisse record. Le prix de l'essence, d'un autre côté, grimpa en flèche.

Lorsque je me glissai dans mon lit, m'efforçant d'effacer le souvenir de cette journée, nous avions encore gagné trente minutes. Toutes les chaînes d'information avaient ajouté, au bas de l'écran, une courbe rendant compte, en continu, non pas des cours de la bourse mais de la durée d'un jour sur Terre. Soit vingt-six heures et sept minutes.

6

Deux jours passèrent. De plus en plus de gens désertaient notre banlieue résidentielle. Ils retournaient dans leur région natale – la plupart des Californiens venaient d'ailleurs. Ma famille resta, elle. Ses racines étaient ici.

Le troisième jour, après les cours, j'accompagnai ma mère chez mon grand-père.

— Il dit qu'il va bien, m'expliqua-t-elle en cours de route, mais je voudrais m'en assurer.

Ç'avait beau être le père de mon père, c'était surtout elle qui s'inquiétait pour lui. Et cette habitude commençait à déteindre sur moi. Il vivait seul à l'est.

A la station-service s'étirait une file interminable de voitures. Des dizaines de monospaces et de 4 × 4 serpentaient sur le parking et débordaient dans la rue.

— Doux Jésus, murmura ma mère, on se croirait dans un pays en guerre.

Une femme en robe à fleurs roses zigzaguait entre les véhicules, profitant que les passagers aient les yeux tournés ailleurs pour glisser des prospectus orange sous les essuie-glaces. *La fin est proche ! Repentez-vous et trouvez le salut !*

J'évitai son regard, si déterminé dans sa folie, cependant elle se posta devant ma vitre pour crier :

— « Et le Seigneur l'Eternel dit : "En ce jour-là, je ferai coucher le soleil à midi et j'obscurcirai la Terre en plein jour." »

Ma mère verrouilla les portières.

— C'est dans la Bible ? demandai-je.

— Je ne me rappelle pas.

Notre voiture avança de quelques centimètres. Dix-neuf autres faisaient la queue aux pompes devant nous.

— Où veulent-ils aller, tous ? s'exclama ma mère avant de se frotter le front en laissant échapper un soupir. Où peut-on aller ?

Mon grand-père habitait au beau milieu d'un lotissement de standing. Il avait tenu bon et conservé son ancienne maison parmi les nouvelles. A la sortie de l'autoroute, nous rejoignîmes le réseau de routes récemment goudronnées, rubans noirs coupés à chaque intersection par un passage piéton d'un blanc éclatant. Les panneaux stop étaient neufs eux aussi. De même que les ralentisseurs. Les bordures des trottoirs formaient des angles bien droits, sans une seule fissure. Les bouches d'incendie, que la rouille n'avait pas encore attaquées, rutilaient. Des rangées d'arbrisseaux, plantés à intervalles réguliers, longeaient les trottoirs – qui étincelaient littéralement. Devant chaque pavillon s'étendait une pelouse à l'herbe aussi drue qu'une chevelure bien fournie.

Au cœur de toute cette nouveauté s'enracinaient les quatre mille mètres carrés de poussière appartenant à mon grand-père, aussi invisibles qu'un rectangle de matière noire. Si on devinait sa présence à la façon dont la route contournait le terrain, on ne pouvait pas l'apercevoir de l'extérieur. Le promoteur chargé de la construction du lotissement avait entouré la parcelle de mon grand-père de pins touffus, pour éviter aux voisins d'avoir à supporter cette vision.

Notre voiture franchit le portail en bois, grand ouvert, et, sous ses roues, l'asphalte lisse se transforma en gravier grossier, tandis que le paysage naturel de la région reprenait ses droits sur les espaces verts dessinés avec soin : sec et décharné, désolé et déplaisant. Mon père avait grandi dans ce cadre, à une époque où il y avait encore des poules et des chevaux. La mort du dernier cheval remontait à longtemps pourtant, et l'écurie n'était plus que le vestige d'une époque révolue. Les poteaux et planches de l'enclos blanchissaient au soleil. Le poulailler était désert. Mon grand-père avait quatre-vingt-six ans. Tous ses vieux amis étaient morts, sa femme aussi. Sa propre longévité l'avait rendu amer.

« J'espère pour toi que tu n'as pas hérité de mes gènes, Julia, me répétait-il souvent. C'est une véritable malédiction de vivre aussi longtemps. »

J'appréciais sa façon de dire ce qu'il pensait.

Des années plus tôt, les promoteurs avaient voulu acheter sa propriété, et il avait refusé de la leur vendre.

« J'ai des choses enterrées sur ce terrain, moi ! »

Je savais de source sûre qu'au moins deux chats avaient été ensevelis derrière le tas de bois, et je soupçonnais mon grand-père d'avoir également enfoui d'autres biens au fil des années. Les promoteurs menèrent à bien leur projet, sans se soucier de lui, traçant des routes et posant des fondations, érigeant des maisons et des panneaux indicateurs de part et d'autre de sa propriété. Un nouveau quartier surgit autour de la terre de mon grand-père, comme une rivière en crue se déversant de part et d'autre d'un obstacle.

Ma mère entra, sans frapper, par la porte de la cuisine et je la suivis. Lorsqu'on se déplaçait dans la maison, les étagères frémissaient, et les innombrables bibelots qui les encombraient vacillaient sur leur base. Vêtu d'un sweat-shirt rouge, mon grand-père était installé à la table avec un journal et une loupe.

— Bonjour, Gene ! lança ma mère. Comment allez-vous ?

— Je vous ai dit au téléphone que j'allais bien, répondit-il sans lever les yeux. Chip est passé.

Chip était un voisin, un adolescent qui lui donnait un coup de main. Il était toujours en tee-shirt et jean noirs, et un piercing provoquait le léger affaissement de sa lèvre inférieure. Ils formaient un couple inattendu, toutefois Chip détestait sans doute autant que mon grand-père le lotissement, même s'il vivait avec ses parents dans un des pavillons luxueux.

— De toute façon, c'est de la connerie, ajouta mon grand-père.

— Qu'est-ce que vous voulez dire, Gene ?

— Je suis sûr que c'est une stratégie pour détourner notre attention du Moyen-Orient.

Il avait les yeux les plus pâles que j'aie jamais vus, du même bleu que ceux de mon père, mais décoloré, et qui semblait s'estomper avec l'âge, tel un tissu exposé trop longtemps au soleil. Quelques mèches de cheveux blancs tombaient de temps à autre sur son front.

— Allons, Gene, comment voulez-vous que quelqu'un réussisse à truquer une chose pareille ?

— Je pose juste la question : comment savez-vous que c'est vrai ? Avez-vous mesuré vous-même ? Ils peuvent faire ce qu'ils veulent à notre époque.

— Gene...

— Attendez un peu de voir. Ils nous mijotent quelque chose, je vous le garantis. Ils ont trafiqué les horloges ou un machin dans le genre. Je dis seulement que je n'y crois pas. Je n'y crois pas une seule seconde.

Le téléphone de ma mère se mit à vibrer et je compris à son ton que c'était mon père. Pendant qu'elle sortait pour pouvoir parler en toute liberté, je m'assis à table – la table où nous avions passé des heures, mon grand-père et moi, à jouer au pouilleux, jusqu'à ce que, sa vue ayant trop baissé, il ne puisse plus distinguer les cartes les unes des autres. Je regrettais ce temps-là.

— Alors, Julia, reprit-il, est-ce que tu aperçois quelque chose ici qui te plaît ?

Il désigna ses étagères surchargées de bouteilles de Coca-Cola, vieilles d'un siècle, le service à thé en argenterie de ma grand-mère, sa collection de dés à coudre et de minuscules cuillères en argent, les figurines en étain et porcelaine qu'elle avait disposées sur des napperons de dentelle à l'époque où elle prenait encore soin de leur intérieur.

— Je ne peux pas les emporter avec moi, tu sais, poursuivit-il. Tu devrais prendre ce que tu veux tout de suite, parce que, quand je serai mort, Ruth raflera tout ce qu'elle pourra.

Ruth, la sœur cadette de ma grand-mère, vivait sur la côte Est.

— Non merci, papy. C'est mieux que tu gardes tes affaires.

81

J'espérais qu'il ne remarquerait pas que je ne portais pas ma pépite d'or, définitivement perdue. Avant de souffrir d'arthrose, il passait ses matinées sur la plage à promener son détecteur de métal au ras des dunes, en quête de pièces et de trésors. A présent, il se montrait désireux de léguer ses affaires, comme si le poids de ses possessions le retenait sur Terre et, qu'en les cédant, il espérait réussir à trancher ce lien.

Il se leva et se traîna jusqu'à la cafetière pour remplir sa tasse. Il se posta un moment devant la fenêtre. Ma mère faisait les cent pas et agitait les mains tout en parlant dans son téléphone. Le vent lui rabattait les cheveux d'un côté et elle n'arrêtait pas d'écarter des mèches de son visage.

— Je t'ai déjà raconté la fois où j'ai vu un type se faire tuer dans cette cour ?

— Je ne crois pas.

— Il ne devait pas avoir plus de dix-sept ans, dit-il en secouant la tête. Un cheval l'a piétiné.

— C'est affreux.

— Ça l'était, oui.

Il dodelina de la tête afin de souligner le tragique de cette histoire. Il avait une excellente mémoire pour les mauvais souvenirs. Quelque part dans la maison, un robinet gouttait.

— Toute cette histoire me rappelle mes années dans les mines d'Alaska. Nous avions du soleil jour et nuit en été. Il faisait clair à 2 heures du matin. La nuit ne tombait pas pendant des semaines. En hiver, au contraire, nous avions deux ou trois mois d'obscurité...

L'Alaska était l'un de ses sujets favoris. Alors qu'il se perdait dans ses pensées, je remarquai une antenne satellite qui oscillait sur un toit voisin, à peine visible entre les pins. Une vague odeur de fumée flottait dans l'air.

— Tout ça, c'est de la foutaise, crois-moi. C'est juste que je n'arrive pas à comprendre comment ils font.

— Tu es sérieux, papy ?

Il posa sur moi un regard grave et ferme.

— Sais-tu qu'en 1958 le gouvernement des Etats-Unis a lancé un programme secret d'essais nucléaires dans ce comté ? Ils testaient les effets des substances nucléaires sur les citoyens lambda. Ils mettaient de l'uranium dans l'eau et surveillaient le taux des cancers dans la région. Tu en as déjà entendu parler ?

Je secouai la tête.

— Bien sûr que tu n'en as pas entendu parler, reprit-il. C'est ce qu'ils veulent. C'est exactement ce qu'ils veulent.

Une bourrasque glissa le long de la façade, emportant un sac en papier.

— Est-ce que ta mère et ton père t'emmènent à l'église ?

— De temps à autre.

— Vous devriez y aller toutes les semaines.

Il ramassa une paire de minuscules bottines rangées dans du papier de soie argenté, puis ajouta :

— Tu les veux ?

— Non, c'est gentil.

— Je portais ces chaussures quand j'avais quatre ans. Tu es sûre que rien ne te fait envie, ici ?

Sa respiration, sifflante et laborieuse, se frayait de moins en moins facilement un passage dans ses poumons rétrécis.

— Attends une minute. Je sais ce qui te ferait plaisir.

M'indiquant un placard bas à l'autre extrémité de la cuisine, il me demanda de m'agenouiller devant.

— Maintenant, plonge la main tout au fond. Tu sens ?

— Quoi ?

J'avais enfoncé le bras jusqu'à l'épaule. Les motifs cachemire du lino s'imprimaient sur la peau de mes genoux. J'aurais préféré interrompre les recherches, mais je ne voulais pas le décevoir.

— Il y a un truc, dit-il. La paroi du fond coulisse vers la droite. Pousse-la.

Chez mon grand-père, les boîtes de céréales n'étaient pas remplies de céréales et les conserves de soupe contenaient toujours une substance plus précieuse que ce que stipulait l'étiquette. Il n'y avait rien d'étonnant à ce qu'il crût si farouchement à des puissances invisibles. Derrière la paroi truquée, je découvris une rangée de boîtes à café, si anciennes que je ne reconnaissais pas leurs marques.

— Apporte-moi celle de chez Folgers.

Il s'échina sur le couvercle en grimaçant. Il avait l'air plus faible qu'à l'ordinaire.

— Laisse-moi essayer, dis-je.

Le couvercle céda facilement, pourtant je fis mine de rencontrer une résistance. La boîte était remplie de feuilles de papier journal froissées. Dessous, un petit écrin en argent accueillait, sur un lit de velours rigide, une montre à gousset en or, oxydée. La chaîne serpentait tout autour du cadran.

— Elle appartenait à mon père, m'expliqua-t-il. Remonte-la, et elle te donnera l'heure. Elle ne te lâchera pas. Ces mécanismes-là, c'est du solide. Ça marchait comme ça, autrefois, tu sais ? On fabriquait de la bonne qualité. Je te parie que tu n'as jamais vu un travail aussi soigné.

Je ne voulais pas de la montre. Elle finirait avec les autres objets qu'il m'avait offerts, vieux et mystérieux : pièces en argent commémoratives n'ayant pas circulé, enveloppées de plastique, quatre paires de boucles d'oreilles à clip de ma grand-mère, des plans encadrés de notre ville datant du XIXᵉ siècle. Mais il insistait et je me sentais incapable de lui avouer que j'avais perdu le seul de ses présents auquel je tenais vraiment : j'avais cherché dans la terre battue tout autour de l'arrêt de bus, en vain.

— Merci, dis-je en sortant la montre de son écrin. Elle est jolie.

— Elle le sera encore plus lorsque tu l'auras astiquée.

Il se frotta le visage avec le poignet de son sweat-shirt, avant d'ajouter :

— Prends-en soin, Julia.

La porte moustiquaire claqua quand ma mère nous rejoignit. Elle remarqua aussitôt la montre.

— Oh, Gene, vous ne devez pas donner toutes vos affaires !

— Laissez Julia la garder. Je ne peux pas l'emporter avec moi.

— Où ça ? Vous n'allez nulle part, si ?

Il chassa la réflexion d'un revers de la main.

— Et prends ça, aussi, me glissa-t-il en me remettant un billet de dix dollars au moment où nous partions.

Un bref sourire illumina son visage, chose rare et précieuse. J'entrevis le contour de ses fausses dents sous les gencives.

— Fais-toi plaisir, ajouta-t-il.

J'acquiesçai en lui pressant la main

— Et, Julia ? Ne crois pas tout ce que tu entends, d'accord ? Tu es une fille intelligente. Capable de lire entre les lignes.

Pour le retour, afin d'éviter l'autoroute et ses bouchons, ma mère emprunta ce que nous appelions entre nous la route panoramique. Nous avions mis la radio : des reporters du monde entier décrivaient les réactions locales. Le changement de gravité avait fait de nouvelles victimes en Amérique du Sud. Le Centre pour le contrôle et la prévention des maladies enquêtait.

— Doux Jésus, souffla ma mère. Tu me diras si tu commences à te sentir mal, hein ?

« Apparemment, cette maladie ne frappe pas tout le monde de la même façon », expliquait une sommité.

J'avais l'impression d'avoir la tête qui tournait tout à coup.

« Cette maladie s'appelle paranoïa », poursuivit-il.

Dans notre propre pays, ainsi que l'expliqua ensuite un journaliste, des groupes de chrétiens évangéliques avaient pris leurs dispositions dans l'espoir d'être, à tout instant, rappelés par Dieu : ils quitteraient leurs lits et laisseraient derrière eux des maisons vides, ainsi qu'un tas de vêtements froissés à l'endroit où leurs corps se trouvaient autrefois.

— Je ne comprends pas, remarquai-je. Pourquoi est-ce qu'ils n'emporteraient pas leurs vêtements ?

— Je n'en ai aucune idée, trésor. Tu sais bien qu'on ne partage pas ces croyances-là.

Nous appartenions à une autre catégorie de chrétiens, plus discrets et raisonnables, embarrassés par les miracles.

Le présentateur interviewait maintenant un télévangéliste : «Il y a des années que les signes de la révélation sont présents. Nous l'attendons depuis la restitution d'Israël.»

A la faveur d'un virage, j'aperçus un bout d'océan qui scintillait entre deux collines. Les autorités avaient fait évacuer toutes les propriétés du front de mer – personne ne pouvait prévoir comment les marées allaient réagir.

Des lotissements défilaient derrière ma vitre, les pavillons et les terrains rétrécissant à mesure que nous approchions de la côte. La terre coûtait si cher près de l'océan que certaines maisons surplombaient partiellement des canyons, soutenues par de gigantesques pilotis.

Nous arrivâmes à un stop. Tandis que ma mère tournait la tête de gauche à droite, je remarquai le liseré gris qui bordait parfois sa raie, lorsque ses racines réapparaissaient sous la teinture foncée. Ses cheveux grisonnaient depuis ses trente-cinq ans, et je n'avais jamais aimé ce signe avant-coureur de déclin physique.

Une vague de tristesse me gagna à cet instant précis. Je songeai pour la première fois peut-être, au moment où elle s'engageait sur la route, que s'il arrivait quoi que ce soit à ma famille, je serais seule au monde.

Nous longions la fête foraine. Elle devait ouvrir ses portes une semaine plus tard. Nous avions, Hanna et moi, prévu d'y aller dès le premier jour, mais ça n'arriverait pas. Habituellement, les ouvriers travaillaient d'arrache-pied pour monter les attractions et s'assurer de leur bon fonctionnement. Je vis pourtant que l'installation avait été interrompue. Je supposai que forains et ouvriers avaient regagné leurs villes natales, eux aussi – tout le monde voulait être avec ses proches. Les carcasses colorées des montagnes russes, dont la construction avait été suspendue, se dressaient dans le vent. Pour le moment, le toboggan aquatique terminait sa chute dans le vide. La grande roue ne comportait qu'une petite nacelle rouge suspendue au rayon unique, dernier fruit de l'été ou dernière feuille de l'automne.

7

Pendant toute une période, les jours continuèrent à ressembler à des jours. Le soleil se levait et se
couchait. La lumière succédait à l'obscurité. Je n'ai
pas oublié les matinées fraîches qui s'épanouis-
saient, les après-midi qui se consumaient peu à peu
et les crépuscules indolents. Le ciel conservait une
teinte orangée plusieurs heures avant de devenir
bleu nuit. Le temps semblait pris de paresse, s'écou-
lant de plus en plus lentement.

Chaque jour, les horloges retardaient un peu plus.
Leurs aiguilles tournaient toujours, comme la Terre,
mais elles n'étaient plus en phase. Au bout d'une
semaine, minuit ne tombait plus nécessairement au
cœur de l'obscurité. Les horloges sonnaient parfois
9 heures en plein après-midi. Et midi lors du
coucher du soleil.

Ce fut une époque de chaos et d'improvisation.

Tous les matins, les autorités annonçaient le
nombre de minutes gagnées depuis la veille, telles
des gouttes de pluie accumulées dans une casse-
role. Les chiffres variaient tellement que nous ne
savions jamais à quoi nous attendre. L'heure du
premier cours était décidée à l'aube, le jour même
– je me revois devant la chaîne de télévision locale,

guettant, avec ma mère, cette information qui changeait constamment.

La fréquentation du collège ne cessait de baisser.

Des heures dont on ne savait que faire se faufilaient entre les tranches horaires attribuées aux travailleurs. Des avions restaient cloués au sol plusieurs jours durant, des trains demeuraient bloqués tant que de nouveaux indicateurs n'étaient pas concoctés. Plus aucun emploi du temps n'était valable, il fallait en réinventer au quotidien.

Nous improvisions. Nous nous adaptions. Nous faisions avec.

Ma mère remplissait peu à peu nos placards de provisions. Elle les accumulait de façon progressive, marée montante de lait condensé et de petits pois en conserve, de fruits secs et de confitures, de soupe en boîte. Elle ne rentrait plus jamais à la maison sans un paquet de piles, une boîte de bougies ou de la nourriture lyophilisée sous emballage plastique ou aluminium – autrement dit impérissable.

Entre-temps, mon équipe de football avait repris l'entraînement presque normalement, et les lycéens inscrits au club théâtre de ma mère continuaient à répéter *Macbeth*. Dans l'ensemble du pays, les activités sportives et artistiques se poursuivaient. Le spectacle se devait de continuer. Nous nous accrochions à ce qui avait été prévu. Annuler des représentations ou des matchs aurait semblé immoral, le signe que nous baissions les bras ou perdions espoir.

De nouvelles minutes jaillissaient partout. Il devenait plus difficile de perdre son temps. Le rythme quotidien paraissait avoir ralenti.

D'après certains, le ralentissement nous a affectés pour un millier d'autres raisons ignorées, de la durée de vie des ampoules électriques à la température de fonte de la glace ou d'ébullition de l'eau, en passant par la vitesse de multiplication des cellules humaines ou de leur destruction. Selon d'autres, le vieillissement de nos corps a été freiné dans les jours consécutifs au ralentissement, les agonies et les accouchements se sont éternisés. Des études ont démontré que les cycles menstruels se sont légèrement allongés lors de ces premiers jours. Pour l'essentiel, néanmoins, ces phénomènes tenaient davantage de l'anecdote que de la science. Des physiciens ont même expliqué que la vérité était justement à l'opposé : c'est le voyageur dans un train prenant de la vitesse qui a une impression de ralentissement, pas l'inverse. De mon point de vue, l'herbe poussait comme avant, le pain séchait au rythme habituel, et les pommes de notre voisin, M. Valenica, mûrissaient sur son pommier ainsi qu'elles l'avaient fait tous les automnes précédents, avant de tomber dans les herbes folles et de pourrir à une cadence en apparence normale.

Pendant ce temps-là, les horloges continuaient à égrener les secondes. Le pouls des montres à battre, discrètement. Les pendules anciennes de mon grand-père carillonnaient toujours. Dans toutes les villes des Etats-Unis, les cloches sonnaient toutes les heures.

Une semaine est passée, une seconde a débuté. Chaque fois que notre téléphone sonnait, j'espérais qu'il s'agissait de Hanna. Elle n'avait pas appelé.

La source de minutes supplémentaires semblait intarissable. Bientôt, nos jours ont approché des trente heures.

La vieille nomenclature de vingt-quatre heures a commencé à nous paraître de plus en plus incongrue, avec sa régularité impossible, ses deux segments égaux de douze heures comme les deux cerneaux d'une noix. Comment avions-nous pu avoir une vision aussi simpliste ?

8

Au cours de la deuxième semaine, le ralentissement fit ses premières victimes parmi les oiseaux.

Sur les trottoirs, des pigeons avançaient en traînant leurs ailes. Des moineaux tombaient sur les pelouses. Des troupeaux d'oies parcouraient de grandes distances sur leurs pattes. Des corps de mouettes s'échouaient sur les plages. On retrouvait des cadavres d'oiseaux dans nos rues et sur nos toits, sur nos courts de tennis et nos terrains de foot. La faune céleste s'abattait sur Terre. Le même phénomène se produisait partout sur le globe.

Nous étions censés prévenir, chaque fois, la société chargée de la protection des animaux, mais mon père s'y refusait. Il y en avait trop, disait-il avant de s'en débarrasser, comme de ce geai bleu sur notre terrasse.

Je me remémore ces oiseaux avec autant de précision que le reste : les plumes en décomposition et les yeux en forme de grains de raisin, les traces poisseuses sur le macadam.

Sylvia, mon professeur de piano, possédait des pinsons. De petits oiseaux grassouillets, qui vivaient dans une cage en forme de cloche installée dans un coin de son salon. J'y passais une demi-heure tous les mercredis après-midi pour apprendre à jouer du piano, ou plutôt essayer. Et la banquette sur laquelle je m'asseyais était occupée, quelques minutes après mon départ, par Seth Moreno ; ses leçons succédaient aux miennes, ses doigts effleuraient les mêmes touches, ses pieds actionnaient les mêmes pédales. Souvent, sa présence planait au-dessus de ma leçon. Ce jour-là, pourtant, je fus distraite par les pinsons : je guettais des signes de maladie dans le moindre de leurs cris.

— Tu n'as pas travaillé, si ? dit Sylvia.

Je venais d'interpréter une version trébuchante de la *Lettre à Elise*. Assise à côté de moi sur la banquette en bois verni noir, Sylvia avait posé ses pieds fins et nus à côté des pédales en cuivre. Elle portait une robe en lin blanc et un collier de grosses perles en bois. J'aimais bien son style. Elle n'était pas seulement prof de piano ; elle enseignait aussi le yoga.

— Si, j'ai un peu travaillé, répondis-je.

Mes leçons commençaient toujours de la même façon. Peut-être que, si j'avais su que je m'asseyais sur cette banquette pour une des dernières fois, j'aurais fait davantage d'efforts.

— Comment espères-tu progresser si tu ne t'entraînes pas ?

L'un des pinsons piaillait dans sa cage. On ne pouvait pas vraiment parler de chant, chaque pépiement évoquant le grincement d'un gond rouillé.

Dans un premier temps, les autorités se refusèrent à imputer la mort des oiseaux au ralentissement. Il n'y avait aucune preuve, arguaient-ils, d'un lien entre les deux phénomènes. Des spécialistes pointèrent du doigt des causes plus classiques, telles que la maladie : la grippe aviaire, pandémique. Les tests sur l'ensemble des souches connues se révélèrent tous négatifs, néanmoins.

Bien sûr, le commun des mortels n'avait pas besoin de davantage de preuves. Il ne croyait pas à ces arguments fallacieux. Il rejetait le hasard. Il savait que le ralentissement était à l'origine de la mort des oiseaux, même si personne ne pouvait expliquer ni l'un ni l'autre

— C'est plus que jamais le moment de travailler, ajouta Sylvia en exerçant une légère pression au bas de mon dos pour que je me redresse (mon maintien se relâchait toujours au fil de la leçon). L'art prospère en période d'incertitude.

Ces cours de piano étaient une idée de ma mère. Je n'avais pas un goût particulier pour la musique, mais j'appréciais Sylvia et sa maison, un pavillon semblable au nôtre bien que méconnaissable dès qu'on posait un pied à l'intérieur. Du parquet remplaçait la moquette qui chez nous recouvrait le sol de toutes les pièces. Des plantes vertes habillaient chaque coin. Sylvia ne croyait ni aux produits d'entretien chimiques ni à l'air conditionné. Son intérieur embaumait le thé, les graines pour oiseaux et l'encens.

— Je vais le jouer en entier une fois, dit-elle. Je veux que tu fermes les yeux et que tu te focalises sur la mélodie.

Elle régla le métronome, dont s'échappa un flux tranquille de tic-tac. Je ne parvenais jamais à tisser mes notes sur ce canevas précis et régulier.

Elle se mit à jouer.

J'avais beau m'efforcer d'écouter, je ne pouvais pas me concentrer : je m'inquiétais pour les pinsons. Ils me paraissaient plus silencieux qu'à leur habitude, et un peu moins gras. Sylvia leur avait choisi des termes musicaux en guise de noms ; Forte avait

95

l'air de vaciller sur son perchoir, ses petites griffes orange peinant à assurer leur prise. Le plus petit, Adagio, sautillait sur le journal qui tapissait le fond de la cage.

Ceux qui étaient convaincus que la fin du monde approchait interprétaient l'extinction des oiseaux comme un signe supplémentaire de l'imminence de l'apocalypse. Le matin même, j'avais vu dans un talk-show un télévangéliste évoquer cette théorie. Selon lui, par l'intermédiaire de ce fléau, Dieu nous envoyait un avertissement ; ce n'était qu'une question de temps avant que le mal ne s'étende aux humains.

— Tu as les yeux ouverts, remarqua Sylvia.

Lorsque je ne suivais pas ses directives, elle s'en étonnait toujours avec une sincérité désarmante. Cela faisait partie de son charme.

— Désolée.

Elle surprit mon regard en direction de la cage.

— Ne t'inquiète pas, me rassura-t-elle, les oiseaux domestiques ne sont pas touchés, ça ne concerne que ceux qui vivent en liberté.

C'est ce que j'avais entendu dire, moi aussi, néanmoins les éleveurs de volaille avaient reçu l'instruction de surveiller leurs bêtes, de guetter tout symptôme inhabituel.

Les experts ne s'accordaient pas sur la cause de ce syndrome. Certains l'imputaient à la légère modification de la gravité. Peut-être avait-elle une incidence sur l'équilibre des oiseaux, entravant ainsi leurs capacités à voler et s'orienter. A moins qu'il ne s'agisse d'une conséquence des bouleversements de leur rythme biologique ; leur perception du jour et de la nuit avait été chamboulée, leur métabolisme déréglé. Ils ne savaient plus quand dormir ni quand manger. Ils pouvaient être affamés, exténués, troublés et moins vigilants.

En revanche, les véritables spécialistes de la question, les ornithologues, restaient sur la réserve : il était trop tôt pour se prononcer.

— Ils vont bien, insista Sylvia. N'est-ce pas, les gars ?

Les pinsons conservaient le silence : le seul bruit provenait du tapotement discret d'une minuscule serre à travers une épaisseur de papier journal.

Un phénomène comparable s'était apparemment produit chez les abeilles, quelques années avant le début du ralentissement. Des millions d'entre elles avaient trouvé la mort. On avait découvert des ruches abandonnées, inexplicablement vides. Des communautés entières s'étaient évanouies dans la nature. Personne n'avait jamais identifié de façon concluante la cause de cette hécatombe.

— Tu veux connaître mon opinion sur la question ? me demanda Sylvia.

Elle avait des yeux sombres et graves, elle ne portait pas de maquillage. Sa peau était lisse et bronzée, ses bras comme ses jambes parsemés de taches de rousseur, de celles qui semblent glissées sous la peau, telles des miettes immergées dans du lait.

— Je crois que le ralentissement de la planète est la goutte qui fait déborder le vase pour les oiseaux. On empoisonne la planète et sa faune depuis des années. Aujourd'hui, on finit par le payer.

A la télévision, ils avaient également développé cet argument ; les causes de l'extinction des oiseaux, multiples et anciennes, incombaient à l'homme : pesticides et pollution, changements climatiques et pluies acides, ondes dégagées par les antennes relais de la téléphonie mobile. Le ralentissement, d'après certains, avait simplement fait pencher la balance du mauvais côté, rendant les oiseaux plus vulnérables aux dangers créés par l'homme.

— Je crois, poursuivit Sylvia, que la Terre a perdu l'équilibre il y a longtemps et que c'est sa façon de le rétablir.

Il faut savoir qu'elle cultivait de l'herbe de blé dans sa propre serre pour se préparer, elle-même, son jus. Elle continua :

— On n'a pas d'autre choix que celui de s'adapter. Il faut laisser la Terre nous guider.

Alors que je ne savais pas comment lui répondre, je fus tirée de ce mauvais pas par une situation non moins délicate – la poignée de la porte tourna lentement, annonçant l'arrivée de l'élève suivant. Je n'avais pas reparlé à Seth Moreno depuis l'éclipse.

J'entendis résonner le carillon en coquillages qui tintait sur la véranda, puis le son étouffé d'une porte que l'on referme. Mon cœur battait dans mes oreilles. D'ordinaire, Seth et moi ne nous croisions pas plus de quelques secondes, échangeant pour toute salutation un signe de tête rapide dans l'entrée.

— Je n'étais pas sûr de l'heure à laquelle venir, expliqua-t-il. Je ne savais pas à quelle montre me fier.

Ses baskets couinaient sur le parquet. Il pencha la tête sur la droite pour écarter sa frange, qui lui tombait dans les yeux. Ses cheveux mouillés indiquaient qu'il sortait de sa douche – je savais qu'il avait entraînement de foot avant le piano.

Une horloge de parquet en noyer donnait une heure fantaisiste – 10 heures –, alors que nous étions en milieu d'après-midi. J'avais déjà pris l'habitude, à cette époque, d'ignorer ces chiffres.

— Je suis venu un peu au pif, poursuivit-il en faisant passer ses partitions d'un bras à l'autre.

— C'est parfait, Seth, le rassura Sylvia, nous n'en avons plus que pour quelques minutes.

Il s'assit sur un fauteuil en cuir usé, près de la cage à oiseaux. Un pot contenant une fougère, dans son filet en macramé, pendait au-dessus de sa tête. Il y a sans doute certains détails qui m'échappent à présent, pourtant, quand je ferme les yeux, il me semble revoir la maison et son contenu dans le moindre détail, avec autant de précision que s'il s'agissait d'une scène de crime conservée en l'état.

Sylvia s'éclaircit la voix et la leçon reprit.

— La *Lettre à Elise*, dit-elle en réglant à nouveau le métronome. Encore une fois, du début à la fin.

J'avais à peine joué les premières mesures que le téléphone sonna dans la cuisine. Sylvia l'ignora, mais la sonnerie reprit. Elle irritait visiblement les pinsons, qui poussaient des cris stridents. Alors que Sylvia se levait pour décrocher, le répondeur se déclencha et les premières notes d'une voix masculine retentirent. Elle prit le combiné et coupa l'appareil. Elle connaissait, apparemment, l'identité de son interlocuteur.

— Je suis en plein cours, dit-elle d'un ton légèrement agacé. Tu te souviens ?

Son expression, mélange de plaisir et de gêne, la rajeunissait considérablement. Elle devait avoir la quarantaine à l'époque. Je ne l'avais jamais vue avec un homme. J'imaginai un garde forestier crotté, avec catogan et barbe, qui l'appelait depuis son portable, d'une camionnette ou un pick-up.

Le combiné coincé entre l'oreille et l'épaule, Sylvia nous fit signe, à Seth et moi, qu'elle montait au premier un instant. Le bas de sa robe en lin blanc lui effleurait les mollets tandis qu'elle gravissait les marches.

Je me retrouvai seule avec Seth. Aucun de nous deux ne quitta sa place. Il réarrangeait les partitions sur ses genoux, laissant les pages glisser l'une contre l'autre. Clouée sur la banquette, j'examinais les touches du piano.

Au bout d'un moment, Seth sortit son portable de sa poche pour jouer. La musique électronique qui accompagnait sa partie me faisait penser à une fête foraine. Je songeai qu'il devait passer le temps ainsi, à l'hôpital, pendant que les médecins opéraient sa mère ou lui injectaient des substances toxiques dans le sang.

Je refis ma queue-de-cheval, puis démêlai les longueurs de mes cheveux. Ma respiration s'était précipitée, et j'essayais de le cacher.

Des cris d'enfants me parvenaient de l'extérieur. Une balle rebondissante martelait la chaussée. Par la fenêtre, il me sembla voir tomber du ciel quelque chose de sombre.

L'un des pinsons de Sylvia laissa soudain échapper un cri strident. Seth se tourna vers la cage et observa les oiseaux quelques secondes. Son téléphone jouait toujours sa petite ritournelle même s'il avait mis sa partie sur pause. Je finis par demander :

— Ils ont l'air d'aller bien ?

Seth se contenta de hausser les épaules. Je me levai pour juger par moi-même. Les oiseaux n'avaient pas touché aux morceaux de pomme, qui brunissaient au contact de l'air. Deux vers de terre, dont Sylvia m'avait expliqué qu'ils faisaient également partie du régime des pinsons, se tortillaient à côté des pommes, dans le bol.

— Ils ne mangent pas, dis-je.

— Peut-être qu'elle vient juste de les nourrir, rétorqua Seth.

— Ou peut-être que c'est la maladie.

De près, il sentait la lessive, pourtant son tee-shirt était froissé – à croire que, chez lui, le pliage du linge était devenu un art dépassé, une habitude rendue obsolète par la souffrance.

J'entendis le craquement des pas de Sylvia, qui allait et venait à l'étage. Le métronome continuait à claquer, à segmenter le temps comme il l'avait toujours fait. Adagio m'évoquait une poule miniature, ainsi assis sur son papier journal.

— Celui-là a vraiment l'air mal en point, dis-je.

Seth tapota la cage de l'index.

— Salut, petit gars ! lança-t-il. Par ici. Coucou !

Irrité par le bruit, Forte tourna brusquement la tête dans la direction de Seth ; Adagio, lui, ne réagissait pas.

Après avoir jeté un coup d'œil par-dessus son épaule, pour s'assurer que Sylvia ne redescendait pas, Seth ouvrit la porte de la cage. Prudemment, il glissa une main à l'intérieur et effleura le dos d'Adagio. Le voyant osciller tel un œuf, il s'écarta aussitôt.

— Mince, lâcha-t-il. Il est mort.

— Tu es sûr ?

— Sûr et certain.

— C'est forcément la maladie.

— Peut-être. Ou peut-être pas. Il peut très bien avoir attrapé un truc classique.

La porte du premier s'ouvrit avec un bruit sec. Seth referma la cage, puis nous échangeâmes un regard. Nous venions de conclure un pacte silencieux. Forte ne quittait pas son perchoir et s'échinait à battre des ailes, quand bien même ça ne lui servait à rien. J'avais de la peine pour lui, seul au monde.

101

Nous entendîmes les pas de Sylvia dans l'escalier, le frottement de sa main sur la rambarde, le déclic du combiné sans fil regagnant son socle.

— Qu'est-ce qui ne va pas ? s'enquit-elle en nous rejoignant, dénouant ses cheveux avant de les rattacher.

— Rien, répondit Seth.

Il se rassit dans le vieux fauteuil en cuir, laissant baller ses bras interminables le long de ses jambes.

— On regardait juste les pinsons, dis-je.

— Cesse de te faire du souci pour eux, Julia ! s'écria-t-elle avant d'agiter la main comme pour chasser un insecte. Ils vont bien.

Elle s'excusa de devoir écourter ma leçon ; elle préférait débuter sans tarder celle de Seth. Pendant que je rassemblais mes affaires, je cherchai à croiser les yeux de celui-ci, mais ils se dérobaient. Je quittai la maison, ignorant que les occasions que j'aurais de franchir à nouveau ce seuil se comptaient sur les doigts d'une main.

Je commençais à m'accoutumer aux corps sans vie. Je m'étais familiarisée, depuis le ralentissement, avec les caractéristiques de la mort, la façon dont le cadavre d'un oiseau se dégonflait au bout de quelques jours, se vidant de tous ses liquides, s'aplatissant jusqu'à ce qu'il ne reste plus que les plumes et les pattes.

Dehors, dans le ciel d'un bleu tranché, deux nuages vaporeux faisaient des stries. En SVT, nous avions entamé l'étude de l'atmosphère et appris les différents types de nuages. Ces deux-là étaient des cirrus, les plus hauts et les plus jolis.

Bien plus haut encore, à trois cents kilomètres au-dessus de ma tête, six spationautes – quatre Américains et deux Russes – étaient bloqués dans une station spatiale. Le lancement de la navette censée les récupérer avait été remis sine die. Les calculs complexes, l'utilisation de l'effet de fronde gravitationnelle qui, durant des décennies, avaient permis d'envoyer nos spationautes dans l'espace et de les ramener, ne paraissaient subitement plus assez fiables. Chaque fois que je levais les yeux, je pensais à leurs familles, qui attendaient leur retour sur Terre.

Au moment où je franchissais la rue, une brise océanique s'engouffra dans les eucalyptus et les pins. Un moineau esseulé traversait le ciel. Je cueillis un pissenlit sur la pelouse et le secouai dans le vent ; notre chat Tony dormait, le ventre à l'air, sur la véranda. Les trottoirs scintillaient au soleil. Quelque part un chien aboyait. Je me demandai ce que Hanna faisait à cet instant précis, dans l'Utah. Ce fut l'un de nos derniers vrais après-midi.

9

De tout temps, il y eut des régions dans le monde où il était impossible de se fier au soleil, où les jours n'étaient jamais bornés par son lever et son coucher. Sous certaines latitudes, il disparaissait en décembre pour ne pas réapparaître de toute la saison. Là-bas, l'été consistait en une boucle continue de lumière, qui n'accordait pas une seule minute de répit au ciel nocturne de juin.

C'étaient des endroits difficiles. Les arbres refusaient de pousser. Il s'agissait des anciens campements de pêcheurs dans le nord de la Scandinavie, des pentes glacées de Sibérie, des villages inuits du Canada et de l'Alaska. Pour leurs habitants, le jour et la nuit avaient toujours été des notions abstraites. Le matin n'apportait pas systématiquement la clarté. Et l'obscurité ne berçait pas nécessairement leur sommeil.

Si ceux d'entre nous qui vivaient sous les latitudes moyennes s'apprêtaient à découvrir un mode de vie inédit, il était connu depuis longtemps au pays du soleil de minuit.

L'annonce eut lieu un soir, deux semaines après le début du ralentissement. Les programmes télévisés furent interrompus. Ils laissèrent la place à un flash spécial. Je me rappelle les trompettes tonitruantes – les quelques notes introduisant l'apparition inopinée d'un présentateur – qui reléguèrent au second plan la clameur du public et la coupe du monde de base-ball.

— Doux Jésus, soupira ma mère. Quoi encore ?

Nous dînions devant le match, des pizzas au fromage fumantes sur les genoux. Ç'avait été une bonne journée : l'après-midi, j'avais enfin eu des nouvelles de Hanna – elle m'avait envoyé une carte postale enjouée avec une photo du désert. Ma mère commençait à se détendre. Mon père sirotait une bière. Un litre de glace à la vanille et aux éclats de cookies attendait dans le congélateur. Ce soir-là, un passant longeant notre fenêtre aurait pu deviner notre état d'esprit aux bruits qui s'échappaient de notre salon : le son mat de la batte contre la balle, doublé des cris enthousiastes poussés en chœur par mes parents. Nous étions heureux.

Ma mère posa son assiette sur la table basse. Elle écarta ses cheveux de son visage, comme pour mieux entendre la nouvelle. J'étais convaincue que ses racines devenaient de plus en plus grises. Elle avait manqué son rendez-vous mensuel au salon de coiffure – et le ralentissement de notre planète n'altérait pas le moins du monde la vitesse à laquelle poussaient les cheveux humains.

Installé à côté d'elle sur le canapé, mon père pinça soudain les lèvres. Je compris qu'il se mordait l'intérieur des joues. Il avala une grande gorgée de bière.

Dehors, le ciel était encore clair – les jours dépassaient désormais les trente heures.

— Peut-être qu'ils ont trouvé le moyen d'arranger la situation, hasardai-je, à plat ventre sur la moquette, à côté des chats.

Aucun de mes parents ne me répondit.

Il avait dû y avoir des rumeurs dans certains cercles avant le communiqué officiel. Des informations qui demandaient à être confirmées. Les grandes nouvelles n'étaient-elles pas toujours l'objet de fuites ? Comme les secrets ? Les sources anonymes adoraient parler. En tout cas, si des bruits avaient couru, ils n'étaient pas parvenus jusqu'à nous.

La caméra nous montrait, en direct, des images de la Maison-Blanche, où le président patientait derrière un grand bureau ciré, mains croisées. Un immense drapeau américain plissé pendait derrière lui.

Une série de rencontres entre les huiles du Congrès, les membres du gouvernement, ainsi que les secrétaires d'Etat au Commerce, à l'Agriculture, aux Transports et à l'Intérieur avait abouti à un plan très simple : en réaction à ce changement global massif, le peuple américain devait continuer à vivre comme il l'avait toujours fait.

En d'autres termes, nous conserverions l'ancien système horaire de vingt-quatre heures.

Ma première réaction fut l'incrédulité. Le boîtier du câble affichait, en chiffres lumineux verts, le nombre *11*, alors que la journée touchait à sa fin. Nous avions appris à nous passer d'heure.

— Je ne comprends pas, dis-je. Comment c'est possible ?

Le gouvernement chinois avait pris la même décision radicale. On attendait de l'Union européenne qu'elle fasse de même. Toute autre option se révélerait, nous signifia-t-on, désastreuse.

— Les marchés ont besoin de stabilité, expliqua le président. Nous ne pouvons pas poursuivre sur cette voie.

Choisir le statu quo exige, je suppose, une certaine forme de courage. Il y a de l'audace dans l'inaction. J'avais pourtant l'impression qu'on nous demandait l'impossible, que leur stratégie était aussi irréaliste que s'ils avaient décidé d'attacher le soleil avec des cordes pour contrôler sa trajectoire.

Je guettais une réaction de ma mère, mais elle se contenta de pousser un soupir retentissant. Me retournant vers elle, je la vis pour ce qu'elle était : une femme lasse. L'indignation avait ses limites, sans doute, même chez elle.

— Ça ne marchera jamais, observa-t-elle.

Mon père ne desserra pas les dents. C'était l'une de ses spécialités, j'étais en train de le découvrir, cette capacité à conserver le silence aux moments critiques, à accueillir les crises avec un mutisme constant. Je me rends compte aujourd'hui que j'ai hérité, dans une certaine mesure, de cette tendance, moi aussi.

Il reprit son dîner. Il mangeait sa pizza avec un couteau et une fourchette, une serviette en papier soigneusement étalée sur les genoux.

Le vert du terrain de base-ball réapparut sur l'écran de télévision.

Si plus tard les implications de cette résolution ne feraient pas l'ombre d'un doute, dans l'immédiat je ne les percevais pas avec clarté. En revanche, je comprendrais très vite ceci : nous ne serions bientôt plus en phase avec le soleil. La lumière serait désolidarisée du jour, l'obscurité de la nuit. Et tout le monde n'accepterait pas de se plier à cette décision.

10

Ce nouveau système horaire reposait sur le volontariat, bien sûr. Nous n'étions pas obligés de faire tenir nos journées dans le cadre trop étroit de vingt-quatre heures. Aucune nouvelle loi ne fut votée ou appliquée. C'était l'Amérique. Le gouvernement ne pouvait pas nous imposer la façon de mener nos vies. Cependant, au cours des semaines suivant l'intervention télévisée du président, tandis que les jours atteignaient la durée record de trente-deux heures, des sommités et des experts de tous bords se retroussèrent les manches pour nous convaincre des vertus de ce plan – et de l'urgence avec laquelle il fallait le déclencher. « La journée de vingt-quatre heures est la seule solution envisageable », martelaient-ils. C'était une question de stabilité économique, d'après les politiciens, d'avantage concurrentiel et même, insistaient certains, de sécurité nationale.

Je sais aujourd'hui que le plan des Vingt-Quatre Heures a déclenché un débat national complexe – les dissidents s'exprimaient avec la même virulence, qu'ils soient d'extrême gauche ou d'extrême droite –, alors que, si je me réfère à mes propres souvenirs, il a été mis en place d'un coup, comme un changement de marée, brusque et irrémédiable.

Les écoles publiques suivirent aussitôt le mouvement. Les administrations aussi. Les chaînes de télévision décidèrent toutes de se conformer à ce choix. Les multinationales n'hésitèrent évidemment pas – elles perdaient, chaque semaine, des millions à cause de la désorganisation et de la rémunération des heures supplémentaires.

N'importe quel Américain lambda, en revanche, pouvait prendre le parti d'ignorer le système horaire, de se caler sur le rythme solaire ou, selon l'expression déjà consacrée, le « temps réel ». On restait libres d'aménager sa vie en fonction du va-et-vient du soleil, si on le souhaitait, pourtant, ceux qui auraient statué dans ce sens s'exposeraient rapidement au risque d'être licenciés ou d'avoir à démissionner. Leurs enfants ne pourraient plus assister aux cours dans des établissements publics. Ils se condamneraient à un décalage permanent avec le reste de la société. Hésiter reviendrait à choisir de rester dans une ville fantôme, où les rues et les bâtiments demeureraient, mais où la cité aurait, disons les choses franchement, disparu.

Il en fut donc ainsi : le vieux système horaire reprit sa place dans notre quotidien. Les montres retrouvèrent les poignets. Les piles furent changées. Je dégageai les livres sur ma table de nuit pour pouvoir, de nouveau, voir mon réveil depuis mon lit. Je sortis la montre à gousset de mon grand-père d'un tiroir et la plaçai sur mon bureau.

Comme pour les changements d'heure en hiver et en été, le système des Vingt-Quatre Heures entra en vigueur à 2 heures du matin, entre un samedi et un dimanche. Les autorités avaient choisi un jour où le lever du soleil coïncidait pratiquement avec les horloges. A cette époque, les jours synchrones se présentaient toutes les deux ou trois semaines, à l'image de la pleine lune. L'écart entre les cadrans et le ciel s'accentuerait de plus en plus, mais le but était d'effectuer la transition en douceur.

Ce matin-là, le soleil se leva à 7 h 02. Le journal du dimanche atterrit sur le paillasson avec un son mat. Levé de bonne heure, mon père moulut le café et fit griller des tartines. A son habitude, la lumière tombait sur la façade orientale de la maison. Nous ne sentirions de vraie différence qu'à partir du lendemain, lorsque, nous calquant sur les horloges, nous ne serions plus en phase avec le rythme solaire.

— Je suis sûre que c'est mauvais pour la santé, décréta ma mère.

Vêtue de son peignoir en éponge vert, ébouriffée, elle regardait par la fenêtre, les yeux mi-clos. Assise à côté d'elle, en pyjama de flanelle, je fabriquais un bracelet brésilien pour Hanna. J'avais l'intention de le lui envoyer pour son anniversaire, quelques semaines plus tard.

— C'est la meilleure des mauvaises solutions, observa mon père.

A mes pieds, les chats s'impatientaient : ils voulaient du lait. La queue osseuse de Tony fouetta mes mollets lorsqu'il passa près de moi. La cuisine était inondée de rayons de soleil, qui jouaient avec les casseroles en cuivre suspendues au-dessus de l'évier en inox.

— Quelles sont les autres mauvaises solutions ? demandai-je.

Ma mère remplissait un pichet pour arroser les deux orchidées laiteuses sur le rebord de la fenêtre. Elle s'occupait des plantes avec un zèle renouvelé, comme si notre survie dépendait de la leur. A moins qu'il ne s'agît de tout autre chose : la beauté peut se révéler rassurante.

— Tu sais ce que je pense ? lança-t-elle. Que cette histoire de Vingt-Quatre Heures n'est qu'un tas de foutaises.

Je soulevai Tony, qui avait bondi sur le plan de travail, pour le reposer sur le carrelage.

— Nous survivrons, rétorqua mon père.

En tant que médecin, il était habitué à travailler la nuit, à dormir le jour et à mettre au monde des bébés à n'importe quelle heure. Une créature au corps accoutumé, depuis des années, à ignorer les rythmes diurnes et nocturnes.

— Et que fais-tu du vrai problème ? lâcha ma mère. Est-ce que quelqu'un s'en occupe ?

Mon père poursuivit la lecture du journal, dont il tournait lentement les pages. Celui-ci ne mentionnait pas, bien évidemment, les détails d'un plan encore plus audacieux, encore top secret à l'époque, mais qui accaparait les scientifiques et les ingénieurs dans les laboratoires du gouvernement. Nous ne tarderions pas à apprendre les détails – et la démesure – du Projet Virginia, qui acquit une triste notoriété par la suite. Aussi absurde fût-il, on se doit d'admirer l'esprit aventureux, la foi farouche, l'optimisme de conquérant, nécessaires pour que les humains puissent penser être dotés d'assez de génie pour parvenir à contrôler le mouvement de la Terre.

— Attends une minute ! s'écria ma mère.

Elle agitait un pot de beurre de cacahuètes dans la direction de mon père.

— Tu l'as ouvert ?

Dans son autre main, elle tenait la preuve de son forfait, le couteau, à la lame enduite d'une couche de pâte grumeleuse. Mon père mordit à pleines dents dans son toast de pain complet.

111

— Bon sang, Joel ! Je voulais le garder !

Les yeux rivés sur le bracelet, j'attendis que la tempête passe. Je me concentrais sur le motif compliqué – j'avais choisi les couleurs préférées de Hanna – et trouvais du réconfort dans l'enchaînement de nœuds, dans l'apparition progressive d'un dessin, dans cet ordre et cette lenteur contrôlés.

Mon père prit le temps de mastiquer, de déglutir et de boire une gorgée de café. Il ne partageait pas l'obsession de ma mère pour le stockage.

— Helen, nous en avons six pots.

— Tu crois que c'est une blague ? J'ai entendu un type sur CNN dire qu'on n'en avait peut-être plus que pour quelques semaines avant que ça parte à vau-l'eau.

Dans son emportement, elle trébucha sur le bol en céramique bleue que nous laissions pour les chats.

— Merde... souffla-t-elle tandis qu'une vague miniature déferlait sur le carrelage.

— Jusqu'à ce que quoi parte à vau-l'eau ? demandai-je.

— Je n'ai rien entendu de tel, intervint mon père.

D'une voix plus grave et sérieuse, ma mère riposta :

— Peut-être que tu n'écoutes pas, dans ce cas.

Si mon père lui fit une réponse, je ne l'entendis pas, m'étant réfugiée au premier. Il était plus que probable qu'il avait replongé le nez dans son journal.

Que se passait-il dans sa tête ? J'aurais bientôt l'occasion de comprendre qu'il n'exprimait qu'une fraction des pensées qui s'y bousculaient. A l'intérieur de son crâne, c'était loin d'être aussi net et lisse qu'il voulait le faire croire. Son esprit abritait d'autres vies, des mondes parallèles. Peut-être sommes-nous tous bâtis, de près ou de loin, sur ce modèle. Néanmoins, la plupart d'entre nous lâchent des indices. La plupart d'entre nous entrebâillent la porte. Mon père était plus prudent.

Quand je repense à cette scène, une idée presque incroyable me vient : il y a eu une époque où ces deux personnes – cet homme stoïque, penché sur la table de la cuisine, et cette femme hystérique en peignoir – ont été jeunes. La preuve se trouvait dans les photos aux murs de notre salon : une jolie fille et un type travailleur, un studio dans un immeuble décrépit de Hollywood avec vue sur une cour et une piscine en forme de haricot. Ces clichés remontaient à la période mythique qui avait précédé ma naissance, lorsque ma mère n'était pas encore une mère mais une actrice qui avait des chances de percer un jour, peut-être même très vite, une jeune femme sérieuse au visage de poupée.

La vie serait plus douce si elle suivait un cours inverse, si, après des décennies de déceptions, on atteignait finalement un âge où les sacrifices ne seraient plus de mise, où tout deviendrait possible. J'aime penser qu'alors mes parents avaient un futur brillant devant eux, pépite d'or à peine enfouie dans le sol. Qu'ils pouvaient imaginer n'importe quel avenir... et qu'ils n'avaient pas imaginé celui-là.

Est-ce que toutes les époques ne semblent pas des fictions une fois révolues ? Au bout d'un temps, les expressions consacrées constituent les seuls souvenirs de ce passé. Par exemple, plus d'un siècle après l'invention de l'automobile, nous persistons à nous mettre en garde : il ne faut pas mettre la charrue avant les bœufs. Et on évoque bien les premières heures du jour par le biais de l'expression « dès potron-minet », bien qu'elle apparaisse de plus en plus mystérieuse. De façon comparable, même alors qu'ils s'éloignaient l'un de l'autre, mes parents n'ont jamais cessé de s'appeler « chéri ».

Ils s'évitèrent tout l'après-midi. Ma mère corrigea des copies dans la chambre d'amis et mon père rendit visite à mon grand-père. Contrairement à son habitude, il ne me proposa pas de l'accompagner. Et je ne le lui demandai pas. Un silence pesant s'abattit sur la maison.

Je vais vous dire une chose sur ce premier dimanche des Vingt-Quatre Heures : le temps a filé. Nous nous étions acclimatés à ces longues journées paresseuses. Soudain, la matinée nous glissait entre les doigts, l'heure du déjeuner passait à une vitesse inhumaine. Les heures se bousculaient, comme dévalant une pente... et nous avions subitement l'impression qu'elles n'étaient pas assez nombreuses.

N'importe quel autre dimanche, je me serais échappée pour aller chez Hanna. Au lieu de quoi, je rendis visite à ma copine d'enfance, Gabby. Elle habitait à trois pavillons du nôtre, et nous avions grandi ensemble, pourtant je ne l'avais pas beaucoup vue depuis qu'elle avait commencé à s'attirer des ennuis.

— D'après moi, le rétablissement du système horaire est une super idée, me dit-elle après m'avoir entraînée dans sa chambre, au premier.

Assise sur son lit défait, elle appliquait une deuxième couche de vernis noir sur ses ongles. Elle agita le flacon sous mon nez, mais je secouai la tête. Quelques gouttes de cette couleur sordide avaient atterri sur la moquette moelleuse, blanc cassé.

— J'adore sortir quand il fait nuit, ajouta-t-elle.

Ses cheveux teints en noir ne cessaient de lui tomber dans les yeux. Un eye-liner charbonneux soulignait son regard. De minuscules clous d'oreilles en forme de tête de mort brillaient à ses lobes. J'avais du mal à la reconnaître.

— J'aurais préféré rester dans la même école que toi, dit-elle.

— Je croyais que tu la détestais.

Lorsqu'elle s'était mise à fumer et à sécher les cours, ses parents l'avaient inscrite dans un établissement catholique, plus strict.

— Ouais, sauf que toutes les filles de mon collège sont des pouffes anorexiques.

Autrefois, chaque été, je me baignais dans sa piscine et nous mangions des chips dans nos chaises longues pendant que nos queues-de-cheval nous dégoulinaient dans le dos. Gabby ne se mettait plus jamais en maillot de bain désormais ; elle avait pris beaucoup de poids. Et elle cherchait constamment les ennuis. Hanna avait d'ailleurs reçu l'interdiction d'aller chez elle.

— Ma mère a peur que nous mourions tous, dis-je.

Sa chambre sentait le dissolvant pour vernis à ongles et la vanille – une grosse bougie blanche brûlait sur son bureau. Deux jupes plissées, qu'elle devait mettre pour aller en cours, étaient jetées sur une chaise.

— Tout le monde va mourir, rétorqua-t-elle. Un jour ou l'autre.

Elle écoutait une chanteuse que je ne connaissais pas : la voix cristalline et enragée, diffusée par deux énormes enceintes noires, résonnait dans toute la chambre.

— Mais elle pense que nous allons mourir à cause de ça. Et bientôt.

115

Après avoir soufflé sur ses ongles, Gabby me tendit une main pour que je l'inspecte. Une canette de soda light, posée sur la descente de lit, pétillait.

— Tu crois à la réincarnation ? me demanda-t-elle.

— Pas vraiment, non.

Elle avait drapé une écharpe écarlate sur la seule lampe de la pièce, et la pénombre ajoutait à l'impression d'étouffement. Elle avait beau avoir fermé les stores, des bandes de soleil filtraient entre les lamelles.

— Je suis presque certaine que j'ai eu des vies antérieures, dit-elle. Et j'ai le sentiment que, chaque fois, je suis morte jeune.

Ces derniers temps, je me retrouvais souvent à court de mots face aux gens de mon âge. Je ne savais plus comment réagir. J'avais l'impression que mon esprit était vide.

— Hé ! Tu veux un tatouage ? J'ai appris comment les faire sur Internet.

Elle désigna une aiguille et un petit pot d'encre noire, à côté de la bougie, arsenal chirurgical d'un autre siècle.

— Il suffit de passer l'aiguille dans la flamme, poursuivit-elle, puis de tracer des sillons sur la peau, et ensuite de verser l'encre dans les entailles.

Le pavillon de Gabby était la réplique du nôtre, en miroir. Sa chambre, identique à la mienne, avait exactement les mêmes dimensions. Depuis plus de onze ans, nous dormions entre des murs élevés par les mêmes équipes de construction, et nous avions vue sur la même impasse par des fenêtres similaires. Pourtant, si nous avions grandi dans le même cadre, nous étions à l'opposé l'une de l'autre, deux spécimens très différents d'adolescentes.

— Je vais me dessiner le contour d'un soleil et d'une lune sur le poignet, m'expliqua-t-elle. Je t'en ferai aussi un, si ça te dit.

Le CD était terminé ; un silence soudain envahit la chambre.

— Je ne crois pas, répondis-je. On m'attend sans doute à la maison.

Ç'avait peut-être commencé avant le ralentissement, pourtant je ne m'en suis rendu compte qu'après : mes amitiés se désintégraient. Tout se délitait. C'était une traversée difficile, celle qui menait de l'enfance à l'âge suivant. Et comme n'importe quel périple éprouvant, tout n'y survivrait pas.

Ce soir-là, alors que le soleil continuait à briller, mon père rentra avec un télescope.

— C'est pour toi, dit-il en faisant bruire le papier de soie lorsqu'il le déballa dans ma chambre. Je veux que tu approfondisses tes connaissances scientifiques.

Le télescope était présenté dans un coffret en acajou brillant, qui contenait un tube argenté et un trépied en titane. Ç'avait dû lui coûter cher. Il l'installa devant ma fenêtre et le braqua vers le ciel lumineux. Ma mère l'observait depuis l'embrasure de la porte, les bras croisés. Elle semblait constamment irritée par lui ces derniers temps, et ce cadeau avait l'air de constituer un affront – à ce que je comprenais de leurs échanges cryptés.

— Voici Mars, fit-il en fermant un œil, pendant qu'il appliquait l'autre contre la lunette. Tu la verras encore mieux quand il fera nuit.

Il me signe d'approcher. Mars avait fait son apparition dans les informations récemment, après la diffusion sur Internet d'un programme militaire intitulé Le Projet Pionnier. Financé par un groupe de mystérieux milliardaires, il prévoyait l'installation d'une communauté humaine sur Mars, avec création d'une biosphère et de réserves d'eau potable se renouvelant d'elles-mêmes. Le Projet Pionnier envisageait la fin du monde. Une poignée d'humains pouvaient censément survivre sur Mars, au sein d'une colonie qui s'apparenterait à une de ces capsules témoins, à un souvenir vivant de l'existence de l'homme sur notre planète.

Dans le télescope, Mars ne me fit pas grande impression, gros point rouge aux contours flous.

— Certaines des étoiles que tu verras n'existent même plus, me dit mon père en faisant doucement tourner les molettes du télescope avec ses pouces (les rouages poussèrent un petit couinement). Certaines sont mortes depuis des milliers d'années déjà.

— Vous avez l'intention de rester là toute la nuit ? demanda ma mère.

Mon père essuya la lentille avec le chiffon en feutre noir fourni.

— Tu n'observeras pas les étoiles telles qu'elles sont aujourd'hui, mais telles qu'elles étaient il y a des millénaires, poursuivit-il. Tu vois, elles sont tellement loin qu'il faut des siècles pour que leur lumière nous atteigne.

— Si on veut dîner, soupira ma mère, il ne faudrait pas tarder.

Mon père ne lui répondit toujours pas. Soucieuse d'apaiser les tensions, je rétorquai :

— On a bientôt fini.

J'aimais cette idée que le passé puisse être conservé, fossilisé dans les étoiles. Je voulais croire que quelque part, à l'autre bout du temps, à cent années-lumière d'ici, quelqu'un d'autre, une créature d'un futur lointain, pourrait voir une image de nous deux, mon père et moi, à cet instant précis.

— Ça pourrait être possible, tu crois ? lui demandai-je. Dans cent années-lumière ?

— Oui.

Il n'avait pas l'air de m'écouter, pourtant.

Je consacrerais beaucoup d'heures à l'observation des étoiles cette année-là, toutefois je me servirais aussi de mon télescope pour espionner des objets terrestres bien plus proches. Je réaliserais rapidement que j'étais en mesure de voir l'intérieur des autres maisons de la rue. Je pouvais voir les six Kaplan, assis à la table du dîner. Je pouvais voir Carlotta à l'extrémité de notre impasse, dégustant du thé sur sa véranda, sa tresse pendouillant dans son dos. Et, derrière elle, Tom, vidant un seau de déchets alimentaires sur leur compost.

C'était le pavillon de Sylvia qui constituait le meilleur sujet d'observation. Placé juste en face du nôtre, on aurait pu croire qu'il s'agissait de son reflet. J'avais une vue plongeante sur son salon – les touches du piano, les planches de son parquet, les pages du journal qui tapissaient toujours la cage aux oiseaux, dorénavant vide.

Cette nuit-là, nous dûmes dormir avec le soleil, quand nous réussîmes à dormir. Jusqu'à présent, je m'étais souvent mise au lit avant qu'elle ne tombe – les jours étaient interminables et les soirées s'éternisaient, si bien que la plupart du temps je m'assoupissais avant l'apparition des étoiles. Cette fois, c'était différent cependant, la distance entre le monde extérieur et moi était plus grande que jamais. La première des « nuits blanches ». Nous apprendrions plus tard à nous isoler, à nous créer des petites niches d'obscurité, mais cette première nuit des Vingt-Quatre Heures fut éclatante, à croire que le soleil n'avait jamais brillé aussi fort.

Le plafond de ma chambre était parsemé d'étoiles autocollantes et phosphorescentes que j'avais, récemment, tenté d'enlever. Ma mère m'avait arrêtée :

« Arrête de tripatouiller ces trucs, il y a plein d'amiante là-dedans. »

Mes étoiles demeurèrent aussi invisibles cette nuit-là que les vraies, éclipsées par la plus proche et la plus importante de toutes.

— Essaie de dormir, me dit mon père. Ce sera dur de se réveiller pour le collège dans le noir complet.

Il s'assit un moment au pied de mon lit, les yeux tournés vers la fenêtre, fixés sur le ciel d'un bleu éblouissant, avant de tirer les rideaux.

— C'est extraordinaire, ajouta-t-il. Ce que nous vivons est extraordinaire.

Le soleil se coucha un peu après 2 heures.

11

Notre collège reprit ses horaires habituels : le premier cours débutait à 9 heures. Ce qui impliquait d'attendre le bus dans l'obscurité, le visage à peine éclairé par un lampadaire distant qui, comme tous ceux de notre région, avait été spécialement conçu pour projeter une faible lueur – les lumières trop vives gâchaient le spectacle que l'on pouvait apercevoir depuis l'énorme télescope universitaire, vieux de trente ans et installé sur une colline, à l'est. On parlait de *pollution lumineuse*. Qu'est-ce que ces astronomes pouvaient bien observer, maintenant que les phénomènes intéressants avaient lieu sur Terre ?

Ma mère attendit dans sa voiture, garée le long du trottoir, l'arrivée du bus, convaincue que le danger, à l'instar des pommes de terre, prospérait dans le noir. A mes yeux, l'arrêt de bus était aussi périlleux de jour que de nuit.

Je gardais mes distances avec Daryl, qui de toute façon m'ignorait et agissait comme s'il n'avait rien à se reprocher. Quelque part dans cette poussière sombre, se trouvait ma pépite d'or. Seth restait à l'écart, tel un survivant isolé, soufflant dans ses mains, un pied sur son skate-board, l'autre sur le trottoir. Il semblait n'avoir besoin de personne, ce qui le rendait encore plus séduisant.

La maison de Hanna était visible au bout de la rue, et je crus apercevoir une petite lueur au rez-de-chaussée. Une étincelle d'espoir s'alluma en moi : elle était peut-être rentrée. Pourtant, c'était sans doute la lumière au-dessus de la porte, qu'ils avaient oublié d'éteindre dans leur départ précipité et qu'on ne remarquait pas en pleine journée.

Nous étions tous plus calmes ce matin-là. Endormis, hébétés, le dos voûté. Même Michaela paraissait effacée ; elle s'était levée trop tard pour se laver les cheveux ou se faire les yeux. Nous n'avions de l'énergie ni pour les taquineries ni pour les discussions. Nous restions plantés ainsi, dans les ténèbres, la capuche rabattue sur la tête, les doigts recroquevillés à l'intérieur des manches.

Il faisait froid, c'était même sans doute les heures les plus froides de la nuit, alors que ma montre indiquait : 8 h 40. A l'horizon, le croissant de lune projetait un faible éclat. Les étoiles scintillaient dans le ciel clair.

Difficile de croire qu'à une époque pas si lointaine on imprimait chaque année, dans ce pays, d'épais almanachs indiquant, entre autres, l'heure précise du lever et du coucher du soleil pour les trois cent soixante-cinq jours à venir. Je suis convaincue que nous avons perdu autre chose avec la disparition de cette cadence régulière, une croyance générale en la fiabilité de certaines réalités.

Ce matin-là, les grillons donnaient un concert assourdissant, plus nombreux que jamais à faire gémir leurs corps – ils s'étaient multipliés depuis le ralentissement. Comme tous les insectes. Avec la disparition progressive des oiseaux, les petites bêtes proliféraient. De plus en plus d'araignées couraient sur nos plafonds. Des scarabées sortaient des tuyaux de la salle de bains. Des vers de terre se tortillaient sur la terrasse en ciment. Un entraînement de foot avait été annulé la fois où un million de coccinelles s'étaient abattues sur le terrain d'un seul coup. Même la beauté, en excès, devenait inquiétante.

Lorsque le bus s'arrêta devant le collège, nous découvrîmes que des ouvriers installaient des lampadaires puissants, de ceux dont on équipait les stades, tout autour de l'établissement et dans la cour. Sous le feu des projecteurs, les murs vert passé, dont on disait qu'ils avaient été enduits d'un surplus de peinture provenant de la base militaire de la côte, évoquaient ceux d'une prison. C'est une des leçons que j'ai tirées des Vingt-Quatre Heures : ce qui paraît inoffensif en plein jour devient impressionnant dans le noir. Et comment ne pas se demander quels autres tours nous jouait la lumière ?

A l'heure du déjeuner, le soleil finit par pointer le bout de son nez, dissipant l'obscurité telle une brume. Lever du soleil : 12 h 34. Nous étions tous là pour le voir. En Californie, on mangeait dehors, qu'importait la saison. Tandis qu'à l'est le ciel virait à un rose pâle prometteur, Michaela continua d'asticoter les garçons assis avec nous, et moi de faire exactement l'inverse : rester silencieuse pour qu'on ne me remarque pas.

Progressivement, les terrains de foot se mirent à chatoyer au loin. Je tournai la tête dans cette direction, éblouie. Soudain, je remarquai, à l'autre bout de la cour, une fille qui ressemblait singulièrement à Hanna, sauf qu'il ne pouvait pas s'agir d'elle : elle m'aurait prévenue de son retour. Elle était installée seule à une table près des salles de science, la tête appuyée sur un bras maigre, l'air de bouder dans la faible clarté.

En m'approchant, je constatai que j'avais raison. C'était bien Hanna. Toute seule et sans déjeuner.

— Tu es rentrée.

— Salut, lança-t-elle avec naturel.

Elle portait une jolie tenue à la mode : jean foncé et débardeur rose. Des créoles argentées pendaient à ses oreilles. Elle avait ramené ses cheveux en tresse africaine lâche.

— On a dû revenir pour le boulot de mon père, expliqua-t-elle.

Aucune de nous deux n'ajouta un mot pendant un moment. J'attendais qu'elle me parle. Elle ne le fit pas. Les gloussements d'une fille s'élevèrent à l'une des tables.

— Je suis tellement contente que tu sois là, finis-je par lâcher avant de poser mon sac et de m'asseoir avec elle. Je commençais à détester venir ici.

— Dans l'Utah, on n'avait pas de cours.

Ses yeux bleus fixaient quelque chose dans mon dos.

— Tout le monde attendait... poursuivit-elle. La fin, quoi. Mon père en a eu sa claque.

Nous étions amies depuis des années et pourtant une timidité inédite s'épanouissait entre nous. J'avais l'impression d'être en compagnie d'une cousine éloignée dans une réunion de famille, faisant front commun au nom de vagues liens mais n'ayant rien à se dire. La clameur des collégiens montait et descendait par vagues. Hanna baissa les yeux et se mit à gratter la peinture qui s'écaillait. Tout à coup, je flanchai :

— Pourquoi tu ne m'as pas prévenue que tu étais revenue ?

— On n'est arrivés qu'hier, dit-elle en mordillant un ongle fragile. Ou peut-être avant-hier.

Si quelques étoiles s'entêtaient à l'horizon, la luminosité était plus forte de minute en minute. Je devais plisser les paupières pour voir les yeux de Hanna.

— Pourquoi tu n'étais pas à l'arrêt de bus ce matin ?

— J'ai dormi chez Tracey.

— Qui ça ?

— Tracey Blair.

Elle pointa son index en direction d'une autre mormone que j'avais croisée en cours sans la connaître pour autant. Elle venait vers nous, les contours de sa silhouette rendus flous par l'éclat de l'aurore. Elle apportait deux burritos et deux bouteilles d'eau. Quand elle fut assez proche, je constatai qu'elle portait le même débardeur rose et les mêmes créoles argentées que Hanna, que la même tresse africaine lui balayait le dos.

Je me crispai.

— Vous êtes habillées pareil, observai-je.

— On n'a même pas fait exprès, riposta Hanna. C'est fou, non ?

— Salut, dit Tracey.

Elle avait d'immenses yeux marron qui semblaient ne jamais ciller. A sa démarche prudente et aux cals sur ses mains, je déduisis qu'elle devait être gymnaste.

— Tracey a passé du temps dans l'Utah, elle aussi, expliqua Hanna.

— Salut, lançai-je.

Après avoir craché son chewing-gum, Tracey s'assit. Elle poussa un burrito vers Hanna.

— Tu vois ? demanda celle-ci en montrant la bande de collégiens de l'autre côté de la cour. Maintenant tu comprends ce que je voulais dire ?

— Carrément, répondit Tracey, qui rejeta la tête en arrière pour signifier son assentiment. Je comprends carrément.

— Quoi ?

— Rien, me rétorqua Hanna.

Nous restâmes ensemble un moment, alors que le soleil montait dans le ciel. Hanna me parla un peu de l'Utah. Sa vie là-bas n'était pas aussi sinistre que je me l'étais imaginé. Elle me raconta une histoire compliquée au sujet d'un mormon dont les parents étaient les voisins de sa tante. Une nuit, il avait fait sauter la moustiquaire devant la fenêtre de la chambre de Hanna pour la rejoindre. Ils s'étaient embrassés alors que ses sœurs dormaient.

— Waouh...

Je ne trouvai aucun autre commentaire à faire.

— Je n'en reviens toujours pas, remarqua Tracey. Comment personne ne s'est réveillé ?

— Je sais, répondit Hanna, qui rougissait et tentait de cacher son sourire. Et on était sur le lit du haut.

Elle finit par prendre de mes nouvelles. Il y avait beaucoup à dire, bien sûr. Rien n'allait vraiment bien. Mais ce jour-là, je ne reconnaissais plus Hanna, et Tracey n'arrêtait pas de faire craquer ses articulations.

— Oh, je ne sais pas trop, répondis-je. Ça a été.

Tracey me détaillait de ses énormes yeux humides. Régulièrement, ses doigts produisaient un bruit sec.

— Je suis contorsionniste, expliqua-t-elle au moment de s'attaquer à sa main gauche.

126

— En fait, repris-je, ça a été super ici. Vraiment super.

Tracey et Hanna échangèrent un bref regard. La sonnerie retentit ; Hanna grommela :

— Mince, j'aimerais bien être toujours dans l'Utah pas toi ?

— Carrément, convint Tracey. Carrément.

Nous nous levâmes avant de hisser nos sacs sur nos épaules. Elles s'éloignèrent ensemble.

— A plus tard !

Elles ne m'entendirent pas – ou du moins elles ne réagirent pas. Elles se dirigeaient déjà vers les salles de science d'un pas synchronisé. J'allais au même endroit, mais j'empruntai un détour. Seule.

A l'entraînement de foot cet après-midi-là, Hanna arriva en retard et m'adressa à peine la parole. Sur cette pelouse, nous avions autrefois papoté entre chaque exercice ; ce jour-là, elle ne prononça mon prénom qu'une fois et seulement pour attirer mon attention en tant que milieu de terrain.

— Julia ! lança-t-elle au moment où le ballon roulait à mes pieds. Ici ! Il y a une ouverture !

Pendant que nous attendions toutes les deux, rouges de sueur, que nos mères viennent nous chercher, Hanna joua avec son téléphone.

— Ça te dirait de passer ce week-end ? proposai-je.

— Je ne peux pas.

Je n'appréciais pas sa façon de me parler sans lever les yeux de son portable. J'étais persuadée qu'elle envoyait des messages à Tracey qui, sans aucun doute, lui répondait aussi sec.

— Pourquoi tu es comme ça ? demandai-je.

— Comment ça ?

Elle esquissa un sourire et se mordit la lèvre inférieure. Sa longue tresse blonde tombait sur son épaule. Elle ne voulait toujours pas soutenir mon regard.

— Je ne vois pas ce que j'ai fait, ajouta-t-elle.

Son expression distante me parut tout à coup familière. Je me souvins d'une rousse à la peau pâle, Alison, qui avait été la meilleure amie de Hanna avant moi. Ça remontait au moins au CM1, pourtant je me rappelais ses tentatives d'approche, dans la cour de récré ; Hanna lui battait froid tandis que nous nous entraînions aux barres de traction, où il n'y avait de la place que pour deux.

« J'en ai tellement marre d'elle », me répétait Hanna chaque fois qu'Alison était dans les parages, avant de lui adresser le même sourire factice que celui auquel j'avais droit à présent.

Ce soir-là, j'étais trop contrariée pour trouver le sommeil. Je me relevai et découpai le bracelet que j'avais fabriqué pour Hanna. Puis je rangeai les morceaux avec celui qu'elle m'avait offert dans une boîte à chaussures, que je fourrai au fond de ma penderie. Je ne me sentis pas du tout soulagée.

Les jours se succédèrent. L'obscurité et la lumière glissaient au-dessus de nos têtes comme des orages passagers, désolidarisées de nos journées et de nos nuits. Le crépuscule tombait parfois à midi ; de temps à autre le soleil ne se levait pas avant le soir et atteignait son zénith au cœur de la nuit. Le sommeil était difficile. Le réveil pire encore. Les insomniaques arpentaient les rues. Et la Terre continuait à tourner, de plus en plus lentement. Tandis que ma mère empilait les bougies et les guides de survie, je découvrais un autre type de survie : j'apprenais à passer du temps seule.

« Pourquoi tu ne vas pas chez Hanna ? me demandait souvent ma mère après les cours. Je suis sûre que ça lui ferait plaisir de te voir. »

Hanna était constamment fourrée avec Tracey.

— Cette histoire de système horaire ne durera pas, décréta Sylvia lors de ma leçon hebdomadaire.

Son salon brillait dans le noir. Il était 15 heures. Seth ne se présenta pas chez elle ce mercredi-là. Sylvia ne me fournit aucune explication.

— Tu verras, ajouta-t-elle. On finira par suivre à nouveau le rythme naturel. Crois-moi.

Je ne partageais pas son sentiment ; j'avais plutôt l'impression qu'un jour, si nous étions encore en vie, nous raconterions aux générations futures à quoi ressemblait la vie sur Terre, avant.

Quand je repense à cette période, je suis frappée de constater avec quelle rapidité nous nous sommes adaptés. Ce qui nous avait été familier le devenait de moins en moins. Nous finirions sans doute par nous émerveiller à l'idée qu'un jour notre soleil s'était couché avec une régularité de papier à musique. Tout comme il me semblerait miraculeux que j'aie pu, à une époque, être une adolescente plus heureuse, moins seule et moins timide.

Je suppose que toute ère se pare a posteriori d'une aura mythique.

Avec un peu de volonté, l'esprit réussit à transformer tout objet banal en exception. Voici l'expérience que je propose. Pensez à ce miracle inconcevable : un être humain qui en engendre un second, dans son sein ; une femme qui développe un autre cœur, un autre cerveau, d'autres paires d'yeux, de bras et de jambes, un second corps complet, comme si elle prévoyait des pièces de rechange, puis qui, au bout de neuf mois, expulse cet autre être, hurlant et vivant, dans le monde. Bizarre, non ?

Tout ça pour dire que, aussi étranges que nous aient d'abord paru ces nouveaux temps, ce sont les anciens qui, rapidement, nous sont devenus les plus incongrus.

12

Certains tiraient la sonnette d'alarme depuis des décennies, depuis les premières pluies acides, depuis l'apparition d'un minuscule trou dans la couche d'ozone, depuis les accidents nucléaires de Tchernobyl et Three Mile Island, depuis la crise pétrolière des années 1970. Les glaciers reculaient, les forêts tropicales aussi. Le nombre de malades atteints du cancer était en hausse. Il y avait des années que de gigantesques flottilles de déchets écumaient nos océans. Les antidépresseurs se déversaient dans les rivières – et notre réseau sanguin était tout aussi pollué que le réseau hydraulique. Que le ralentissement n'ait pas encore trouvé d'explication n'avait aucune importance à leurs yeux. C'en était trop ! Ils prenaient position. Et refusaient de suivre l'ancien système horaire.

Il s'agissait de naturopathes, de phytothérapeutes, de fanatiques des médecines parallèles. Guérisseurs, hippies, végétariens, mais aussi sorciers, gourous et adeptes de la philosophie new age. Ils étaient libertaires, anarchistes et écologistes radicaux. Ou bien intégristes, survivalistes, tenants du retour à la terre, déjà installés dans des régions reculées, sans eau ni électricité. Ils se montraient hostiles envers le libéralisme économique. Se méfiaient du gouvernement. C'étaient des opposants par nature ou par conviction.

On ne devinait pas toujours qui ils étaient, pas au premier coup d'œil du moins. Certains restaient discrets le plus longtemps possible. D'autres affichaient ouvertement leur position.

A la fin de mon cours de piano, un mercredi, Sylvia me remit une mince enveloppe blanche.

— Tu donneras ça à ta mère, me dit-elle.

Seth Moreno était dans le salon avec nous, attendant le début de sa leçon. Il regardait par la fenêtre, pourtant je sentis qu'il jetait un coup d'œil dans notre direction lorsque Sylvia me tendit l'enveloppe.

— Qu'est-ce que c'est ? demandai-je.

Depuis la mort de ses deux pinsons, la seule musique provenait des carillons éoliens sur sa véranda.

— Je ne peux pas continuer, répondit-elle, j'ai l'impression de vivre dans le mensonge.

Dans sa lettre, Sylvia expliquait qu'elle renonçait au système horaire.

— On te cherchera un nouveau professeur, dit ma mère quand elle en prit connaissance.

— Je ne veux pas d'un autre prof.

— Pourquoi ne pourrait-elle pas continuer à voir Sylvia ? intervint mon père, qui triait le courrier à côté de nous, jetant, sans même l'ouvrir, la majeure partie.

Sylvia précisait qu'elle se montrerait le plus arrangeante possible avec ses élèves vivant selon les Vingt-Quatre Heures.

— Je n'ai jamais apprécié son mode de vie, commenta ma mère.

Elle versait de la sauce tomate sur une pâte à pizza précuite. Pour une fois, et c'était rare, nous avions une soirée avec un ciel nocturne. On pouvait voir nos reflets dans les portes-fenêtres.

— Quel mode de vie ? s'étonna mon père.

Il ne s'était pas changé en rentrant du travail, mais il avait roulé jusqu'aux coudes les manches de sa chemise blanche et desserré le nœud de sa cravate jaune. Une odeur de savon antiseptique se dégageait de ses mains.

— Tu sais très bien ce que je veux dire, rétorqua ma mère. Ces foutaises new age.

— Qu'en dis-tu, Julia ? lança-t-il.

Son badge professionnel était encore accroché à la poche de sa chemise : sous le film plastique, la photo, datée, montrait un jeune homme avec une tignasse. J'avais l'impression que les deux paires d'yeux de mon père, l'ancienne et la nouvelle, me dévisageaient.

— Tu n'aimes pas Sylvia ? ajouta-t-il.

— Je ne veux pas de nouvelle prof.

— Attends un peu, Joel, attends. C'est bien toi qui as dit que cette histoire de système horaire était la meilleure des mauvaises solutions et que nous finirions par nous adapter, bla, bla, bla.

— Ses choix personnels ne nous concernent pas, observa-t-il.

— Je vais te trouver une autre prof, Julia. Fin de la conversation.

Sylvia ne perdit pas tous ses élèves. Seth, par exemple, continua de s'y rendre pendant un temps. Si je ne pouvais prévoir avec précision son heure d'arrivée, j'identifiais parfois, depuis ma chambre, le frottement des roues de son skate-board sur la chaussée quand il remontait la rue jusque chez elle. Dans ces cas-là, je m'arrangeais toujours pour aller relever le courrier au moment où il partait, ou bien arroser la pelouse, une paire de lunettes de soleil sur le nez, les cheveux tressés exprès pour l'occasion. Parfois il m'adressait un signe de tête en passant. Parfois pas. Nous n'échangions jamais un mot.

Tom et Carlotta, nos voisins du bas de la rue, affichèrent aussitôt la couleur : ils suivraient le rythme de la nature. Leur refus du système horaire n'était pas vraiment une surprise : une douzaine de panneaux solaires scintillaient sur leur toit et ils conduisaient deux vieilles camionnettes mouchetées de symboles *peace and love* écaillés et de vieux autocollants décolorés qui proclamaient, entre autres idéaux optimistes : *Faites l'amour pas la guerre*. Tom, professeur d'arts plastiques à la retraite, portait un collier de chanvre et un jean troué et taché de peinture. Les longs cheveux gris de Carlotta qui lui balayaient la taille étaient, sans doute, un vestige de ses attraits de jeunesse.

Quelques jours après la restauration de l'ancien système horaire, un nouveau panneau fit son apparition au coin de leur pelouse. Petit et blanc, il ressemblait beaucoup à celui de chez M. Valencia, prévenant les passants que la propriété était protégée par une alarme Safelux. Le message sur la pancarte de Tom et Carlotta était très différent : *Ce foyer vit en accord avec le Rythme Solaire*.

— Ma mère est persuadée qu'ils dealent, décréta Gabby, qui habitait le pavillon voisin du leur. Et même qu'ils font pousser des tonnes d'herbe chez eux.

Sa mère, avocate, se pavanait toujours dans un tailleur bleu marine et faisait claquer ses talons hauts.

— Tu crois ? demandai-je.

J'étais passée la voir, ce samedi-là, n'ayant rien d'autre à faire. Nous étions dans sa chambre.

— C'est n'importe quoi, bien sûr, répondit-elle. Pour ma mère, tous ceux qui ne sont pas comme elle sont des criminels.

Deux croûtes ornaient l'intérieur de son poignet droit, l'une en forme de soleil et l'autre de croissant de lune. Ses parents, lorsqu'ils avaient découvert les cicatrices, l'avaient envoyée chez un psychiatre, chez lequel elle avait désormais un rendez-vous hebdomadaire.

— Tu sais quoi ? ajouta-t-elle. J'ai rencontré un type en ligne, et d'après lui il va y avoir une sorte de révolution.

— Comment ça ?

— Il dit que des millions de personnes vont s'en prendre au gouvernement à cause du système horaire.

Alors que la majeure partie d'entre nous achetait des lampes de luminothérapie et posait des rideaux occultants pour dormir les nuits où le soleil ne se couchait pas, plusieurs milliers d'Américains s'échinaient à rester en phase avec le cycle naturel. Le corps humain pouvait s'adapter, clamaient-ils, se caler sur le mouvement de la Terre. Déjà leurs rythmes biologiques s'ajustaient, s'étirant peu à peu tel un élastique. Il suffisait simplement de dormir plus longtemps, de tenir éveillé quelques heures de plus, d'avaler un quatrième repas en fin d'après-midi.

J'entendais parfois Tom et Carlotta dehors, au milieu de nos nuits. Quand elles étaient ensoleillées, ils vaquaient dans leur jardin, tandis que le reste d'entre nous cherchait le sommeil. Je me rappelle le cliquetis métallique des sécateurs, le frottement des sandales sur le trottoir, l'écho de leurs voix dans le silence ambiant. C'était comme si nous habitions un monde hanté : deux dimensions du temps coexistant dans un seul et même lieu.

En SVT, cette semaine-là, nos papillons émergèrent de leurs cocons. L'éclosion eut lieu pendant la dernière heure de cours de la journée – le soleil, lui, se levait tout juste. Nous avions appris que les papillons apparaissaient presque toujours en début de journée.

— Vous voyez ? lança M. Jensen, une tasse de café à la main. Impossible de les tromper. Ils savent que c'est le matin.

Nous nous approchâmes pour les regarder sautiller et battre des ailes avant de s'envoler pour de bon. Nous détenions, évidemment, un savoir que ces papillons n'avaient pas : la vie qui les attendait serait courte et pénible. Les yeux de M. Jensen étaient rouges et brillants ce jour-là. Il semblait épuisé, sa queue-de-cheval était plus emmêlée que jamais, et sa barbe en broussaille.

Le lundi suivant, derrière son bureau métallique, nous attendait une jeune femme en tailleur gris. Elle avait écrit son nom au tableau : Mlle Mosely. Remplaçante.

— Je vous ferai cours quelque temps, expliqua-t-elle. Sans doute jusqu'à la fin de l'année.

Ça arrive parfois. Les gens disparaissent, tout simplement.

M. Jensen nous avait laissé quelques souvenirs : son thermos, une paire de chaussures de randonnée maculées de boue, un coupe-vent bleu roulé en boule sur une étagère. Certains de nos cadrans solaires ne quitteraient pas le rebord de la fenêtre avant juin, nous indiquant des heures fantaisistes. Un cocon resterait accroché dans le terrarium, sans avoir libéré son occupant. Des semaines plus tard, Mlle Mosely le trancherait d'un coup de scalpel et le jetterait dans la corbeille avec les débris d'un becher.

Personne ne nous expliqua les raisons du départ de M. Jensen. Cependant, la rumeur racontait qu'il avait abandonné le système horaire. Et, contrairement aux histoires précédentes, avançant qu'il passait ses nuits dans un sac de couchage sous son bureau, j'avais le sentiment que celle-là était véridique.

Si je ne revis jamais M. Jensen, j'apercevais parfois Sylvia dans la rue.

Elle avait vite perdu l'essentiel de ses élèves et je m'inquiétais pour elle. Pourtant elle avait l'air plutôt joyeuse, de loin, agitant toujours la main dans ma direction lorsqu'elle débarrassait sa voiture des sacs en toile du magasin de produits bio ou partait courir, ses cheveux roux flottant au vent.

Je savais cependant que la vie devait être compliquée pour elle. Après tout, les horloges réglaient presque tout. Pas seulement les horaires des écoles, mais aussi ceux des médecins, des dentistes et des garagistes, des épiceries et des salles de sport, des restaurants, des cinémas et des centres commerciaux. Sylvia et les autres adeptes du temps naturel étaient contraints d'organiser certains aspects de leur vie autour de la nôtre – à moins qu'ils ne fissent tout simplement sans.

Et la difficulté croissait de semaine en semaine : la Terre continuait à ralentir, et les jours à s'allonger.

13

Au cours des premières semaines des Vingt-Quatre Heures, les ventes de somnifères explosèrent. Les fabricants de rideaux occultants ne parvinrent pas à satisfaire la demande. Les masques de sommeil furent en rupture de stock des mois durant. Les racines de valériane et autres herbes aux vertus sédatives connurent un succès exceptionnel. Certaines épiceries épuisèrent même leurs réserves d'infusions à la camomille.

Les ventes d'alcool et de cigarettes augmentèrent, elles aussi. Et tout indique que le système horaire fut synonyme de bonnes affaires pour les drogues dures. Les commissariats rapportèrent que les prix de toutes les substances illicites avaient flambé.

Dans certaines régions du pays, les gens prirent l'habitude d'investir leurs sous-sols lors des nuits blanches, mais la plupart des maisons en Californie n'en possédaient pas, ce qui nous privait de tout refuge.

Quelques nuits coïncidaient encore avec l'obscurité, bien sûr, cependant la synchronisation parfaite était rare. Dès que l'occasion se présentait, nous en profitions tout notre saoul. Ça ne suffisait pas. Nous étions des nomades dans un désert : bénéficiant d'averses ponctuelles, nous étions incapables de faire des réserves d'eau.

Ma mère n'avait jamais eu un bon sommeil. L'insomnie coulait dans ses veines. Avec le système horaire, elle ne parvenait réellement à se reposer que dans le noir le plus total. Je l'entendais dans la cuisine, les nuits où elle ne pouvait pas dormir ; le sifflement de la bouilloire et le son au minimum de la télé lui tenaient compagnie. Parfois, elle s'occupait en récurant les salles de bains. L'odeur de pin et de javel se glissait sous la porte de ma chambre. Il m'arrivait aussi de rester éveillée. Un mince rai de lumière luisait autour des plaids que nous avions punaisés aux fenêtres de ma chambre. On savait toujours quand il faisait jour dehors. Impossible de l'oublier.

Mon père, en revanche, n'avait aucune difficulté à dormir. Il achetait à ma mère toutes sortes de gadgets pour l'aider. Un appareil spécial, mi-lampe, mi-réveil, était censé reproduire l'effet d'un coucher de soleil. Une toute nouvelle machine sonore trônait à côté de leur lit : elle diffusait des bruits apaisants – vagues, chutes d'eau, arbres bruissant dans la brise.

Mais rien n'avait d'effet sur ma mère.

Je ne sais pas comment elle réussissait à garder les yeux ouverts devant ses élèves ou lors des répétitions de *Macbeth*.

La peau sous ses yeux vira vite au gris sombre. Et elle fondait en larmes au moindre prétexte.

— Je ne comprends pas pourquoi je pleure, disait-elle en passant l'éponge après avoir cassé un verre de vin ou en frottant l'orteil qu'elle venait de se cogner.

Elle s'essuyait les yeux d'un revers de main puis ajoutait :

— Il n'y a pas de quoi se mettre dans tous ses états.

Je la surpris une fois en train de sangloter dans la salle de bains, penchée sur un flacon de fond de teint liquide, qui s'était brisé et se vidait lentement de son contenu sur les carreaux blancs. Son dos, voûté, tremblait. C'était la vingtième heure de jour.

Pendant ce temps-là, les oiseaux continuaient à souffrir. Je ne m'étais jamais rendu compte qu'ils étaient si nombreux parmi nous avant qu'ils ne se mettent à tomber du ciel. Un matin, une volée entière d'étourneaux s'allongèrent dans la rue près de notre collège pour attendre la mort ensemble. La circulation fut déviée le temps qu'une équipe de la société des animaux s'occupe de ramasser les cadavres. Les mouches s'attardèrent dans les environs des heures durant.

En descendant du bus un après-midi crépusculaire, nous découvrîmes un minuscule moineau, à demi mort, au milieu du trottoir. Nous fûmes plusieurs à nous accroupir autour de lui tandis que le bus s'éloignait. L'oiseau respirait mais ne bougeait plus.

Je lui caressai le dos, le plus délicatement possible. Je sentais les ombres des autres, derrière moi, qui m'observaient.

— Il a peut-être besoin d'eau, suggéra quelqu'un.

Je fus surprise de reconnaître la voix de Seth Moreno. En général, il sautait sur son skate-board à peine dehors.

— Quelqu'un a de l'eau ? demanda-t-il.

— Moi, répondis-je.

Je sortis une bouteille entamée de mon sac à dos, trop heureuse d'être en mesure de lui donner ce qu'il réclamait.

Nos doigts s'effleurèrent lorsque je lui tendis la bouteille. Il ne sembla rien remarquer. Trevor prêta la boîte de son appareil dentaire pour servir d'abreuvoir.

Tous nos regards étaient braqués sur le moineau. Il respirait toujours, agité d'un frémissement précipité et irrégulier, mais ne fit aucun mouvement en direction de l'eau. Le soleil se couchait dans notre dos, donnant à ses plumes un éclat orangé.

Je regardai Seth regarder l'oiseau. Il n'était qu'à quelques centimètres de moi, pourtant il y avait un gouffre entre nous. Je ne réussissais pas à pénétrer ses pensées.

Soudain, Daryl brisa notre cercle, la Ritaline qu'il avait absorbée ne lui suffisant sans doute pas pour contrôler ses pulsions. Il s'empara vivement de l'oiseau et s'enfuit. Nous essayâmes de le retenir :

— Daryl ! Arrête !

Seth se lança à sa poursuite, sprintant vers le canyon. Ensuite, les événements se bousculèrent : avant que Seth n'ait le temps de le rattraper, Daryl arma son bras tel un lanceur de base-ball et jeta l'oiseau.

A cette époque de ma vie, des choses que j'aurais crues impossibles la veille se produisaient quotidiennement. Celle-ci en faisait partie. Je n'ai jamais oublié le grand arc de cercle que le moineau décrivit dans le ciel. Je continuais à espérer qu'il déploierait ses ailes et se laisserait porter par le vent. Au lieu de quoi, il s'écrasa au fond du canyon, comme une pierre.

— Va te faire foutre, Daryl ! cria Seth.

— Il allait mourir de toute façon.

Seth arracha alors le sac à dos de Daryl et le lança dans la même direction que l'oiseau. Comme nous l'avions fait avec le moineau, nous suivîmes sa trajectoire : il monta dans les airs, avant de dégringoler, bretelles battant au vent.

Daryl resta planté au bord du canyon un long moment, les yeux baissés.

J'éprouvai un élan de gratitude pour Seth. Je tentai de trouver quelque chose à dire, mais il sauta sur sa planche et fila, penchant dangereusement dans le virage qui l'arracha à ma vue.

Le reste d'entre nous ne tarda pas à se disperser. Nous nous habituions un peu plus, jour après jour, aux petites cruautés de la vie. Il n'y avait rien d'autre à faire que rentrer chez soi.

A peu près à la même époque, nous découvrîmes que le cancer de la mère de Seth avait gagné les os, et il cessa de venir au collège. J'appris peu après qu'elle était morte dans son lit, au milieu d'une longue nuit blanche.

J'écrivis un message de condoléances à l'intérieur d'une carte du set de correspondance de ma mère, représentant *La Nuit étoilée* de Van Gogh. Je voulais exprimer avec gravité et sincérité ce que je ressentais. Pourtant, je rayai rapidement ce que j'avais écrit et pris une nouvelle carte. Cette fois, je me contentai d'une seule phrase de trois mots. *Je suis désolée.* J'ajoutai mon nom et glissai la carte dans la boîte aux lettres.

14

Fin novembre, les cycles avaient atteint quarante heures.

Ce furent des jours extrêmes. Le soleil brillait plus longtemps chaque fois qu'il apparaissait, cuisant nos rues jusqu'à ce qu'on ne puisse plus marcher sur le bitume pieds nus. Les vers de terre grillaient sur les terrasses. Les marguerites se fanaient dans leurs parterres.

Et les phases d'obscurité, quand elles finissaient par arriver, semblaient tout aussi stagnantes. Pendant vingt heures, l'air était aussi glacial que l'eau au fond d'un lac. Dans toute la Californie, les grappes de raisin gelaient sur les vignes, les orangeraies flétrissaient, la chair des avocats noircissait sous l'effet des températures négatives.

Des biosphères expérimentales furent commandées, par dizaines, pour le maintien des cultures principales, et les graines d'un millier d'espèces fragiles furent envoyées, à la hâte, dans une banque de semences en Norvège.

Certains scientifiques s'échinaient à prévoir l'évolution du ralentissement et les conséquences inhérentes, démultipliées, tandis que d'autres affirmaient que la planète pouvait encore se redresser. D'autres enfin préféraient éviter toute projection, comparant ces nouveaux calculs à la prédiction des tremblements de terre ou des tumeurs au cerveau.

— Est-ce qu'un sort comparable à celui des oiseaux nous attend ? lança un ancien climatologue, invité au journal du soir. Peut-être bien. Je sais seulement que nous n'avons aucune certitude à ce sujet.

Ses petits yeux noirs étaient nichés dans de grands plis de peau tachée par le soleil.

Les effets de l'adrénaline, comme ceux de toute drogue, finissent toujours par disparaître. La panique, comparable à une inondation, se retire au bout d'un moment. Six ou sept semaines après le début du ralentissement, une forme d'ennui surgit. Le décompte quotidien des minutes supplémentaires quitta la première page des journaux. Et les reportages télévisés sur le sujet se confondirent de plus en plus avec les mauvaises nouvelles habituelles, qui se déversaient chaque soir dans nos salons et que, pour l'essentiel, nous ignorions.

Les rares à avoir refusé le système horaire continuèrent à mener une existence de germe de soja, réagissant à l'apparition du soleil et se mettant au repos dès que la nuit tombait. Déjà, ces tenants du rythme de la nature étaient très différents de nous, leurs manières de vivre se révélant incompatibles avec les nôtres. Ils étaient considérés par la plupart comme des phénomènes de foire. Nous ne nous mélangions pas.

La poignée d'irréductibles qui vivaient dans notre rue ne furent pas conviés à la fête d'automne du quartier, qui avait lieu chaque année dans le renflement de notre impasse, la veille de Thanksgiving. Des invitations, imprimées sur papier orange, avaient été déposées sur le seuil de toutes les maisons sauf des leurs.

Plus tard cette même semaine, on put découvrir, à l'aube, une centaine de bandes de papier hygiénique dans l'olivier de Sylvia. Le pavillon de Tom et Carlotta avait eu droit à un traitement similaire. Depuis ma chambre, j'observai mon ancienne prof de piano, qui retirait délicatement les morceaux de papier accrochés dans ses massifs de roses. Elle se reposa un instant, les mains sur les hanches, promenant son regard autour d'elle, sous le large bord de son chapeau en paille, à croire que les coupables avaient pu s'attarder dans le coin. Elle sortit un escabeau de son garage, mais ne réussit pas à enlever tous les morceaux. Des bouts de papier-toilette resteraient ainsi dans les branches les plus hautes plusieurs semaines.

Les Kaplan finirent par être démasqués. Par respect pour leur shabbat, qui s'étendait entre deux couchers de soleil, ils ne suivaient plus les horloges, et l'avaient caché au voisinage. Une fois la vérité révélée, les Swanson ne demandèrent plus jamais à Beth, la fille aînée, de garder leur bébé. Et nous les vîmes encore moins qu'avant.

A cette époque, je consacrais beaucoup de temps à espionner Sylvia avec mon télescope.

Lors des nuits blanches, il m'arrivait de la voir arroser ses roses à minuit ou faire cuire des pâtes à 3 heures. Parfois, elle sortait se promener, dans le quartier désert et silencieux.

Elle semblait particulièrement isolée. Quand j'avais du mal à m'endormir, je la regardais jouer du piano. J'étais convaincue de lire dans le léger affaissement de ses épaules et dans le maintien de sa tête, qui paraissait lui peser, une tristesse persistante. A travers les lentilles de mon télescope, elle m'évoquait une étoile lointaine, de celles que l'on pouvait voir mais qui n'existaient plus vraiment. Elle avait l'air encore plus esseulée que moi.

Certaines catastrophes se transformaient en attractions. Mon père m'emmenait parfois sur la côte pour voir les maisons avec vue sur l'océan, évacuées depuis que les marées avaient, à la suite du ralentissement et sans qu'on puisse se l'expliquer, pris de l'ampleur. A marée haute, les vagues déferlaient sur l'enfilade de toits, qui formaient un rivage géométrique, et des plongeurs fouillaient les pièces immergées à la recherche de trésors. A marée basse, ces demeures dégoulinaient d'eau et craquaient, se transformant en épaves. Il s'agissait de constructions magnifiques, appartenant à des stars de cinéma et des millionnaires. Pourtant, l'océan les avait dégradées en un rien de temps. Toutes les vitres avaient volé en éclats et s'échoueraient un jour sur le sable, petits morceaux de verre poli mêlés aux coquillages.

Les plages avaient été fermées, mais mon père aimait s'y promener lorsque l'eau s'était retirée.

— Viens, me dit-il un dimanche que j'hésitais sur le seuil d'une demeure de style XVIIᵉ, à l'abandon.

La police l'avait ceinturée de dizaines de mètres de bande de plastique jaune, qui battait au vent. Nous étions tout seuls. Il n'y avait même plus de mouettes ; la maladie les avait toutes emportées.

La demeure était gigantesque. L'eau faisait gondoler les bardeaux et la porte d'entrée avait disparu. La plupart des meubles avaient été balayés par les vagues. Tout était gris à l'intérieur. Un mur entier avait disparu : le salon donnait à présent directement sur l'océan.

146

— Regarde ça, me dit mon père, qui s'était accroupi sur la moquette imbibée pour regarder les crabes creuser dans la vase accumulée à cet endroit. Tu veux en prendre un ?

On aurait dit qu'il était à la pêche aux moules, avec son pantalon retroussé jusqu'aux genoux.

— Non, merci.

Sous l'effet d'une marée particulièrement puissante ce matin-là, l'océan était descendu à une centaine de mètres de la plage. Je voyais que la marée s'était inversée. Des vaguelettes commençaient à venir lécher ce qui restait de la véranda à l'arrière.

— L'eau remonte, dis-je.

— On a le temps, Julia. Viens.

Il y avait de la vie partout dans cette maison. Des étoiles de mer accrochées aux plans de travail en granite, et des anémones de mer dans les éviers.

— Regarde bien où tu poses les pieds, me prévint-il alors que nous nous engagions dans un couloir.

Les sols étaient jonchés de morceaux de bois flottés, d'algues et de verre.

— Je suis déjà venu ici, il y a des années, expliqua-t-il.

Je n'avais remarqué que récemment qu'une multitude de rides apparaissaient autour de ses yeux quand il souriait.

— J'avais accompagné ma petite amie de l'époque à une fête de Noël. Ses parents habitaient ici.

Plusieurs centimètres d'écume déferlèrent dans la pièce, recouvrant aussitôt nos pieds jusqu'aux chevilles. Sous le poids de l'eau froide, j'eus l'impression que mes sandales pesaient une tonne.

147

— Papa, s'il te plaît, lançai-je, jetant un coup d'œil dans le couloir. On peut y aller maintenant ?

Des petits tourbillons de mousse blanche engloutissaient le parquet. Récemment, deux adolescents s'étaient noyés comme ça, en visitant une des vieilles maisons, plus haut sur la côte.

— Il y avait un énorme sapin, juste ici, dit-il, les bras écartés pour indiquer la largeur de l'arbre.

Il criait presque à présent pour couvrir le bruit de l'océan :

— Et un piano à queue, là. On a failli se marier, cette fille et moi. C'était avant que je rencontre ta mère, bien sûr.

Le niveau de l'eau montait à chaque vague. Une petite bouteille de plastique dérivait dans la pièce.

— Papa, insistai-je, sérieuse.

— Tu verras, quand tu seras plus grande. Le temps passe à une vitesse incroyable. J'ai l'impression que c'était hier, alors que ça remonte à vingt ans.

L'océan atteignait mes mollets désormais. Je sentais sa puissance, et elle me faisait peur.

— Est-ce qu'on peut y aller maintenant, s'il te plaît ?

— OK. Très bien, Julia. Allons-y.

En pataugeant, nous fîmes le chemin en sens inverse. Mon père repéra une mouette pendant que nous remontions vers la route.

— Regarde ! s'écria-t-il, une main en visière.

Je n'en avais pas vu de vivante depuis des semaines. Durant quelques secondes, je trouvai incroyable qu'il existe une créature douée du pouvoir de voler.

Mon jean me collait aux cuisses et la voiture poissait de sel.

— Tu étais beaucoup plus courageuse avant, tu sais, décréta-t-il en démarrant. Vraiment. Tu deviens aussi trouillarde que ta mère.

Il avait raison : j'étais devenue une anxieuse, constamment à l'affût de catastrophes, petites comme grandes, de déconvenues dont je devinais qu'elles se terraient tout autour de nous, prêtes à nous assaillir.

15

L'arrestation eut lieu dans l'obscurité : le mouvement rapide des phares, les portières qui claquent, les lumières rouges qui clignotent, en silence.

Depuis ma fenêtre, j'observai les trois véhicules de police garés en épi devant le pavillon de Tom et Carlotta. Sans que je puisse expliquer pourquoi, je pensai aussitôt à un meurtre. Dans mon télescope, je repérai la mère de Gabby en tailleur-pantalon, les bras croisés et le visage baigné d'une lueur rouge , elle se tenait à l'entrée de son jardin, le regard tourné vers la maison de ses voisins. Je m'agenouillai sur la moquette et patientai. Plusieurs minutes s'écoulèrent. Il était 16 heures, et nous étions en pleine nuit. Le ciel était d'un noir limpide et la lune réduite à sa plus simple expression, croissant délicat. Les grillons stridulaient, un chien aboyait, les eucalyptus se balançaient dans le vent léger.

Une femme en blanc finit par sortir, tel un fantôme : Carlotta en chemise de nuit, sa longue chevelure grise flottant librement sur ses épaules. Un des agents de police marchait à côté d'elle, un bras passé autour des siens. Tom les suivait d'un pas traînant, ses cheveux blancs ébouriffés.

Le couple avait été menotté.

La nature de leur crime ne fut révélée au voisinage que plus tard. Pendant trois heures, le lendemain, une équipe de police vida la maison de dizaines de plantes en pot, qu'elle chargea dans un grand camion blanc. Leur feuillage vert était particulièrement vigoureux. Celles-ci n'avaient jamais vu la lumière naturelle, ayant poussé sous des lampes à UV, alimentées, ainsi que nous l'apprendrions plus tard, par les panneaux solaires qui étincelaient sur les pentes du toit de Tom et Carlotta. Des agents de police passèrent la pelouse au peigne fin, récoltant un maximum d'éléments – jusqu'au tas de compost, qu'ils emportèrent dans trois énormes sacs noirs. Quand ils eurent terminé, je remarquai que la petite pancarte sur la pelouse avait été arrachée et adressait désormais son message au ciel : *Ce foyer vit en accord avec le Rythme Solaire.*

A en croire les rumeurs qui suivirent leur arrestation, Tom et Carlotta cultivaient de la marijuana en secret depuis des années. La police avait récemment été informée par un voisin. Impossible de ne pas s'interroger sur les motivations de cette dénonciation : ne tenaient-elles pas, au moins en partie, au mode de vie de Tom et Carlotta ? Impossible de se voiler la face, ceux qui se réclamaient du rythme biologique nous mettaient tous mal à l'aise. Trop souvent ils dormaient lorsque nous travaillions. Et sortaient lorsque tout le monde était couché. Ils représentaient une menace à la paix sociale, arguaient certains, les premiers signes d'effritement d'une désintégration à venir.

Je m'inquiétais de plus en plus pour Sylvia.

Entre-temps, un petit nombre de partisans du temps réel avaient entrepris de quitter les villes et les banlieues résidentielles pour se regrouper en communautés dans les déserts et les régions boisées du pays. A l'époque, ils constituaient une minorité vaguement organisée, signe de l'éparpillement d'une société en déclin. Les défricheurs d'une nouvelle tendance.

16

Début décembre, trois semaines avant Noël, les cycles avaient atteint quarante-deux heures. Des changements avaient été identifiés dans les courants océaniques. La fonte de certains glaciers s'était encore accélérée. Des volcans endormis depuis longtemps reprenaient une activité. Certains rapportaient que des baleines, ne réussissant plus à migrer, demeuraient dans les eaux glacées du Nord. Des experts marginaux prédirent qu'il ne nous restait que quelques mois à vivre et furent aussitôt catalogués extrémistes – comme si une telle chose était tout bonnement inenvisageable.

Malgré tout, pour Noël, les toits de notre quartier se parèrent, à leur habitude, de guirlandes lumineuses colorées ; quant à M. Valencia, il ne manqua pas d'installer sur son gazon sa crèche d'automates grandeur nature. Des forêts de sapins poussèrent sur le terrain de la fête foraine et sur les parkings des supermarchés. Les traditionnels chants de Noël s'échappaient des enceintes des magasins et des centres commerciaux, tandis que tout le monde s'inquiétait de la santé économique du pays en cette période de fêtes.

Cet après-midi-là, je préparai des sablés en forme d'étoile avec ma mère.

— C'est bon de faire quelque chose de normal, remarqua-t-elle en aplatissant la pâte avec un rouleau à pâtisserie.

Une mèche de cheveux sombres ne cessait de lui tomber dans les yeux. J'étais contente qu'ils aient retrouvé leur couleur habituelle. Elle avait enfin fait disparaître tout le gris sous une teinture. L'approche de Noël la rendait guillerette, pourtant son excès de zèle ne m'échappait pas : choix du sapin le plus majestueux, disposition des guirlandes, emballage des cadeaux, suivi scrupuleux du calendrier de l'avent. Sous l'enthousiasme apparent couvait une terreur sourde, comme si nous répétions ce rituel annuel pour la dernière fois. C'étaient ses petites manies qui trahissaient ma mère : elle lissait constamment le chemin de table rouge et vert, et elle recolla au pistolet à glu la porcelaine de la boîte à biscuits en forme de père Noël, reléguée pendant des années dans un placard. Au supermarché, je la vis se mettre à quatre pattes sur le lino pour chercher, au fond de l'étagère du bas, les vermicelles argentés dont nous nous servions d'ordinaire et qu'on ne trouvait plus en rayons.

— Je sais que les choses doivent changer, observa-t-elle, mais pas tout.

Lorsque la dernière fournée de sablés fut cuite, nous remplîmes une boîte en métal pour mon grand-père avant de diviser le reste entre les professeurs et les amis.

— Apportons-en aussi à Sylvia, suggérai-je, en laissant fondre dans ma bouche un morceau de pâte crue.

Les dernières étoiles refroidissaient sur une grille.

— Je ne crois pas, non, répondit ma mère.

Elle enveloppait chaque lot de biscuits dans une feuille de cellophane rouge et vert, veillant à ne pas abîmer le glaçage.

— Pourquoi ça ? demandai-je.

— Ce n'est pas une bonne idée.

Les deux chats surgirent soudain derrière la porte de la cuisine et se mirent à gratter la vitre avec frénésie. Ils ne seraient pas autorisés à rentrer avant que les bols et les emporte-pièce n'aient été lavés, la poche à douille vidée, nettoyée et rangée.

— Pourquoi ? insistai-je.

— On n'a pas fait assez de sablés pour en donner à tous les gens qu'on a croisés dans notre vie.

Ma mère ne m'avait jamais interdit de parler à Sylvia ou aux autres partisans du temps réel. Mais certaines choses n'avaient pas besoin d'être formulées. Je savais que j'étais censée garder mes distances avec eux, Sylvia en particulier. Et, en général, c'était exactement ce que je faisais.

Pourtant, j'avais de la peine pour mon ancienne prof de piano, si bien que, plus tard, une fois le four éteint, la cuisine en ordre et ma mère assoupie sur le canapé, je récupérai une poignée de sablés dans notre boîte, nouai un ruban rouge autour et sortis.

J'attendis un long moment devant la porte avant que n'apparaisse une Sylvia endormie, dans une robe de chambre en satin violet. Elle m'évoquait une ballerine gracile, ainsi adossée au chambranle, les cheveux ramenés en chignon lâche. C'était presque l'heure du dîner pour moi, cependant le soleil brillait haut dans le ciel – un soleil de fin de matinée.

— Joyeux Noël ! lançai-je en lui tendant les sablés.

— C'est très gentil, Julia, dit-elle d'une voix que je ne lui connaissais pas, grave et rauque.

Excuse-moi, ajouta-t-elle avant de se racler la gorge plusieurs fois. Désolée, je n'ai parlé à personne aujourd'hui.

A mes yeux, il s'agissait d'une preuve supplémentaire de son isolement, comme si en restant trop longtemps à l'écart des autres êtres humains, on risquait de perdre non seulement le besoin de parler mais aussi la capacité à le faire. J'avais l'impression que ses gestes, accordés au rythme de ses journées, étaient au ralenti, le mouvement tranquille d'une main écartant une mèche de cheveux, le hochement lent de sa tête lorsqu'elle acquiesçait. Je me rendis compte que chacun de ses jours contenait presque deux des miens. Si elle continuait sur cette lancée, Sylvia prendrait des mois de retard sur nous, puis des années. Par-dessus son épaule, je jetai un coup d'œil à l'intérieur de chez elle.

— Tu n'as pas de sapin ?

— Oh... Je n'avais pas envie de m'occuper de tout ça, cette année.

Les coquillages de son carillon s'entrechoquèrent doucement au-dessus de ma tête.

— Encore merci, dit-elle en refermant la porte. Prends soin de toi, Julia. Et n'oublie pas de jouer régulièrement.

Quelques jours plus tard, un camion se gara devant chez elle. Deux jeunes hommes munis d'épais gants verts ouvrirent les portes arrière sur un sapin de Noël, qu'ils firent rouler avec précaution le long de la rampe. Livré dans un pot en terre, il avait encore ses racines pour être replanté dans le jardin après les fêtes. Sylvia hissa toute seule l'arbre en haut des marches de son perron, puis le porta à l'intérieur. Elle l'installa près de la fenêtre de son salon, où elle le laissa, sans décorations ni guirlande lumineuse. C'était tout de même mieux que rien : ça égayait un peu la pièce.

Le même jour, Tom et Carlotta rentrèrent chez eux, ayant été libérés sous caution. Ils attendaient leur procès.

— Combien de temps passeront-ils en prison, vous pensez ? demandai-je à mes parents ce soir-là.

— Ça dépend, répondit ma mère. Sans doute longtemps.

— Qu'est-ce qu'ils ont fait ? voulut savoir mon grand-père, qui était venu dîner.

Il porta, d'une main tremblante, son verre de lait à ses lèvres.

— Ils auraient dû laisser ces pauvres gens tranquilles, intervint mon père.

C'était son jour de repos, mais il avait néanmoins fait un effort : il s'était rasé de près et portait une chemise.

— Ça ne me dit toujours pas ce qu'ils ont fait, riposta mon grand-père, haussant la voix.

Il engloutit un énorme morceau de saumon et se tourna vers moi en mastiquant.

— Julia, tu sais, toi ?

— Une histoire de drogue, Gene, répondit ma mère. Ils cultivaient de la marijuana.

Mon grand-père, qui s'était mis à tousser, recracha quelque chose dans sa serviette. Puis il examina à la lumière une minuscule arête, pas plus épaisse qu'un cheveu.

— A qui faisaient-ils du mal ? lança mon père.

— Tu n'as pas vu la quantité d'herbe qu'ils ont sortie de chez eux, rétorqua ma mère. C'est illégal, ajouta-t-elle, les yeux braqués sur moi.

Mon père enfourna le reste de son saumon sans même relever la tête. Ma mère se servit un verre de vin rouge. Notre sapin n'était pas loin et, dans le silence qui suivit, j'entendis le petit son métallique des ampoules de la guirlande lumineuse à chaque clignotement.

Après avoir raccompagné mon grand-père chez lui, mon père reçut un appel de l'hôpital : un accouchement délicat requérait sa présence, d'autant que le personnel était en effectif réduit.

Je m'installai sur le canapé à côté de ma mère pour regarder une émission sur l'une des dernières tribus sauvages de la forêt amazonienne. Ses membres s'étaient récemment rendus aux autorités brésiliennes, convaincus que celles-ci détenaient non seulement le pouvoir de voler – depuis des décennies, les avions traversaient le ciel au-dessus de leurs têtes – mais aussi qu'elles contrôlaient dorénavant le soleil et la lune.

Ma mère changea de position sous la couverture. La nuit était profonde et la maison glacée.

— Je crois qu'on devrait plus souvent discuter, toi et moi.

Je me raidis aussitôt.

— Comment ça ? dis-je.

Elle pressa une touche de la télécommande et le son de la télévision s'évanouit.

— Les garçons par exemple.

— Quoi, les garçons ?

Elle me dévisagea et je détournai la tête. Une bougie à la cannelle brûlait sur la table basse et je fixai sa flamme.

— Je ne t'entends jamais parler des garçons du collège.

— Pourquoi j'en parlerais ?

Je n'avais pas vu Seth Moreno depuis un moment et je redoutais qu'il soit parti pour de bon. Michaela avait entendu dire qu'à la mort de sa mère il avait rejoint une communauté du temps réel avec son père.

— Ça t'arrive de leur adresser la parole ?

— Maman ! Tu es bizarre.

— Est-ce qu'il y en a un qui t'intéresse ? insista-t-elle.

Les gens faisaient des folies un peu partout sur le globe. Tout le monde saisissait des occasions, prenait des risques. Pas moi. Je restais dans mon coin. Et je gardais mes secrets bien au chaud.

— Je suis claquée, dis-je. Je vais me coucher.

— Attends. Reste un peu avec moi. On parlera d'autre chose.

Après un silence, elle ajouta :

— S'il te plaît.

Je n'arrivais plus à me souvenir des yeux de ma mère avant le ralentissement. Avaient-ils toujours été cerclés de rouge ? J'étais presque sûre que les poches grises sous ses cils étaient nouvelles. Elle ne dormait pas bien, mais c'était peut-être un effet de l'âge, un changement progressif que je n'avais pas remarqué plus tôt. J'éprouvais parfois le besoin d'examiner des photos récentes d'elle pour repérer le moment exact où elle avait pris un air aussi accablé.

Certains adeptes du rythme solaire clamaient que le temps les affectait différemment, que leurs corps vieillissaient moins vite que ceux qui se conformaient au système horaire. L'idée faisait des émules à Hollywood, où une solution anti-âge, connue sous le nom de Cure du Ralentissement, avait été inventée. Elle était censée agir sur le métabolisme. Je me demandais souvent, à cette époque, si ma mère pourrait en retirer des bénéfices.

Plus tard, lorsque je finis par monter dans ma chambre, je constatai avec joie que Sylvia avait décoré son sapin. De minuscules lumières blanches, par dizaines, scintillaient dans les branches.

Ses rideaux n'étaient pas parfaitement fermés. Avec mon télescope, je pouvais voir, à travers l'interstice, qu'elle était là. J'apercevais une jupe froufroutante, une bouche ouverte, une mèche de cheveux roux. Pour une fois, elle n'était pas seule : un bras d'homme apparut soudain dans mon champ de vision, la manche retroussée jusqu'au coude. Je le regardai installer une étoile argentée au sommet de l'arbre.

Il passa son bras autour de la taille fine de Sylvia. Ils échangèrent un baiser rapide. J'étais soulagée de la voir sourire.

Dehors, la voiture de Sylvia me parut étrangement solitaire, devant le garage, comme si cet homme avait surgi de nulle part, apparaissant dans son salon par magie.

Je les observai un peu plus longtemps.

Et d'un coup tout se mit en place : au moment où il se tournait vers la fenêtre, je me rendis compte que je connaissais sa bouche. Je connaissais les contours anguleux de sa mâchoire, l'implantation de ses cheveux. Je connaissais sa chemise bleue – je me rappelais avec précision la première fois où je l'avais vue, le jour de la fête des Pères, au restaurant : elle conservait encore ses plis, tout juste sortie de la boîte argentée dans laquelle la vendeuse l'avait présentée, et dans laquelle j'avais glissé la carte violette, fabriquée pour l'occasion.

17

Cinq mille années d'art et de superstition auraient pu laisser penser que l'obscurité représentait notre plus grande hantise, que l'esprit humain était plus susceptible d'être perturbé la nuit. Pourtant, des dizaines d'expériences réalisées après le ralentissement révélèrent au contraire que ce n'était pas le noir qui avait la plus grande incidence sur notre humeur... mais la lumière.

A mesure que les cycles s'allongeaient, nous découvrions un nouveau phénomène : certaines journées du système horaire débutaient et se terminaient avant même le lever du soleil – ou son coucher.

Les scientifiques étaient au fait depuis longtemps des effets négatifs, sur l'esprit humain, de la lumière du jour en continu. Le taux de suicides, par exemple, avait toujours été plus important au nord du cercle arctique, où, chaque été, les victimes de blessures par balles auto-infligées se multipliaient, tant le jour perpétuel rendait fou.

Lorsque la durée des journées approcha des quarante-huit heures, ceux d'entre nous vivant dans des régions plus tempérées connurent les mêmes affres.

Des études ne tardèrent pas à rapporter une impulsivité exacerbée lors des phases de jour. Cela avait à voir avec la production de sérotonine, qui semait le trouble dans les esprits. Les paris en ligne augmentaient à un rythme constant durant ces périodes et tout indiquait que les opérations boursières les plus importantes étaient plus susceptibles d'avoir lieu à ce moment-là. Le nombre de meurtres et d'autres crimes violents montait aussi en flèche dès que le soleil pénétrait dans notre hémisphère – les dangers de ces nuits blanches nous furent bientôt familiers.

Nous avions un goût pour le risque. Maîtrisions moins nos pulsions. Il était de plus en plus difficile de résister à la tentation. Certains d'entre nous prenaient des décisions qu'ils n'auraient pas prises autrement.

Et j'aime penser que c'est ainsi que les choses ont commencé entre Sylvia et mon père. J'imagine qu'il est rentré tard de l'hôpital, après minuit, comme souvent, lors d'une de ces nuits où le soleil ne se couche jamais, et qu'il a trouvé Sylvia dans son jardin, occupée à tailler ses arbustes, coiffée d'un chapeau de paille, ou lisant un livre dans l'herbe, pendant que nous autres cherchions le sommeil. Peut-être a-t-elle agité la main dans sa direction quand il est descendu de sa voiture. Peut-être ont-ils bavardé un moment. Peut-être y a-t-il eu une dizaine d'occasions comme celles-ci, où ils passaient un instant ensemble, éblouis par la réverbération, tandis que tous les rideaux de la rue étaient fermés. Peut-être, dans cette luminosité écrasante, se sont-ils, tous deux, montrés un peu plus téméraires qu'à leur habitude, peut-être ont-ils un peu moins réfléchi avant d'agir.

A ce stade de mes réflexions, cependant, je pense en général à ma mère. « Tu ne peux pas rejeter toute la faute sur le ralentissement, dirait-elle. Les gens sont responsables de leurs propres actes. »

Le lendemain matin, mon père franchit notre seuil comme s'il était le même homme. J'étais à table, devant un bol de yaourt. Ma mère se servait du café. Je ne lui avais pas dit ce que j'avais découvert. Je n'étais pas prête à en parler, avec personne.

— Bonjour, lança-t-il.

Il faisait encore nuit dehors. Un vent froid s'engouffra avec lui dans la maison. Il essuya ses pieds sur le paillasson. Suspendit ses clés au crochet dans la cuisine. Il embrassa ma mère sur la joue et me caressa l'arrière de la tête.

— Prête pour ton interro de maths ?

— C'était hier, répondis-je.

Je jouais avec mon yaourt, que je remuais dans un sens puis l'autre. J'étais incapable de manger.

— Bien sûr, dit-il. Désolé, je me suis trompé.

Je le haïssais à cet instant, lui en voulant de débarquer en blouse blanche alors qu'il l'avait enfilée une seconde avant d'ouvrir la porte.

— Comment ça s'est passé à l'hôpital ? demanda ma mère.

Elle semblait vieille dans son peignoir, sans maquillage.

— Bien, répondit-il avant de s'adosser au mur et de peler une orange.

C'était le pire : il avait l'air décontracté.

— Je suis épuisé, ajouta-t-il. Il faut que je dorme un peu.

Il gravit lentement l'escalier, emportant le reste de l'orange et recrachant les pépins dans le creux de sa main. Je l'entendis fermer la porte de la chambre derrière lui.

J'étais à nouveau seule avec ma mère. Je ne savais pas où poser les yeux.

Plusieurs jours durant, je dus me pincer pour être sûre que je ne rêvais pas. Je m'étonnais par exemple que les heures continuent à passer malgré tout. C'était presque incroyable que le temps ne se soit pas suspendu. Nos vies suivaient leur cours. Mon père allait et venait. Nos cœurs battaient toujours. Chaque matin je prenais le chemin du collège, espérant que Seth Moreno serait de retour. Nous fêtâmes Noël, et le monde tournait encore.

Six jours plus tard : le nouvel an.

Je n'ai jamais compris pourquoi le ralentissement n'avait pas modifié aussitôt l'orbite de la Terre ni pourquoi, le dernier jour de cette première année, nous nous sommes retrouvés à peu près au même endroit du système solaire que l'année précédente à la même date. La Terre avait accompli son ellipse habituelle, pour la quatre cent milliardième fois, et c'était l'un des rares phénomènes naturels à n'avoir pas déjoué nos attentes.

Le 31 décembre, le soleil se leva à 3 heures du matin en Californie, et il nous éblouissait encore, à 20 heures, lorsque ma mère mit la clé dans le contact. Je passerais la nuit chez mon grand-père pour que mes parents puissent fêter la nouvelle année chez des amis.

— J'aurais pu rester toute seule à la maison, dis-je, un sac en toile violette sur les genoux.

— On en a déjà parlé, rétorqua-t-elle. Ç'aurait été différent si une amie avait pu t'accueillir.

— Je pouvais aller chez Michaela.

— Tu sais bien que non, Julia, il n'y avait pas d'adultes pour vous surveiller.

Michaela ne m'avait pas vraiment invitée, de toute façon.

« Tu peux venir si tu veux », m'avait-elle lancé la veille, lors de l'entraînement de foot.

Nous prîmes la direction de l'est sur la vieille route à deux voies, sous un ciel immense et aveuglant. C'était la dix-septième heure de lumière. Mon père était encore au travail – en tout cas, il le prétendait –, mais il prévoyait de rejoindre ma mère à la soirée, plus tard. Ma mère conduisait un break gris métallisé, même si le rapport de police mentionnerait plus tard un véhicule bleu.

— Quelle est ta résolution pour la nouvelle année ? me demanda-t-elle au moment où nous dépassions la piste de course.

Avant de partir, nous avions trinqué dans la cuisine : elle, au champagne, moi, au cidre.

— Personne ne tient ses résolutions, rétorquai-je.

Derrière la vitre, la lagune défilait.

— On croirait entendre ton père.

La langue déliée par l'alcool et les joues rouges, elle portait une robe bustier noire. Ayant perdu du poids depuis le début du ralentissement, elle avait réussi à se glisser dedans pour la première fois depuis des années.

— Pourquoi es-tu aussi grognon ? reprit-elle.

J'avais évité mon père toute la semaine. Le simple fait de le mentionner me semblait dangereux, comme si en faisant claquer les deux « p » de « papa », je risquais de trahir ma colère ou de révéler ce que j'avais vu.

— Moi, j'ai décidé, entre autres, de me faire moins de souci, poursuivit-elle.

165

Elle jeta un coup d'œil à son reflet dans le rétroviseur et lissa un de ses sourcils du bout du doigt.

— Et de profiter davantage de l'instant présent.

Nous étions en train de longer une grande maison blanche sur une colline, devant laquelle étaient garées des voitures rutilantes – celles des invités. Arrêtées à un feu rouge, nous vîmes deux hommes en smoking en pousser la porte, tandis qu'une jeune femme en robe longue lamée fumait dans le jardin, ses talons aiguilles plantés dans le gazon.

Une voiture klaxonna derrière nous. Le feu était passé au vert. Ma mère n'avait pas dormi depuis le lever du soleil et, cela a été avéré depuis, les longues plages de lumière peuvent émousser les réflexes. Certaines études ont montré que l'effet était à peu près comparable à l'ingestion de deux verres d'alcool.

— Mais voici ma principale résolution, dit-elle en enfonçant la pédale d'accélérateur. Tu m'écoutes ?

Je hochai la tête.

— Je vais redevenir comédienne.

A l'endroit où la route s'incurvait, nous longeâmes le lac artificiel qui, des semaines durant, avait été obstrué par des oiseaux morts. Le niveau de l'eau était singulièrement bas, et certains accusaient le ralentissement d'être à l'origine de la pénurie de pluie, qui laissait les rives du lac exposées, qui dévoilait les couches de boue noire et les racines enchevêtrées des arbres proches, inaccoutumés à vivre hors de l'eau.

— Je suis très sérieuse, reprit-elle.

Ses boucles d'oreilles en cristal oscillèrent lorsqu'elle se tourna vers moi.

— J'ai rappelé mon ex-agent, tu sais, ajouta-t-elle.

Ses épaules dénudées scintillaient légèrement : elle avait appliqué une nouvelle poudre sur sa peau. J'aperçus une trace de rouge à lèvres violet sur une de ses dents de devant quand elle me sourit.

Une pensée me traversa alors l'esprit : elle était peut-être déjà au courant pour Sylvia.

Nous roulâmes quelques minutes supplémentaires. Elle ne parlait plus. La route rétrécissait. Nous avions le soleil pile en face. Les arbres défilaient à toute allure sur le bas-côté, leurs branches noires se détachaient sur le ciel d'un bleu éclatant.

Elle comparerait plus tard le sentiment qui l'habitait à une sorte de griserie, une réduction subite de son champ de vision, pourtant elle ne dit presque rien au moment de l'incident. Elle se frotta le front. Cligna des yeux.

— Je ne me sens pas très bien.

Une seconde plus tard, je la perdis. Je n'avais jamais vu personne s'évanouir. Je me rappelle encore l'affaissement subit de son corps, sa tête roulant sur le côté, ses mains tombant du volant. Plus tard, il serait établi que nous roulions à soixante-dix kilomètres à l'heure.

Des témoins avaient vu un barbu, en robe de cérémonie, qui déclamait la Bible sur le bord de la route. D'après leurs explications, un break arriva de l'ouest à environ 20 h 25. Ils ne s'accordaient pas sur la vitesse du véhicule au moment de l'impact, mais tous convenaient que l'homme s'était subitement jeté sous les roues de la voiture, en quête d'un suicide ou d'un miracle. Au moins six autres automobiles avaient réussi à l'éviter. La nôtre était la septième.

Ne l'ayant aperçu que fugitivement – j'essayais en même temps d'agripper le volant, que ma mère avait lâché –, je ne suis pas sûre de pouvoir me fier à ma mémoire, même si on prétend que le temps ralentit en cas de danger. Et que l'esprit enregistre davantage d'informations. Bref, voici ce dont je me souviens : le regard de l'homme au moment où son expression passait d'une forme d'assurance à la peur, puis sa réaction instinctive – au dernier moment, il se détourna et se protégea la tête des deux mains.

Je n'ai pas oublié le bruit sourd sur le capot, suivi du crissement des pneus, lorsque ma mère, ayant repris connaissance, pila. Elle avait été inconsciente moins de dix secondes et son visage reprenait rapidement des couleurs. Ma ceinture se bloqua. La voiture dérapa. S'immobilisa. Je sentis soudain un souffle de vent sur mes joues et la puanteur des engrais épandus sur le terrain de polo voisin. L'air s'engouffrait par le pare-brise. Un rideau fragile de verre fissuré n'était plus accroché qu'à un côté de la voiture. Le sang, qui avait éclaboussé un peu partout, n'avait laissé aucune trace sur le verre.

Ma mère haletait. Quelqu'un gémissait. Des paillettes de verre parsemaient mon jean.

— Tu vas bien ? s'enquit-elle avant de m'empoigner par les épaules.

Un mince filet de sang coulait le long de sa tempe jusque dans son oreille.

— Et toi, tu vas bien ? répondis-je.

— Que s'est-il passé ?

Deux surfeurs jaillirent d'une camionnette Volkswagen, le haut de leurs combinaisons rabattu jusqu'à la taille. Faisant claquer leurs tongs sur le bitume, ils dépassèrent notre voiture au pas de course pour rejoindre une portion de la route juste devant nous et s'accroupirent. Derrière eux, un joggeur se chargeait de réguler la circulation.

Le hurlement des sirènes s'éleva au loin.

Ma mère se pencha par sa vitre pour observer les surfeurs, en pleine concertation.

— Oh, mon Dieu ! lâcha-t-elle.

Elle se couvrit la bouche et continua à répéter, entre ses doigts :

— Oh, mon Dieu... Oh, mon Dieu...

Les surfeurs me cachaient le visage, mais j'apercevais le bas du corps, les jambes écartées, les mains, paumes tournées vers le ciel, le tout absolument immobile. Et je me rappelle ceci aussi : un des genoux était plié dans le mauvais sens.

Je pris une résolution à cet instant précis, ou plutôt je fis une prière : si cet homme survivait, je ne me plaindrais plus jamais de rien.

Un essaim de prospectus orange, éparpillés autour de lui, furent soulevés et emportés par le vent, telles des graines de pissenlit. Un d'eux pénétra dans la voiture, à l'endroit où le pare-brise aurait dû se trouver, et atterrit sur mes genoux. Il s'agissait d'une photocopie de photocopie d'un message manuscrit : *Méfiez-vous, pécheurs. Les trompettes sonnent, la fin est là. Repentez-vous, ou vous devrez affronter la colère de Dieu.*

Deux voitures de police et un camion de pompiers surgirent tout à coup et se garèrent sur le bas-côté. Deux ambulances suivaient, gyrophares allumés. Des larmes brouillaient ma vue. Des inconnus volaient au secours d'un inconnu.

Selon le rapport de police, l'homme fut emmené à l'hôpital Saint-Anthony, à trois kilomètres du lieu de l'accident. Plus tard ce soir-là, quatorze membres d'une secte religieuse franchiraient les portes du même service d'urgence, sur quatorze brancards distincts, inconscients, la respiration précipitée, les ongles virant déjà au bleu à cause de l'arsenic qui coulait dans leurs veines. Convaincus que le monde touchait à sa fin, ils avaient versé du poison dans leurs verres de vin au douzième coup de minuit. Pendant que d'autres s'embrassaient et buvaient du champagne, ces quatorze-là s'éteignaient au son des cordes de Auld Lang Syne [1].

A l'arrière d'un véhicule de secours, un jeune ambulancier nettoya la plaie de ma mère avant d'examiner ses pupilles à la recherche de signes d'une commotion cérébrale. Une femme policier munie d'un carnet à spirale posait des questions.

— Selon vous, à quelle vitesse rouliez-vous ?

— Est-il mort ? demanda ma mère, qui jetait des regards nerveux autour d'elle.

Des cônes orange avaient poussé sur l'asphalte. La bande de plastique jaune délimitant un périmètre de sécurité claquait au vent. Les rétroviseurs de notre voiture, immobilisée sur la route, réfléchissaient le soleil.

— Ils s'occupent de lui, répondit la policière. Soixante kilomètres heure ? Cinquante ?

— Mais va-t-il mourir ?

La robe de ma mère ne cessait de glisser sur sa poitrine. Un hématome sombre apparaissait sur son front, près de son entaille. Elle s'était cogné la tête sur le volant.

— Etait-il conscient ? insista-t-elle.

— Ils font tout leur possible, m'dame.

Des années plus tard, j'ai pris connaissance des statistiques suivantes : avant le ralentissement, un

_____

1. Vieille ballade écossaise, connue en France sous le nom de « Ce n'est qu'un au revoir ».

piéton renversé par une voiture roulant à soixante-dix kilomètres à l'heure avait une chance sur dix de survivre à l'impact ; après le ralentissement, les chances de survie avaient diminué de moitié. Il n'y avait pas que les balles de base-ball qui retombaient plus vite et avec davantage de force : tous les corps en mouvement subissaient une attraction terrestre de plus en plus puissante.

Ma mère fut emmenée à l'hôpital pour subir des tests complémentaires. Les ambulanciers craignaient une commotion. Quant à moi, indemne, j'attendis mon père à l'arrière d'une voiture de police.

Pendant ce temps-là, les traces laissées par nos pneus furent mesurées. Une dépanneuse arriva. Quelqu'un balaya les éclats de verre. La brise se transforma en vent, et les eucalyptus qui bordaient la route de part et d'autre se mirent à fouetter l'air de leurs branches, dévoilant, en oscillant, un croissant de lune blanc, à l'horizon, dans un ciel clair.

Le ciel était encore bleu et le soleil haut lorsque mon père ouvrit la portière.

— Tu vas bien, Julia ? Tu ne t'es pas cogné la tête, si ?

— Non.

Je songeai qu'il devait venir de chez Sylvia. J'imaginai les adieux précipités sur le perron, le baiser échangé à la hâte dans l'entrée, elle qui nouait ses cheveux en chignon avant d'agiter la main. Voilà comment je me représentais les choses. Mais, en réalité, peut-être était-il vraiment venu de l'hôpital.

— Pas de vertige ? poursuivit-il.

Je secouai la tête.

Tandis qu'il observait un de mes yeux, puis le second, je l'observais aussi : je cherchais des preuves. Son col était bien droit et sa cravate grise parfaitement nouée. Son badge de l'hôpital était accroché à sa poche poitrine.

— Allons-y, lança-t-il en me prenant la main.

Je trouvai mon grand-père très occupé. Tous les placards, béants, étaient vides. Il avait sorti les babioles des étagères et débarrassé les manteaux des cheminées de leur fatras. Le garde-manger avait été dévalisé et les tiroirs de la cuisine, grands ouverts, penchaient vers le lino.

— C'était du rapide, observa mon grand-père en me voyant.

La porte moustiquaire claqua derrière moi. Il poussa le verrou d'un mouvement sec. Je ne l'avais jamais vu fermer cette porte avant.

— Tu vas bien ? demanda-t-il.

— Je crois.

Dehors, les pneus de mon père crissèrent sur les gravillons. Il partait rejoindre ma mère à l'hôpital.

— Tu n'as pas une seule égratignure.

Ses cheveux, d'un blanc laiteux, étaient dressés sur sa tête, par touffes, semblables à de mauvaises herbes, et il portait ce qu'il appelait son bleu de travail : une salopette en jean délavé et une chemise de flanelle verte.

— Si tu as faim, je te prépare du thon.

Il faisait encore clair dehors, mais la maison était plongée dans la pénombre. Les rideaux étant tirés, seules quelques lampes éclairaient faiblement les pièces.

Il rejoignit, d'un pas traînant, la salle à manger, où il avait étalé, sur la moindre surface disponible, toutes ses possessions. Sur le plateau foncé de la table trônaient ses trésors, bien alignés, comme pour une vente. Plusieurs cartons de déménagement attendaient par terre, à moitié remplis.

— Tu vas quelque part ? m'étonnai-je.

Il avait pris place à la table et feuilletait une pile de cartes postales anciennes.

— Si je vais quelque part ?

Il posa sur moi ses prunelles mouillées, d'un bleu évanescent.

— Où voudrais-tu que j'aille, Julia ?

Il avait exposé sur la table ses collections d'anciennes bouteilles de Coca, de morceaux de verre polis par la mer et d'oursins. Le service à thé en argenterie de ma grand-mère, qui s'était oxydé à force de négligence, était entouré d'une ribambelle de figurines en porcelaine poussiéreuses, à côté desquelles reposait un couteau décoratif provenant d'Alaska, dont le manche, en ivoire, avait été sculpté dans une défense de narval. A l'autre extrémité de la table, des piles de pièces rares brillaient, protégées chacune par un étui en plastique.

— Alors qu'est-ce que tu fabriques ? demandai-je.

Il pressa une loupe sur une carte postale passée. Ses yeux se voilaient depuis des années, lui laissant une vision morcelée.

— Rends-moi service, dit-il en tapotant la carte de son index épais. Lis-moi ce qui est écrit.

La photographie en noir et blanc avait été grossièrement colorisée : les pentes herbeuses en vert, les toits d'un rouge peu réaliste.

— Childer, en Alaska, lus-je. 1956.

— Tu vois cette colline, là ? fit-il, suivant du doigt un léger relief qui surplombait un petit groupe de maisons et de clochers. Un an après cette photo, il y a eu un terrible glissement de terrain lors d'un orage.

173

Au loin, les premiers pétards commencèrent à siffler et éclater – c'était le nouvel an après tout. La lumière continuait à filtrer sous les rideaux. Ça sentait la poussière et le bain de bouche, chez mon grand-père.

— J'étais à un mariage lorsque c'est arrivé, poursuivit-il. Vingt-trois villageois ont été enterrés vifs.

Sur quatre-vingt-six années d'existence, il en avait passé deux en Alaska, dans des mines d'or puis sur des bateaux de pêche. Ces deux petites années avaient gonflé, telle une éponge, dans sa mémoire, prenant l'essentiel de la place. Les décennies qu'il avait passées en Californie ne lui avaient pas fourni une seule anecdote digne de ce nom.

— J'ai eu de la chance, dit-il. J'étais tout au fond de l'église. En revanche, les jeunes mariés, les parents, les frères et sœurs, le pasteur... tous ont été engloutis.

Il secoua la tête. Un léger sifflement lui échappa.

— Saleté... ajouta-t-il avant d'effleurer la carte. Tu vois cette maison, ici ? Le frère du marié était pêcheur de saumon. Comme la saison avait débuté, il a raté la cérémonie. Il a été le seul survivant de sa famille. Peu après, il s'est pendu dans cette maison, juste ici.

Ma chaise craquait à chacun de mes mouvements. J'entendais le tic-tac des horloges : il en avait une importante collection, toutes anciennes, dont deux aussi grandes que lui, qui sonnaient chaque heure, jamais ensemble.

— On dirait que plein de malheurs sont arrivés quand tu étais en Alaska, remarquai-je.

Il éclata de rire et frictionna les plis roses de son front.

— Je ne présenterais pas les choses ainsi, rétorqua-t-il. Pas plus qu'ailleurs, tu sais.

174

Il retourna la carte. Le verso était vierge, à l'exception d'une tache rouge vif dans un coin.

— Tu saignes ? m'inquiétai-je.

Ça m'effrayait de voir qu'il saignait aussi facilement. Etudiant ses mains, il lâcha :

— Nom d'un petit bonhomme...

Il se leva avec difficulté et se traîna jusqu'à la cuisine.

Sa peau était devenue de plus en plus fine, et son sang coagulait moins vite. Une coupure causée par une feuille pouvait saigner plusieurs minutes. Pendant qu'il passait son doigt sous un filet d'eau froide, j'explorai le contenu des cartons qui jonchaient le sol de la salle à manger. Ils renfermaient des albums photo en noir et blanc, montrant mes grands-parents en chapeaux élégants et manteaux doublés de fourrure, ainsi que mon père, bébé puis en tenue de base-ball, appuyé à une bicyclette, à côté d'une gigantesque roue de voiture ancienne. Il y avait également un album qui m'était entièrement consacré, moi son unique petite-fille, du jour de ma naissance à ma dernière photo de classe, sur laquelle j'avais les yeux mi-clos, ce qui avait rendu vains mes efforts vestimentaires – j'avais passé un temps fou à choisir le pull en mohair blanc cassé que je portais pour l'occasion.

Je tombai alors sur ceci : dans une boîte à chaussures recouverte de poussière, quatre épais lingots d'or massif, rangés côte à côte telles des tablettes de chocolat.

— Hé ! lança mon grand-père, le pouce enveloppé dans un pansement collé de travers. Tu n'étais pas censée fouiller là-dedans.

J'avais sorti un lingot de la boîte. Il était froid et lourd. Mon grand-père me le prit des mains et le remit à sa place.

— Puisque le mal est fait, ajouta-t-il, je vais te dire quelque chose que tu devrais retenir.

Il reposa le couvercle sur la boîte et la poussa dans un coin avant de poursuivre :

— L'or est la chose la plus fiable qui soit. C'est mieux que les dollars, mieux que les banques.

J'avais l'impression que le soleil se couchait enfin derrière les rideaux. Un halo rosé s'infiltrait par les interstices. L'obscurité durerait au moins jusqu'au soir suivant.

— C'est bien réel, tu sais, reprit-il. Je n'y croyais pas au début, mais cette chose est vraiment en train d'arriver.

Dans d'autres maisons, les bouchons sautaient, le champagne pétillait, les chapeaux pointus se posaient sur les têtes. J'avais appris que Hanna était partie à Palm Springs avec Tracey et sa famille. Je me demandais ce que Seth Moreno était en train de faire à cet instant précis.

— Et personne ne s'en inquiète, continua mon grand-père. Ils nous disent de nous fier à nouveau aux horloges et ils pensent résoudre le problème comme ça, sauf que personne n'est fichu de nous préparer à ce qui arrive.

Laissant échapper un lourd soupir, il quitta sa chaise, avant de dire :

— Pense aux oiseaux. Ils ont toujours été des messagers. C'est une colombe portant une branche d'olivier qui a prévenu Noé que le déluge était terminé. Grâce à elle, il a su qu'il pouvait quitter l'arche. Réfléchis à ça. Nos oiseaux n'ont plus de branches d'olivier. Nos oiseaux meurent.

Il avait reporté son attention sur le vieux fusil de chasse qu'il gardait dans le placard de l'entrée. Du revers de la main, il essuya la pellicule de poussière

176

qui le recouvrait. Il ne s'en était pas servi depuis des années.

— Lors de ta prochaine visite, rappelle-moi de t'apprendre à tirer.

— Au fusil, papy ?

— Je suis sérieux. C'est du sérieux, Julia. Je m'inquiète pour nous tous.

Plus tard, sur le vieux poste de télévision bombé, je regardai les feux d'artifice qui avaient déjà été tirés à Tokyo, Nairobi et Londres, tandis que la nouvelle année se déplaçait d'est en ouest.

L'organisation avait soulevé des débats. Théoriquement, nous avions un jour de retard à cause des semaines où nous avions vécu sans horloges. Une solution rapide avait néanmoins été proposée et adoptée par l'ensemble des Etats : nous avions tout simplement sauté le 30 décembre pour rattraper le temps perdu.

Entre la diffusion de chacun des feux d'artifice, les présentateurs rapportaient que des chefs religieux avaient réuni leurs fidèles, dans la crainte ou l'espoir que le dernier jour de l'année correspondrait aussi à la mort de ce monde.

Je m'assoupis dans un fauteuil avant minuit. Je rêvai de sang et de verre brisé, d'une voiture qui pilait et dérapait. Des heures plus tard, je me réveillai, plongée dans la lueur bleutée du téléviseur, la mâchoire serrée, la nuque raide d'avoir reposé sur l'accoudoir. Le soleil avait fini par disparaître à l'horizon, et mon grand-père était allé se coucher. L'année avait pris fin pendant que je dormais. Une nouvelle avait commencé dans le noir. Tout semblait possible alors. N'importe quelle prédiction pouvait se réaliser. Et pour la première fois, cela me tourmentait, d'ignorer ce que l'année à venir me réservait.

Le lendemain matin, mes parents passèrent me prendre en rentrant de l'hôpital. Ils n'avaient aucune nouvelle du piéton.

Ma mère portait encore sa robe de soirée, complètement chiffonnée à présent. Elle avait recueilli ses boucles d'oreilles en cristal dans le creux de sa main. Le bracelet en plastique de l'hôpital à son nom pendait toujours à son poignet. Mon père la conduisit à l'intérieur de la maison avec beaucoup de précaution, comme si elle avait les yeux bandés, appuyant sur les interrupteurs d'une main tout en lui laissant l'autre dans le creux des reins.

Le bleu au front s'estomperait. La plaie se refermerait. Elle n'avait pas une seule fracture. Son cerveau n'avait pas subi de dommage. L'IRM ne pouvait pas, en revanche, fouiller dans son esprit. Et, à l'époque, on ne savait presque rien du syndrome.

18

On a d'abord parlé de mal de la gravité, puis de syndrome du ralentissement, jusqu'à ce que, enfin, il suffise d'évoquer le « syndrome » pour que tout le monde comprenne de quoi il retournait. Les symptômes, bien que variés, étaient liés les uns aux autres : vertiges, nausées, insomnie, fatigue et, parfois, comme dans le cas de ma mère, perte de connaissance.

Seules certaines personnes étaient atteintes. Un homme trébuchait dans la rue. Une femme s'évanouissait dans un centre commercial. Chez certains enfants en bas âge, les effets incluaient des saignements gingivaux. Quelques victimes, trop faibles, restaient clouées au lit plusieurs jours. La cause précise du mal n'était pas connue.

Ma mère ne quitta pas la maison la semaine qui suivit l'accident. Elle consacra ses journées à chercher des informations sur le piéton, tandis qu'une croûte se formait sur son front. Ses vertiges allaient et venaient. Elle se déplaçait au ralenti, se soutenant toujours à la rambarde ou au mur. Dès qu'elle retrouvait l'équilibre, elle se concentrait sur la victime. Elle appela l'hôpital mais n'obtint aucune information. Elle envoya des fleurs « à l'attention de l'homme renversé par une voiture sur Samson Road, le soir du 31 décembre ». Elle supplia mon père d'enquêter, mais il préférait ne pas s'en mêler.

« On finira bien par le savoir », disait-il.

Elle dormait encore moins qu'avant, restant éveillée que les nuits soient claires ou pas. Je me réveillais parfois en pleine nuit, dans le noir complet, et la découvrais devant l'ordinateur, où elle consultait d'obscurs sites Internet tenus par des gens du coin et des blogs de policiers, les yeux rouges et brillants, l'éclat blanc de l'écran donnant à ses traits un relief peu flatteur. A une de ces occasions, elle s'évanouit à nouveau. En tombant du fauteuil, elle se mordit la langue jusqu'au sang.

Elle ne prenait plus sa voiture et mangeait de moins en moins. Je m'interrogeais sur la nature des symptômes ayant précédé la mort de la mère de Seth Moreno. Elles souffraient de maladies différentes, je le savais, pourtant je me surprenais à redouter une issue identique. Personne ne pouvait prévoir l'évolution que suivrait le syndrome du ralentissement.

Il y avait une lumière matinale éblouissante le jour où Seth Moreno revint au collège.

Ses cheveux foncés avaient un peu poussé et il avait pris une nouvelle habitude, celle d'écarter sa frange du pouce. A part ça, il était resté le même, il avait toujours cette expression lasse, cette démarche nonchalante, son skate-board coincé sous un bras. Je ne l'avais pas revu depuis la mort de sa mère.

Les battements de mon cœur se précipitèrent lorsque je l'aperçus à l'arrêt de bus, ce matin-là. J'aurais voulu savoir s'il avait reçu ma carte.

A la suite du décès de sa mère, diverses rumeurs m'étaient parvenues : il habitait avec un parent en Arizona, il avait déménagé dans une communauté du temps réel en Oregon, il était inscrit dans une pension en France.

Pourtant il était à l'arrêt de bus. Il n'adressa la parole à personne, ce matin-là. Il resta à l'écart, comme toujours. Alors que j'aurais aimé lui parler, je n'ouvris pas la bouche. Alors que j'aurais aimé être près de lui, je gardai mes distances.

En maths, je repris l'habitude d'observer, en silence, l'arrière de son crâne.

Pendant ce temps, les océans se transformaient, le Gulf Stream ralentissait, et Gabby décidait de se raser la tête.

Un après-midi, elle m'appela pour me proposer de passer chez elle. Le soleil s'était couché. Le ciel était d'un bleu-noir sans nuages. En chemin, je dépassai un groupe de gamins qui jouaient au chat et à la souris. Certains étaient accroupis derrière des voitures ou des troncs d'arbre tandis que d'autres les cherchaient, deux par deux, s'accrochant aux vêtements les uns des autres et murmurant tout en explorant les ombres.

— Regarde ! me dit Gabby.

Nous étions dans sa chambre. Elle tira sur une épaisse mèche de ses cheveux et plaça les ciseaux près des racines.

— Tu comptes te couper les cheveux toi-même ?

En bas, une équipe d'ouvriers abattait un mur et refaisait la cuisine. Les parents de Gabby étaient au travail.

— D'abord je coupe tout court, répondit-elle avant de refermer les ciseaux. Ensuite, je me rase.

181

La mèche atterrit sans un bruit sur la moquette.

— Mais pourquoi ? insistai-je tandis qu'elle en sectionnait une deuxième. Ça mettra une éternité à repousser.

Sur la commode, son portable vibra : elle avait reçu un texto. Elle sourit en le lisant. Puis elle jeta ses ciseaux sur son bureau et verrouilla la porte.

— J'ai un secret à te dire, chuchota-t-elle. Tu dois me promettre de ne le répéter à personne.

Je jurai.

— Tu sais ce garçon que j'ai rencontré en ligne ? J'acquiesçai.

— On s'est parlé tous les jours.

Je ressentis une morsure de jalousie. Le garçon était plus âgé que nous : il avait seize ans. Il vivait à plus de cent cinquante kilomètres dans une des nouvelles communautés qui avaient poussé dans le sable du désert.

— Ça s'appelle Circadia, poursuivit-elle avec une délectation visible. Ils ont une école, un restaurant, et tout le toutim.

J'avais entendu dire que des communautés similaires avaient surgi dans chaque Etat, fondées par des originaux rejetant le système horaire. Dans les maisons et les rues de ces colonies, le soleil commandait encore le jour et la nuit ; le rythme de la vie devait y être plus lent, le temps progressant pas à pas, telle une marée montant au ralenti.

— Beaucoup de filles ont la boule à zéro, là-bas, expliqua-t-elle.

Gabby répondit au message. Le vernis noir sur ses ongles réfléchissait la lumière de la lampe. Elle reprit ensuite les ciseaux pour finir de se couper les cheveux, dont les mèches s'amoncelaient sur la moquette blanc cassé, à côté de son uniforme froissé.

Elle se servit du rasoir électrique de son père pour le reste. Petit à petit, l'architecture de son crâne apparut, les reliefs et les dépressions à présent exposés.

— Nom de Dieu, lâcha-t-elle en découvrant son reflet dans le miroir. C'est génial !

Elle tourna la tête d'un côté puis de l'autre, passant les mains sur son crâne lisse. On aurait dit qu'elle avait été ravagée par une maladie.

Elle s'assit sur son lit. Un ensemble de lingerie en dentelle noire était étalé sur la couette. Elle surprit mon regard.

— Il te plaît ? me demanda-t-elle.

— Euh... oui.

— Je l'ai commandé en ligne.

L'une des bougies sur sa commode n'était plus qu'une flaque de cire liquide. La flamme vacilla avant de s'éteindre, laissant une mince volute de fumée blanche dans l'air.

— Hé ! s'écria-t-elle, changeant soudain de sujet. C'est vrai que ta mère a tué un type le soir du nouvel an ?

Je la dévisageai.

— On ne sait pas s'il est mort, rétorquai-je.

Au rez-de-chaussée, les ouvriers firent tomber un objet lourd sur le carrelage.

— J'ai entendu dire qu'elle avait renversé quelqu'un.

— Elle est malade.

Gabby se tourna vers moi.

— Qu'est-ce qu'elle a ?

— On ne sait pas.

— Elle risque de mourir ?

— Je ne suis pas sûre.

— Merde... Je suis désolée.

Elle avait récemment repeint les murs de sa chambre en marron foncé et l'odeur tenace de l'acrylique se mêlait à celle des bougies à la vanille.

— Je ferais mieux de rentrer, dis-je.

— Tiens, fit-elle en me tendant un sac en plastique rempli de barrettes et d'épingles à cheveux. Prends-les. Elles ne me servent plus à rien.

Je secouai la tête ; je ne voulais pas de ses affaires.

Dehors, sur la route de la maison, je croisai deux phares, appartenant à une BMW noire et fuselée, celle de la mère de Gabby. Elle me fit un signe au moment de me dépasser, que je lui retournai. Je la regardai s'engager sur le chemin dallé, attendre que la porte électrique du garage se soulève péniblement. Je savais que ces quelques minutes étaient les dernières avant qu'un déluge ne s'abatte sur la tête rasée de Gabby. La BMW disparut ; la porte se referma sur elle. J'entendis les petits bruits métalliques que le moteur émettait en refroidissant.

J'apprendrais plus tard que Gabby avait été, sur-le-champ, privée de son ordinateur et de son téléphone, ce qui l'avait empêchée de communiquer avec le garçon de Circadia qui lui écrivait des poèmes.

Ce soir-là, je passai des heures à observer le pavillon de Sylvia dans mon télescope, à la recherche du moindre signe de la présence de mon père. Les habitudes de Sylvia me semblaient plus bizarres à mesure que les jours s'allongeaient. Elle s'enfermait chez elle pendant les plages d'obscurité et, alors que les fenêtres des voisins brillaient tout du long, elle laissait les siennes éteintes, à croire qu'elle avait appris à dormir vingt heures d'affilée ou plus. Un étranger passant devant chez elle par un de ces après-midi sans lumière se serait sans doute dit que la maison était vide ou son propriétaire absent. Deux journaux s'accumulaient souvent sur son paillasson avant que le soleil ne réapparaisse.

Les nuits blanches, en revanche, Sylvia revenait à la vie. Je pouvais apercevoir ses longs doigts courir sur les touches du piano longtemps après que les voisins s'étaient couchés. Elle arrachait les mauvaises herbes à minuit. Elle sortait faire du jogging tandis que nous étions au pays des rêves. Dans le silence d'une de ces nuits en plein jour, je la vis traîner son sapin sur le trottoir, le raclement du pot sur le bitume résonnant dans la rue endormie.

Dans certains pays d'Europe, le mode de vie de Sylvia était plus ou moins frappé d'illégalité. Sur ce continent, les adeptes du temps réel étaient essentiellement des immigrés d'Afrique du Nord et du Moyen-Orient, qui refusaient le système horaire pour des raisons religieuses. Le couvre-feu avait été instauré à Paris. Des émeutes s'en étaient suivies. Un membre de notre conseil municipal avait proposé une interdiction similaire. Une petite ville voisine avait adopté, avec succès, le couvre-feu, mais cette décision fut vite invalidée par la cour de justice.

La même semaine, l'électricité fut coupée dans certaines habitations de notre rue. Les télévisions s'éteignaient sans prévenir. Les lave-linge s'arrêtaient. La musique ne se déversait plus des haut-parleurs et les pièces se retrouvaient plongées dans le noir.

La panne ne toucha que trois maisons néanmoins : celle des Kaplan, celle de Tom et Carlotta, et celle de Sylvia. Il ne s'agissait pas d'un accident. Les partisans du temps réel étaient clairement visés ; quelqu'un avait coupé leur alimentation.

Deux policiers se présentèrent pour examiner les lignes. Ils interrogèrent les voisins. Personne n'avait rien vu. Il fallut six heures aux techniciens pour reconnecter les trois pavillons concernés au réseau. Les coupables ne furent jamais identifiés.

19

Au collège, nous disséquions des grenouilles, courions mille cinq cents mètres, allions à la visite médicale pour vérifier que nous ne souffrions pas de scoliose. La saison de foot se prolongea jusqu'à la fin janvier pour rattraper les matchs annulés à l'automne. J'avais perdu tout intérêt pour cette activité. A quoi ça rimait de toute façon ?

— Mais tu aimes le foot, non ? me demanda mon père devant ma mine boudeuse.

Il avait modifié son emploi du temps pour pouvoir m'emmener à l'entraînement pendant la convalescence de ma mère.

— Qu'est-ce que tu en sais ? rétorquai-je.

Il se tourna vers moi. Je ne m'adressais jamais à lui sur ce ton, et il semblait surpris. Derrière les vitres, le ciel s'embrasait d'une lueur rosée, un lever de soleil en fin d'après-midi.

— Je ne comprends pas pourquoi tu es comme ça, ces derniers temps, observa-t-il.

Il avait l'air fatigué. Ses cheveux, châtain clair, commençaient à se clairsemer. Son menton s'était couvert d'un léger duvet depuis le matin. Je me demandai s'il sentait que j'étais au courant pour Sylvia et lui.

— Pour rien, dis-je. C'est juste que je n'ai plus envie de jouer au foot.

Il conserva le silence et me conduisit à l'entraînement.

De ces après-midi sur le terrain, je garde surtout le souvenir du moment où l'équipe des garçons nous dépassait au pas de course. Je les apercevais au loin et scrutais leurs maillots pour repérer celui de Seth. Quand ils approchaient, nous entendions leurs halètements et le cliquetis synchronisé de leurs crampons sur l'asphalte. L'odeur de transpiration de leurs maillots flottait jusqu'à nous. Seth courait systématiquement sur le côté, devant, et il ne nous regardait jamais. Les yeux de tous les autres garçons tombaient toujours sur Michaela – et elle répondait à leur attention par un grand sourire. Je ne m'expliquais pas comment elle faisait pour comprendre ce qu'ils voulaient. Contrairement à elle, j'évitais de les regarder et ne redressais la tête que lorsque le martèlement de leurs pieds diminuait avant d'être assourdi par le chemin de terre bordant le terrain. Je jetais alors un dernier coup d'œil à Seth avant qu'il ne disparaisse, avec les autres, dans le bosquet d'eucalyptus qui séparait les deux pelouses.

Nous avions atteint le parking, et mon père se gara le long du trottoir.

— Ecoute-moi, Julia, je ne te laisserai pas arrêter le foot.

Sans me presser, je sortis de la voiture, mon sac de sport à l'épaule. Je claquai la portière.

Le parking était loin du terrain, et je marchai le plus lentement possible. Je vis la silhouette allongée de Hanna au loin. Je détestais la façon dont notre ancienne proximité continuait à pourrir l'atmosphère entre nous, telle une mauvaise odeur qu'on veut ignorer mais qui persiste.

Une idée me traversa l'esprit : rien ne m'obligeait à me rendre à l'entraînement, je pouvais très bien m'en aller. Mon père était déjà reparti et il n'y avait personne d'autre.

Peut-être le ralentissement m'affectait-il également ; je me sentais téméraire et impulsive, ce jour-là. Je m'éloignai d'un pas prudent d'abord, puis de plus en plus rapide, jusqu'à ce que je me retrouve à dévaler la pente raide d'une colline plantée de ficoïdes, qui craquaient sous mes crampons.

J'atterris sur le parking du centre commercial voisin.

Mon attention fut aussitôt attirée par un magasin bio qui livrait les adeptes du temps réel. Alors que l'après-midi touchait à sa fin, la boutique ouvrait seulement ses portes, révélant des rangées de vitamines, de croustilles de chou frisé et de remèdes contre l'insomnie à base de plantes.

Juste à côté, les clients poussaient leurs chariots dans l'hypermarché où j'accompagnais parfois ma mère. Il y avait une opération spéciale « Matériel de survie » ; une gigantesque pyramide de conserves s'élevait à l'entrée du magasin sous une pancarte clamant : « Etes-vous prêts ? »

Je flânai dans les rayons, gênée par le bruit de mes crampons sur le lino, comme s'ils risquaient de me trahir. Personne ne paraissait le remarquer pourtant. J'étais sensible au bourdonnement des néons et à la musique d'ascenseur diffusée par les haut-parleurs fixés au plafond.

J'étais impatiente d'explorer les allées qui, chaque fois que j'étais venue avec ma mère, m'avaient paru illicites. A commencer par les cosmétiques. Sur quinze mètres de rayonnages étaient exposés les emballages pailletés des poudres, vernis à ongles et crèmes, blush et crayons à sourcils, pinces à épiler, coupe-ongles et rasoirs, dont je soupçonnais depuis peu qu'utilisés à bon escient ils pourraient me rendre plus charmante. Et plus aimable.

A l'extrémité de l'allée, une fille plus âgée, aux cheveux noirs parfaitement lisses, testait différents vernis sur ses ongles, faisant tinter ses clés de voiture, qu'elle avait gardées à la main. Je me rappelle du bruit agréable des flacons entrechoqués. J'enviais l'aisance avec laquelle elle plaçait dans son panier ceux qu'elle aimait.

Derrière elle se trouvait, je le savais, le portant circulaire présentant une petite sélection de soutiens-gorge.

J'étais trop mal à l'aise pour m'en approcher en sa présence, je m'attardai donc un moment, prenant les rouges à lèvres avant de les reposer. Dès qu'elle se fut éloignée, je me dirigeai vers le portant. Il n'y avait que cinq ou six modèles, dont un qui sortait du lot. Je le revois encore sur son cintre, blanc éclatant avec des pois bleus, des bretelles en satin bleu et les petits nœuds à l'endroit où celles-ci rejoignaient les bonnets. Lorsque je fus absolument certaine que les environs étaient déserts, je le pris pour le tenir devant ma poitrine.

L'étiquette indiquait 8 dollars 99. J'avais sur moi le billet de dix dollars que mon grand-père m'avait donné.

Quand mon père pénétra dans le parking, je l'attendais, assise sur le rebord du trottoir, mon sac de sport sur les genoux – j'avais l'impression que le soutien-gorge, caché tout au fond, le lestait. Les autres filles de mon équipe commençaient seulement à quitter le terrain, petites silhouettes au loin qui s'arrêtaient pour s'étirer les jambes ou resserrer leur queue-de-cheval, luisantes de sueur.

Je m'empressai de monter dans la voiture.

— Comment s'est passé l'entraînement ? me demanda mon père.

Je buvais de grandes gorgées à ma bouteille d'eau. Je découvrais à peine l'art du mensonge.

— Très bien.

— Qu'est-ce que vous avez fait ?

J'eus peur d'être démasquée.

— On fait toujours la même chose, papa. Ce qui explique pourquoi ça me barbe autant.

Le plus incroyable, c'est qu'il me crut.

A peine rentrée, je m'enfermai dans la salle de bains. J'avais la sensation confuse que les choses allaient enfin pouvoir débuter pour moi, qu'il s'agissait d'un départ. Toutes mes inquiétudes, mes préoccupations s'envolaient d'un coup. J'imaginais déjà la bretelle dépassant de mon tee-shirt, comme celle de Michaela.

Pourtant lorsque, après m'être débattue plusieurs minutes avec l'attache, je réussis enfin à le mettre, je constatai qu'une terrible transformation avait eu lieu entre l'hypermarché et la maison : j'avais acheté un soutien-gorge de mauvaise qualité et de mauvais goût. Le satin des bretelles était trop bleu et trop brillant. Une des coutures se défaisait déjà. Pire, les bonnets formaient des plis disgracieux sur ma poitrine.

Je reconnus le pas de ma mère dans l'escalier.

— Qu'est-ce que tu fabriques là-dedans ? s'enquit-elle à travers la porte fermée.

Sa proximité suffit à me rendre nerveuse.

— Rien.

— Tu es malade ?

191

Elle craignait, depuis peu, que je développe à mon tour le syndrome.

— Ton père dit qu'il y a près d'une demi-heure que tu es là-dedans, ajouta-t-elle.

Elle brûlait d'envie d'ouvrir la porte, je le sentais. Je l'imaginai en train de tendre la main vers la poignée. Je détachai le soutien-gorge et enfilai mon tee-shirt à la hâte.

— Je vais très bien, lançai-je. Je sors dans une seconde.

Plus tard, lorsqu'elle fut endormie et mon père parti au travail, je fourrai le soutien-gorge tout au fond de l'une de nos poubelles, pour que personne n'apprenne jamais que je comprenais si mal ce qui semblait si évident aux autres filles de mon âge.

20

Février : les heures d'obscurité paraissaient, étrangement, plus profondes qu'avant, et celle de lumière plus étincelantes que jamais. Les températures atteignaient de tels extrêmes qu'on pouvait voir la chaleur monter du bitume par vagues. J'avais de plus en plus de mal à dormir.

La maladie de ma mère subissait des fluctuations intempestives. Certains jours, elle était en pleine forme : elle allait travailler, faisait des courses, préparait le dîner. Il lui arrivait au contraire d'être privée de toutes ses forces par un nouveau symptôme. Un après-midi, de retour du collège, je la trouvai frissonnante malgré les trois couvertures dans lesquelles elle était emmitouflée. C'était la dix-huitième heure de soleil, il faisait trente degrés dehors.

— Ne t'inquiète pas, dit-elle en claquant des dents. Ça va passer.

Je m'inquiétais pourtant. Je la surveillais dès que je le pouvais.

A cette époque, certains soupçonnaient que le syndrome était de nature psychologique, qu'il était causé non pas par un changement de gravité mais par une force plus puissante encore : la peur.

— C'est peut-être juste l'angoisse, remarqua mon père quand il rentra du travail ce soir-là.

Ma mère inspira profondément avant de rétorquer :

— Tu crois que j'invente ?

— Je n'ai pas dit ça, Helen.

Pour notre dîner, il enfourna une pizza surgelée dans le micro-ondes. Chaque fois que ma mère était souffrante, il prenait le relais sans rechigner. J'avais néanmoins l'impression qu'il n'était pas tout à fait présent, comme si son esprit, son âme s'étaient échappés ailleurs, même lorsqu'il me servait un verre de lait, même lorsque sa bouche posait les bonnes questions : « Comment était ta journée au collège ? » « As-tu terminé tes devoirs ? »

— Je suggère simplement, poursuivit-il ce soir-là, que tu subis beaucoup de stress.

Elle secoua la tête avant de riposter :

— Non, c'est bien réel.

— Oui, papa, elle est vraiment malade, insistai-je.

Je prenais systématiquement la défense de ma mère ces derniers temps. Cependant, en secret, j'étais séduite par la théorie paternelle. On ne peut pas mourir d'inquiétude.

Le lendemain soir, nous reçûmes, pour la première fois depuis des mois, un semblant de bonne nouvelle : nous n'avions gagné que six minutes de lumière la veille, chiffre qui n'avait jamais été aussi bas.

— C'est une bonne chose, dis-je.

Devant l'absence de réaction de mes parents, j'ajoutai :

— Non ?

— Il est peut-être trop tard, lâcha ma mère.

Elle avait les cheveux plats. Je me rendis compte qu'elle ne les avait pas lavés depuis un moment.

— Voyons, Helen ! s'indigna mon père avant de se tourner vers moi. Bien sûr que c'est une bonne nouvelle !

Un petit vent frisquet souleva les stores derrière nous.

— Ça n'a jamais aidé personne de se voiler la face, reprit ma mère.

J'aurais parié que mon père ne partageait pas son avis : il avait une conception différente de l'honnêteté.

— C'est une bonne nouvelle, répéta-t-il.

Il se leva et me pressa l'épaule. Ma mère éteignit la télévision.

— Autant que tu saches la vérité, Julia, dit-elle. Tout part en sucette.

Une série de jours tendus suivirent. Mes parents étaient de moins en moins causants. Après des heures à espionner Sylvia avec mon télescope, je finis par surprendre à nouveau mon père. C'était le matin, cette fois, après son départ pour l'hôpital et pendant que ma mère somnolait sur le canapé. Il avait pris sa voiture et redescendit la rue à pied. Il tourna la tête vers notre maison, une fois, deux fois, puis une dernière avant de s'engouffrer chez Sylvia par la porte sur le côté. Je ne savais pas très bien comment ces histoires de grands marchaient. Je craignais de plus en plus que mon père finisse par nous quitter.

Puis, un soir, il inventa un nouveau mensonge. Ce n'était pas le premier que j'entendais dans sa bouche, et ce ne serait pas le dernier. Mais c'était le plus culotté. Simple et concis. Une fiction raffinée et surprenante. Contenue en une seule phrase.

Il faisait jour ce samedi-là : le soleil s'était levé le matin et avait brillé tout l'après-midi. Une brise marine faisait frissonner les eucalyptus, les jumeaux jouaient dans leur piscine. Ma mère, en meilleure forme que d'habitude, lisait un magazine sur la terrasse, un verre de thé glacé couvert de condensation à côté d'elle. Dans le ciel dérivait une flotte de montgolfières. Les passagers agitaient le bras dans leurs nacelles en survolant notre toit. Il faisait près de vingt-cinq degrés. Qui aurait pu imaginer que, à plusieurs centaines de kilomètres au-dessus de ces ballons en soie, quatre astronautes américains et deux russes restaient coincés dans la station spatiale, avec des réserves de nourriture qui s'amenuisaient. A cet instant précis, nous n'avions pas, nous non plus, l'impression d'être prisonniers.

J'étais dans la cuisine lorsque le téléphone sonna. Mon père se trouvait à l'étage. Ma mère tourna la tête en direction de la sonnerie, sans se lever pour autant. Le hasard voulut que je décroche le combiné juste après que mon père eut répondu.

— Joel ? lança une voix d'homme à l'autre bout du fil. C'est Ben Harvey, de Saint-Anthony.

Posant une main sur le micro, je tendis l'oreille.

— Alors ? demanda mon père.

Je retins mon souffle et me figeai, pieds nus sur le carrelage.

— Je n'ai pas de bonnes nouvelles, répondit son interlocuteur.

Il marqua une pause avant de prendre une inspiration rapide.

— Le type était mort à son arrivée.

Mon père laissa échapper un profond soupir.

— Fracture crânienne, colonne en miettes, hématome sous-dural. Apparemment, il était de passage dans la région, on n'a pu joindre aucun parent.

Je ne m'explique pas comment nous pouvions encore croire que le piéton avait réussi à survivre. Nous l'avions toutes deux vu, ma mère et moi, étalé sur le macadam, dans une position qui suggérait que la vie l'avait déserté : les vivants ne s'allongent pas ainsi. Pourtant, nous persistions à espérer.

Je n'entendis pas la suite de leur échange. Prise d'un malaise, je m'appuyai au plan de travail. Lorsque la conversation fut enfin terminée, je raccrochai le plus discrètement possible. Les pas de mon père se dirigeaient vers l'escalier.

Dehors, ma mère continuait à feuilleter son magazine et siroter son thé glacé. Je ne voulais pas être présente quand il lui annoncerait la nouvelle.

Je descendis chez Gabby, mais il n'y avait personne. Je retournai donc m'asseoir sur les marches de notre perron, d'où j'observai les gros nuages blancs qui glissaient vers l'est. C'était à peu près à cette heure-là que Seth prenait parfois sa leçon chez Sylvia et je guettais des notes de piano, en vain.

Au bout de la rue, un énorme camion de déménagement masquait en partie la maison des Kaplan. Un matelas reposait contre la porte d'entrée et le chat miaulait dans son sac de transport, sur la véranda.

Le panneau *A vendre* avait fait son apparition devant le pavillon des Kaplan trois jours après la panne d'électricité. Les deux plus jeunes enfants de la famille jouaient avec des cartons sur la pelouse, tandis que deux déménageurs et M. Kaplan chargeaient un grand canapé marron dans le camion. Leurs éclats de voix lointains me parvenaient, chamailleries masculines portées par la brise.

Ils rejoindraient une colonie juive, où l'on faisait shabbat : du coucher du soleil au coucher du soleil, le septième jour. Leurs journées étaient déjà en complet décalage avec les nôtres, bien sûr, et nous n'avions plus jamais un samedi en commun. J'avais fait le calcul une nuit blanche où je ne trouvais pas le sommeil : les partisans du temps réel avaient des dizaines de jours de retard sur nous... et cela finirait par faire des années.

De l'autre côté de la rue, une porte s'ouvrit. Je redressai aussitôt la tête : ce n'était pas Seth, mais seulement Sylvia, avec un chapeau de paille et des sabots, un déplantoir à la main.

— Belle journée, non ? me lança-t-elle en agitant la main.

Elle me demanda comment j'allais.

— Bien, répondis-je.

Je n'avais plus de peine pour elle. Elle me rendait même nerveuse, comme si j'étais celle qui avait quelque chose à cacher.

Elle s'agenouilla près de ses roses, qui commençaient à flétrir. Sylvia, quant à elle, s'épanouissait à vue d'œil. La plupart d'entre nous avaient des petits yeux et des cerveaux qui fonctionnaient au ralenti – ma mère affirmait qu'elle n'avait pas rêvé depuis des mois –, mais Sylvia avait les traits reposés, elle semblait paisible et alerte. Difficile de ne pas voir qu'elle était belle, bien plus belle que ma mère, alors. Je me prenais à espérer qu'elle partirait comme les Kaplan, et comme tant d'autres partisans du temps réel.

Parfois, je rêvais que nous déménagions, nous aussi. Les communautés qui poussaient dans le désert éveillaient ma curiosité. J'aimais penser que le temps s'écoulait réellement moins vite là-bas. Si c'était le cas, si chaque événement mettait un peu plus de temps à se dérouler, alors ses conséquences étaient-elles un peu moins brutales ?

En rentrant, je trouvai mes parents sur la terrasse. La scène que je découvris par la fenêtre de la cuisine me prit au dépourvu. Ma mère riait en secouant la tête. Mon père lui touchait le genou. Elle m'aperçut et me fit signe de les rejoindre. Je compris, avant même d'avoir ouvert la porte-fenêtre, que mon père ne lui avait pas encore annoncé la nouvelle.

— Tu sais quoi ? s'écria-t-elle au moment où je relevais la lourde poignée en cuivre pour refermer derrière moi.

— Quoi ?

Elle avait placé une main en visière pour abriter ses yeux du soleil. Elle se tourna vers mon père :

— Dis-le à Julia.

Les pieds sur sa chaise, elle avait ramené ses genoux contre son menton, telle une adolescente.

— Dis-lui, insista-t-elle.

Mon père plongea ses yeux au fond des miens.

— Tu te rappelles l'homme de l'accident ?

Dans son dos, un petit vent agita le chèvrefeuille, desséché.

— Oui ? répondis-je.

Vint alors le mensonge, éclatant, doux et limpide :

— J'ai appris aujourd'hui qu'il avait survécu.

— Ils l'ont laissé sortir de l'hôpital, compléta ma mère.

Elle ne cessait de gigoter sur son siège.

— Il n'avait que quelques fractures, ajouta-t-elle. Rien de plus. Tu en crois tes oreilles ?

J'éprouvais une colère subite contre mon père. Ma mère méritait de connaître la vérité.

199

Cependant, je ne l'avais pas vue aussi bien depuis des mois. Moins crispée. Les traits détendus. Son visage était comme transformé : les yeux mi-clos, les pommettes rebondies, les lèvres étirées sur les dents. Un sourire.

A cet instant, je n'avais qu'une envie : lui rendre ce sourire.

Je fus mal à l'aise, au début. Je me sentais un peu coupable. Et j'espérais que mon père aussi. Toutefois, il était impossible de résister au changement d'ambiance.

Le mensonge arrangea tout.

Pour le dîner, ma mère sortit les jolis verres en cristal et déboucha une des bonnes bouteilles de vin rouge qu'ils gardaient dans un casier sur le dessus du placard à alcools. Elle cuisina des *linguine* aux tomates confites, qu'ils avaient rapportées d'Italie quelques années plus tôt – récoltées et plongées dans l'huile d'olive bien avant le ralentissement. Au dessert, elle nous servit de l'ananas en boîte. Nous n'en mangerions pas d'autre de notre vie. Une fois repus, nous profitâmes du soleil sur la terrasse. Je regrette de ne pas avoir gardé en mémoire davantage de soirées comme celle-ci. Le soleil était haut. L'air chaud. La Terre continuait à tourner. Et pour une fois, ça n'était pas notre problème. Ma mère était heureuse, la conscience tranquille. Je savais que je ne dirais rien.

Mon père semblait joyeux, lui aussi. Je le regardai regarder ma mère. Peut-être l'aimait-il. Peut-être l'aimait-il pour de bon. Au cours de sa carrière, il avait dû sauver des centaines de vies à l'hôpital, mais jamais, ni avant ni depuis, il n'avait ressuscité un mort.

21

Le *Cynodon dactylon*, plus connu sous le nom de chiendent pied de poule ou d'herbe des Bermudes, est une variété de graminées vivaces, résistant à la chaleur et à la sécheresse, et, en cela, très apprécié pour les pelouses et les terrains de golf dans le sud-ouest des Etats-Unis. Or, cette plante exige beaucoup d'ensoleillement. Elle ne pousse pas bien à l'ombre et ne supporte pas de longues périodes d'obscurité. Voilà pourquoi, lorsque les cycles dépassèrent les cinquante heures, des milliers de jardins, à commencer par le nôtre et sept autres dans notre rue, dépérirent. Les herbes se racornirent, brunirent puis moururent.

M. Valencia remplaça sa pelouse par des pierres de lave. Je fus réveillée un matin par un grand fracas : deux ouvriers faisaient rouler les pierres dans les carrés peu profonds qui, jusque-là, accueillaient de l'herbe. Du gazon synthétique fit bientôt son apparition devant certains pavillons. Alors que d'immenses lampes à UV surgissaient ailleurs.

Le temps que mes parents se mettent d'accord sur la solution adéquate, notre pelouse pela entièrement. La terre se transforma en boue, les vers de terre remontèrent à la surface et certains, partis à la recherche d'un meilleur territoire, finirent grillés par le soleil sur l'allée cimentée devant notre garage, avant d'être aplatis par les pneus de notre voiture.

Notre chèvrefeuille acheva de se dessécher et la bougainvillée cessa de fleurir.

Dans toute l'Amérique, de gigantesques serres recouvraient les anciens champs. Des hectares et des hectares de terre arable furent mis sous verre. Des milliers de lampes au sodium fournissaient la lumière nécessaire aux plants de tomates et aux orangers, aux fraises, aux pommes de terre et au maïs.

— C'est pour les pays en voie de développement que le coup sera le plus dur, expliqua le président de la Croix-Rouge dans une émission du matin. Ces pays ne disposent tout simplement pas des ressources financières nécessaires pour s'adapter.

On attendait des famines en Afrique et dans une partie de l'Asie. Même en ce qui nous concernait, les solutions n'étaient que temporaires. Les fermes industrielles engloutissaient l'électricité avec voracité. Les vingt mille ampoules accrochées au plafond d'une seule serre pouvaient brûler en une demi-heure autant d'énergie qu'une famille en un an. Les pâturages se révélèrent bientôt trop chers à entretenir – le bœuf n'allait pas tarder à devenir un mets rare.

— Nous devons prendre un virage à cent quatre-vingts degrés, expliqua le directeur d'un grand groupe écologiste, interviewé au journal du soir. Il faut réduire, et non accroître, notre dépendance à l'égard de cultures qui nécessitent tant de lumière.

Les bananes et autres fruits tropicaux avaient déjà disparu des étalages. Banane ! C'est fou comme les sonorités d'un mot peuvent paraître étranges quand on ne l'a pas prononcé depuis une éternité.

Les scientifiques couraient après un remède. Il y avait de l'espoir du côté du génie génétique. On évoquait un riz miraculeux. Certains chercheurs se focalisèrent sur les différentes espèces de mousses qui tapissaient le sol des forêts tropicales et celles des fonds océaniques, privés de soleil : depuis des millénaires, des plantes survivaient malgré l'absence de lumière. Ils espéraient réussir à implanter les gènes de ces espèces plus robustes dans celles qui servaient de base à l'alimentation mondiale.

Nous étions parfois nerveux, parfois pas. L'angoisse déferlait sur nous par vagues. L'humeur nationale était contagieuse et versatile. Si des semaines entières pouvaient s'écouler dans un calme relatif, à la moindre mauvaise nouvelle, tout le monde se ruait sur les boîtes de conserve et les bouteilles d'eau. Le stock d'urgence de ma mère continuait d'augmenter. Je découvrais des bougies rangées dans la penderie de l'entrée, des boîtes de thon dans le garage. Cinquante bocaux de beurre de cacahuètes s'alignaient sous le lit de mes parents.

Rien de tout cela n'empêchait le ralentissement de se poursuivre. Les jours s'allongeaient. Une à une, les minutes s'additionnaient... et le filet d'eau le plus mince, nous avions fini par le comprendre, peut provoquer une inondation.

22

Malgré tout, aucune force sur Terre ne pouvait freiner le destin des élèves de sixième. Et c'est pour cette raison que, en dépit du reste, l'année du ralentissement fut aussi l'année des soirées dansantes.

A l'approche de l'anniversaire de chacun, des invitations étaient adressées par mail à une liste de garçons et de filles triés sur le volet. L'époque des fêtes unisexes était révolue. Désormais, on payait des DJ et on louait des salles. Des stroboscopes et des boules à facettes étaient suspendus au plafond des sous-sols, aux palissades ou, dans le cas d'Amanda Cohen, aux poutres d'une gigantesque salle de bal. Michaela me faisait le récit de ces soirées pendant que nous attendions le bus, certains matins. Il m'arrivait parfois de ne pas avoir besoin d'elle pour être au courant. Je me rappelle un lundi en particulier, où toutes les plus jolies filles du collège étaient arrivées emmitouflées dans des sweat-shirts roses avec le nom de Justine Valero et sa date d'anniversaire écrits en strass dans le dos, souvenir de la fête du samedi précédent.

Je savais que c'était considéré comme une chance d'avoir son anniversaire qui tombait une nuit noire, le clair de lune et les étoiles favorisant les rapprochements entre filles et garçons. Quant au déroulement exact de ces événements, je n'en savais rien. Je n'étais jamais invitée.

— Je suis sûre que Justine a simplement oublié de te mettre sur sa liste, observa Michaela. Oui, c'est sûr, elle a juste oublié.

Depuis le week-end, elle portait une frange dégradée qui lui tombait sur les paupières. Adossée à la clôture, Hanna avait un pull couleur menthe à l'eau et une tresse africaine. Elle était au téléphone et riait. Il y avait des semaines que nous ne nous étions pas adressé la parole.

— De toute façon, ajouta Michaela, tu ne te serais pas amusée. Tu es trop timide. Je parie que tu serais restée dans ton coin.

— Ce n'est pas vrai, rétorquai-je, j'aurais dansé.

Mon propre anniversaire était quelques semaines plus tard. Il n'y aurait pas de fête.

— Tu aurais dansé ? répéta Michaela. Vraiment ?

Il faisait nuit ce matin-là et l'air était humide à cause de la brume qui scintillait dans le faisceau des lampadaires, remontant du canyon où, comme partout ailleurs, des dizaines d'espèces végétales indigènes dépérissaient lentement par manque de lumière.

— J'ai dansé avec Seth Moreno pendant, genre, une heure, poursuivit-elle. C'était fort.

— Il était là ? demandai-je.

— Il est carrément canon, de près.

Elle frissonna dans sa minijupe avant de conclure :

— J'ai senti son truc.

A cet instant précis, le skate de Seth termina sa course contre le trottoir, et Michaela se tut.

Notre collège avait perdu un quart de ses effectifs depuis le début du ralentissement, mais nous étions encore cinq cent quarante-deux élèves. Chaque matin, avant la première sonnerie, cinq cent quarante-deux bouches se battaient pour se faire entendre, la rumeur croissant à mesure que les bus déversaient leur cargaison. Des ragots circulaient de groupes en groupes – les bandes semblaient s'imbriquer les unes dans les autres. Une explosion constante d'éclats de rire. Cinq cent quarante-deux voix retentissaient et se répercutaient en écho sur les façades de l'établissement, accompagnées par les sonneries de cinq cent quarante-deux portables.

Il y en avait toujours un pour partager une nouvelle choquante. Un autre pour hurler. Depuis que je me tenais légèrement à l'écart, ces sons me paraissaient aussi insignifiants que s'ils appartenaient à autant de langues différentes et formaient un énorme bourdonnement incompréhensible.

Dans cet environnement, le silence était mortel. La parole avait le dessus. Ça ne payait pas d'être discret.

Les jours de cours, j'attendais avec impatience l'après-midi, son atterrissage en douceur, le déclic de ma clé dans la serrure de notre porte, la paix de la maison déserte. Ma mère, désireuse de continuer à travailler, était absente la plupart du temps – et sinon elle dormait dans sa chambre.

Un de ces après-midi-là, j'étais en train de lire quand on frappa un coup sec à la porte. Nous étudiions Ray Bradbury en littérature – plus précisément une nouvelle qui racontait l'histoire d'un groupe d'enfants humains vivant sur Vénus où, d'après le narrateur, le soleil ne perçait l'épaisse couverture nuageuse qu'une fois tous les sept ans... et pendant une seule heure.

La sonnette tinta deux fois avant que j'atteigne la porte. Sur le seuil se trouvait Gabby, qui n'avait pas pris le temps de retirer son uniforme de Sainte-Mary : jupe plissée verte, polo blanc et pull bleu marine noué à la taille.

— Tes parents ne sont pas là, si ? demanda-t-elle.

Elle se frottait les mains et jetait sans cesse des coups d'œil par-dessus son épaule. Ses cheveux avaient commencé à repousser, mais pas beaucoup : un léger duvet châtain recouvrait son crâne.

— Ils sont encore au travail, répondis-je.

Elle me rejoignit à l'intérieur et me fit signe de refermer derrière elle.

— Je dois regarder mes mails, chuchota-t-elle, comme si elle craignait que la maison soit truffée de micros.

Elle m'expliqua qu'elle était privée d'Internet depuis plusieurs semaines et que son portable était enfermé dans un tiroir du bureau de sa mère. Depuis qu'elle s'était rasé le crâne, elle n'avait eu des contacts que très ponctuels avec le garçon de Circadia ; naturellement, c'est dans ces conditions-là que l'amour se développe le mieux.

Une fois devant l'ordinateur, elle procéda à toute vitesse. Le bruit sec de ses ongles sur le clavier suivi de quelques clics de souris. Elle se releva.

— Je ne te reverrai sans doute pas avant un moment, lança-t-elle.

— Pourquoi ça ?

— Parce que je dégage de ce trou. Demain, Keith vient me chercher au collège et je pars vivre avec lui à Circadia.

Ce n'était pas la première fois qu'elle menaçait de prendre la fuite. Gabby faisait constamment des plans sur la comète. Je savais qu'elle ne les avait jamais mis à exécution.

— Et tes parents ? m'enquis-je.

— Tu n'as pas intérêt à leur dire.

— Ils vont flipper.

Elle faisait les cent pas dans l'entrée. Ses mocassins, fournis par son établissement, couinaient.

— Tout est pourri ici, de toute façon, rétorqua-t-elle.

Elle décrivit un large geste. Derrière elle, notre ficus flétrissait dans son pot. Les plantes d'intérieur s'étiolaient encore plus vite que celles de dehors.

— Tu es vraiment sérieuse ? insistai-je.

— C'était sans doute une erreur de te mettre dans la confidence, répondit-elle. Tu es trop sérieuse pour comprendre.

— Attends, Gabby.

Elle était déjà sur le perron.

— Keith a raison, lâcha-t-elle. Tout le monde est endormi ici. Le système horaire est un nouveau moyen que la société a trouvé pour nous piéger et nous anesthésier.

Le soleil avait plongé derrière la colline. Le ciel était rose. Les couchers de soleil avaient toujours été beaux dans le coin, cependant ils étaient encore plus impressionnants, et ce parce qu'ils avaient lieu deux fois moins souvent.

— Je t'en supplie, Julia, n'en parle à personne.

Toute personne connaissant Gabby aussi bien que moi serait parvenue à la conclusion qu'elle n'irait nulle part. Le plan, s'il y en avait bien un, avait toutes les chances de tomber à l'eau. Elle changeait rapidement d'avis, encore plus d'humeur. J'étais convaincue que Gabby rentrerait chez elle après les cours comme toujours le lendemain. Elle passerait la nuit dans son propre lit et concocterait aussitôt un autre projet d'évasion, tout aussi irréaliste.

Après m'avoir serrée brièvement dans ses bras, elle me dit au revoir. Je retournai à mon livre.

Je n'ai jamais oublié la fin de cette nouvelle de Bradbury : le jour où le soleil finit par briller sur Vénus, au bout de sept années, un garçon convainc les autres enfants d'enfermer une fillette dans un placard. Lorsque le soleil apparaît, ils se précipitent dehors afin de sentir ses rayons sur leur visage pour la première fois de leur vie. Il ne brille que pendant une heure. La fillette reste enfermée tout ce temps. Quand quelqu'un finit par se souvenir d'elle, le soleil a déjà disparu derrière les nuages, dont il ne ressortira pas avant sept autres années.

Il faisait encore noir à mon retour du collège, le lendemain. L'aube ne se lèverait pas avant plusieurs heures. Je filai directement chez Gabby, réprimant un frisson en longeant le jardin de Tom et Carlotta. Ils vivaient toujours là, cependant leur pavillon était, bien entendu, plongé dans l'obscurité ; c'était le milieu de leur nuit. Dans quelques mois, ils seraient tous deux condamnés et incarcérés, la maison vendue pour régler les frais judiciaires.

En arrivant devant chez Gabby, je découvris qu'il n'y avait pas non plus une seule lumière à l'intérieur. Seule celle du perron était allumée.

Je sonnai à la porte. Personne ne répondit. Je recommençai.

Par la fenêtre de la cuisine, une rangée d'appareils d'électroménager en acier inoxydable luisaient au clair de lune.

Depuis que j'étais petite, j'entendais parler des dangers qui menaçaient spécifiquement les filles. Je savais où on découvrait leurs corps : nus sur la plage ou découpés en morceaux, stockés dans des congélateurs ou ensevelis sous du ciment. Ces récits ne nous étaient jamais épargnés. Nos parents les répandaient même, dans l'espoir que la peur prendrait le relais d'un jugement parfois défaillant.

Je vis soudain la situation de Gabby sous cet éclairage : une adolescente de douze ans s'était enfuie de chez elle avec un type qu'elle avait rencontré quelques semaines plus tôt sur Internet. Il prétendait avoir seize ans, mais qui pouvait en être sûr ? Il affirmait vivre dans une communauté du temps réel, pourtant je ne connaissais même pas son nom de famille. Les histoires de ce genre se terminaient mal en général, et consécutivement au ralentissement elles s'étaient multipliées. Les statistiques des crimes violents grimpaient, les raisons invoquées étant en partie physiologiques. Le manque de sommeil engendrait une nouvelle forme de désespoir, sans doute. Les impulsions étaient plus difficiles à refouler.

L'inquiétude se forma dans mon ventre, un nœud qui remonta dans ma poitrine et mes épaules, jusqu'à gagner ma nuque. Elle me dévora tout l'après-midi et je fus surprise que mes parents ne la lisent pas sur mon visage.

Ce soir-là, ma mère mentionna mon anniversaire.

— On doit faire quelque chose, Julia. Pourquoi n'organiserait-on pas une fête ?

Je n'en voulais pas. J'ignorais qui inviter. Ma mère ne pouvait pas savoir que je passais tous mes déjeuners à faire semblant d'être au téléphone. Le changement avait été si rapide, comme lorsqu'on marche sur des sables mouvants. Et maintenant Gabby était partie, elle aussi.

— Avec ce que nous traversons, il est encore plus important de célébrer l'essentiel.

Je finis par accepter l'idée d'un dîner.

— Mais seulement avec papy, dis-je.

— Proposons au moins à Hanna de venir, insista ma mère. Je ne l'ai pas vue depuis des mois.

— Non, je n'inviterai pas Hanna.

Pendant le dîner, chaque fois que je pensais à Gabby, la honte me consumait. J'avais l'impression que la culpabilité suintait de ma peau, telles des phéromones ou tout autre manifestation chimique dotée du pouvoir d'attirer la mère de Gabby chez nous. Elle finit par se présenter peu après 20 heures pour nous demander si nous avions vu sa fille.

L'air contrit, ma mère répondit :

— Non, désolée. Vous avez essayé ses autres amies ?

La mère de Gabby posa aussitôt les yeux sur moi. Elle portait un tailleur et des talons. Un trait de crayon soulignait toujours ses lèvres, mais le rouge s'était effacé au cours de la journée.

— S'il vous plaît, ne lui dites pas que je vous ai parlé, dis-je.

— Tu sais où elle est ? s'étonna ma mère.

— Je crois qu'elle est partie à Circadia.

Je marquai une pause avant d'ajouter :

— Avec un garçon.

— Ciracadia ? Mais qu'est-ce que c'est, bon sang ? s'écria la mère de Gabby.

Elle portait des lentilles qui lui asséchaient la cornée et la forçaient à cligner, constamment, des paupières. Plus que jamais à cet instant, tandis que des larmes embuaient ses yeux sombres.

— Vous savez bien, dis-je, une des communautés du temps réel.

La mère de Gabby contacta la police. Son mari et elle prirent aussitôt la route du désert, frappant aux

211

portes sous un soleil de plomb – c'était le jour à Circadia, personne ne dormait.

Au matin, ils retrouvèrent Gabby à un barbecue. Elle buvait du vin avec Keith, un adolescent plus âgé, originaire d'un autre coin de Californie, fugueur lui aussi. Gabby ne passa qu'une douzaine d'heures à Circadia.

Elle ne fut plus la même après cet incident. De retour chez elle, elle affichait constamment un air de déception hébétée, voyageuse ramenée de force d'un pays exotique et passionnant.

— Tu as dit à ma mère où j'étais ? me demanda-t-elle.

— Non.

Inclinant la tête, elle rétorqua avec scepticisme :

— Vraiment ?

— Je te jure.

— J'y retournerai un jour.

Une assurance inédite transparaissait dans son ton.

— C'est difficile à expliquer, poursuivit-elle, Circadia est un de ces endroits... Comment on appelle ça ? Une utopie ? Tout le monde est cool. Et on te traite comme un adulte. Personne ne s'intéresse à ton apparence ou à ce que tu portes.

L'existence de Circadia fut brève et je n'appris son histoire que plus tard. A cent cinquante kilomètres de tout, les fondations d'un lotissement étaient apparues un an avant le début du ralentissement, sous l'impulsion d'un promoteur immobilier qui rêvait d'étendre l'urbanisation tentaculaire de la côte à cette zone désertique. Il avait fait faillite six mois plus tard. Les travaux avaient été interrompus. Des mois durant, les maisons inachevées étaient restées vides... jusqu'à ce qu'un groupe de partisans acharnés du temps réel achètent le terrain, ainsi que toutes les constructions, et fondent une communauté nommée d'après leur rythme biologique, basé sur le rythme diurne, donc circadien.

Gabby décrivit un lieu paradisiaque, à l'exact opposé de celui où nous vivions. Le temps s'écoulait réellement à un rythme différent, insistait-elle. Chaque heure lui avait semblé durer une journée. Les battements du cœur par minute étaient moins nombreux. Les respirations plus profondes. La colère mettait beaucoup plus de temps à enfler. Ils vivraient plus longtemps, elle en aurait mis sa main à couper. Et tout se prolongeait : un bon repas, un éclat de rire, l'expression du regard de Keith après leur premier baiser.

— Vivre cette vie-là change les gens, dit-elle. Ils valent tellement plus que ceux d'ici.

A l'en croire, les habitants de Circadia constituaient une nouvelle génération de pionniers pacifistes, travailleurs mais qui prenaient le temps de se reposer – ils dormaient vingt-quatre heures d'affilée, puis restaient debout aussi longtemps, ou plus, sans éprouver de fatigue. Cela nous paraissait impossible, cependant les scientifiques corroboraient déjà ce fait : le rythme biologique humain se révélait beaucoup plus malléable qu'on ne le supposait.

Je fis miens les souvenirs de Gabby. J'aimais l'idée de trouver refuge loin, très loin d'ici. Parfois, lors des nuits blanches, alors que le soleil s'invitait sous mes rideaux, je tentais de me rappeler ce que je ressentais à l'époque où je me couchais systématiquement après lui. La simple idée de rêver dans le noir me semblait si étrange et apaisante. Et l'obscurité dense de ce désert devait être si tranquille, avec les étoiles pour seule lumière. Aucune autoroute pour gronder, aucune ligne électrique pour bourdonner. Je n'avais peut-être même jamais entendu de silence pareil. Sans tic-tac d'horloge pour vous tenir éveillé – personne n'en avait à Circadia.

Dès que les cheveux de Gabby eurent assez repoussé pour être coiffés en jolie coupe à la garçonne, elle fut envoyée dans une pension, à plusieurs centaines de kilomètres de là. C'était la dernière amie qui me restait et elle avait, comme par enchantement, disparu.

23

Dans la grande redistribution des fortunes et des destinées qui suivirent le ralentissement, la plupart d'entre nous se retrouvaient perdants. Notre situation s'était dégradée. Maladie et dépression étaient le lot de beaucoup. Nombre de mariages succombèrent au stress. Les marchés avaient perdu des milliards de dollars. Mais ce n'étaient pas les seuls biens qui nous manquaient : il ne fallait pas oublier notre quotidien, notre tranquillité d'esprit et notre foi en la vie.

Tout le monde ne souffrait pas pour autant. Quelques rares chanceux avaient tiré profit du ralentissement. Michaela et sa mère comptaient parmi ceux-là.

A la rentrée scolaire, six mois plus tôt, Michaela vivait dans un appartement de location avec vue sur un parking. Un escalier métallique à la peinture noire écaillée était accroché à la façade de la barre d'immeubles et un coup frappé à la porte du 2B était immanquablement suivi du cliquetis de la chaîne de sécurité que Michaela devait retirer avant de pouvoir ouvrir.

En février, en revanche, un visiteur ne pouvait atteindre la porte de Michaela et de sa mère qu'après avoir présenté un papier d'identité au gardien à l'entrée de la propriété. Lequel avait pour instruction d'appeler et d'obtenir une autorisation avant d'actionner la commande du portail électrique. Le nouveau copain de la mère de Michaela était riche, et elles avaient toutes deux emménagé chez lui.

Je n'en revins pas d'être conviée là-bas, un samedi. Personne ne m'avait invitée depuis des mois.

« Apporte un maillot de bain, avait précisé Michaela au téléphone. Il y a une piscine et un jacuzzi dans le jardin. »

Une fois la grille franchie dans un silence religieux, mon père dépassa une dizaine de demeures gigantesques, toutes à l'écart de la route et agrémentées d'une fontaine ou d'un bassin. Des écuries et des courts de tennis se déployaient dans toutes les directions.

— Tu as vu cet endroit ? s'étonna-t-il. Elle a épousé qui, la mère de Michaela ?

En proie à une de ses crises, ma mère était restée à la maison. On ne pouvait jamais prédire quand la brume allait s'abattre sur elle.

— Ils ne sont pas mariés, répondis-je. Mais je crois qu'il a monté une boîte.

Un dégradé extraordinaire d'orange consumait le ciel. Des feux de forêt s'étaient déclenchés à l'est, en rase campagne, et la fumée avait dérivé vers la côte. Même si ce n'était pas la saison, ces incendies étaient alimentés par les restes des végétaux morts ou desséchés. On le sentait aux effluves de brûlé dans l'air. On le voyait au voile léger qui semblait tout recouvrir. Le blanc apparaissait ambré.

A l'adresse que Michaela m'avait donnée, un chemin gravillonné circulaire entourait une gigantesque pelouse artificielle. On aurait presque dit qu'il était réel ce gazon, qui n'avait pas deux brins d'herbe identiques. Il était fait d'une matière douce, conçue pour tromper la plante de nos pieds. Son odeur était plus vraie que nature. Certaines marques, les plus luxueuses, parfumaient leurs pelouses synthétiques à l'époque – mode qui a disparu à mesure que nos souvenirs du véritable gazon se sont estompés.

La demeure, vaste construction en bois de plain-pied, s'étalait sur le terrain comme un baigneur lézardant au bord d'une piscine. Un lourd heurtoir en métal ornait la porte d'entrée. Michaela surgit avant que j'aie eu le temps de sonner. Son deux-pièces se voyait en transparence sous son débardeur blanc. Il était noué dans son cou et les liens roses pendaient dans sa nuque.

— Entre ! lança-t-elle.

Dans l'entrée, une petite femme mexicaine remontait la fermeture à glissière de son sac à main. La maison embaumait. Un gâteau devait être en train de cuire.

— Alma a préparé des cookies, m'expliqua ma copine.

D'une autre pièce s'éleva une voix, celle de la mère de Michaela :

— Merci, Alma. A demain.

Un chemin interminable de dalles en terre cuite nous conduisit dans la cuisine, que je devinais à peine, tout au fond.

— Tu peux laisser tes affaires ici, me proposa Michaela.

Je posai mon sac à dos et mon sac de couchage bien droit contre le mur. Dans la cuisine, toutes les surfaces, en acier inoxydable, paraissaient neuves. Si je me fie à ma mémoire, c'est aussi l'impression que me fit la mère de Michaela, adossée à un meuble dans sa robe de chambre en soie pêche. Elle était très maquillée. Un fard gris métallisé recouvrait ses paupières, jusque dans le coin des yeux. Ses cheveux blonds avaient été lissés pour former un voile brillant, uniforme.

— Vous voulez que je vous lise votre horoscope avant de vous laisser, les filles ?

Une carte du ciel était étalée sur le plan de travail en marbre.

— Fais celui de Julia.

A côté, un énorme saladier en verre débordait de raisin blanc. Je n'en avais pas vu depuis avant Noël.

— Ils coûtent quelque chose comme cent dollars la livre, observa Michaela avant d'en gober un grain. C'est trop bizarre, non ?

J'ignorais, alors, que j'en mangerais pour la dernière fois.

Une série de petites explosions dans le salon adjacent attirèrent notre attention. Vautré sur un canapé en cuir blanc, un garçon à peine plus vieux que nous jouait à un jeu vidéo.

— C'est Josh, me souffla Michaela. Le fils de Harry.

Harry était le copain de sa mère. Et le propriétaire de la maison.

— Julia, chérie, tu connais ton signe ? me demanda la mère de Michael.

— Non.

— Quand est ton anniversaire ?

— Le 7 mars.

— C'est bientôt ! Tu organises une fête ?

— Je ne crois pas.

La sonnette de la porte retentit, et Michaela se précipita dans le couloir.

— Tu devrais faire quelque chose, insista sa mère avant de reporter son attention sur la carte du ciel.

Si tu es Poisson et que tu es née la même année que Michaela...

Elle déplaça deux de ses doigts sur la carte jusqu'à ce que ses ongles rouges se rejoignent dans un coin.

— Mmm... fit-elle en se renfrognant.

Le rire de Michaela résonnait au loin.

— C'est mauvais ? demandai-je.

— L'important, ce n'est pas tant ton horoscope que ce que tu en fais. De toute façon, le ralentissement a bouleversé la carte du ciel. Tout est si instable qu'on n'est même pas sûrs de pouvoir s'y fier.

La voix de Michaela se rapprochait. J'entendis qu'un garçon l'accompagnait.

— Sois prudente, d'accord ? ajouta sa mère, les yeux brillants. A ta place, je me tiendrais sur mes gardes pendant un moment.

Michaela nous rejoignit avec un garçon du collège que je connaissais de vue. Moitié hawaïen, Kai avait un an de plus que nous. Je fus aussitôt intimidée par sa façon de se planter dans la cuisine, sans un sourire, attendant qu'on le divertisse. Sa peau était hâlée, ses dents d'un blanc éclatant. Les pouces passés dans les poches de son short de surf bleu, il détailla la mère de Michaela dans sa robe de chambre.

— Il est déjà 19 heures ? s'enquit-elle. Je ferais mieux de m'habiller !

Elle nous laissa tous trois dans la cuisine, où s'installa un silence gêné. Le seul bruit provenait des jets d'eau sortant des deux fontaines en forme de cygne et se déversant dans la piscine. La musique du jeu vidéo finit par reprendre dans notre dos.

— C'est Street Avenger ? demanda Kai.

Il se dirigea vers le salon d'une démarche traînante, ses tongs frottant le carrelage.

— Il est canon, non ? me murmura Michaela comme nous lui emboîtions le pas. Ce n'est pas vraiment mon copain, mais presque.

— Tu as invité d'autres personnes ? voulus-je savoir.

— Non. Pourquoi ?

Josh et Kai enchaînèrent trois parties de Street Anvenger, tandis que nous nous contentions de regarder, Michaela et moi. Je m'efforçais de jouer la fille à l'aise, croisant et décroisant mes jambes sans arrêt. J'avais souvent l'impression, nouvelle, d'être observée, alors que c'était, je crois, très exactement le contraire qui se produisait.

La mère de Michaela refit son apparition en robe et chaussures à paillettes, flanquée de Harry, en veste décontractée marron. Bien que svelte et musclé, il avait au moins vingt ans de plus qu'elle. Ils se connaissaient depuis trois mois seulement.

— Amusez-vous bien, les enfants, lança-t-elle. On rentrera tard.

Ma mère ne m'aurait jamais autorisée à venir si elle avait su que nous resterions seuls.

— Josh, dit Harry au moment de quitter la pièce, tu es responsable des autres.

Le bruit des talons de la mère de Michaela diminua rapidement dans le couloir, et bientôt nous entendîmes le ronronnement de la porte du garage, qui s'ouvrait et se refermait, suivi du bourdonnement de la voiture s'éloignant.

— J'en ai assez des jeux vidéo ! s'écria Michaela. Allons dans le jacuzzi.

— D'abord, il nous faut des bières, rétorqua Josh.

— Vous en avez ? s'étonna Kai.

Alors que je dissimulais ma surprise de mon mieux, Michaela remarqua :

— Ils s'en rendront compte si on en prend.

220

— Pas si on se sert dans la pièce fortifiée, riposta Josh.

— Qu'est-ce que c'est ? demandai-je.

Josh se leva du canapé d'un bond et disparut dans le couloir. Nous le suivîmes. Il avait treize ans, il était grand et maigre, tout en jambes. Il s'arrêta devant un grand miroir dans son lourd cadre en acajou et promena ses doigts sur le rebord un moment avant de le tirer. Le miroir, monté sur des gonds invisibles, s'ouvrit, révélant une porte blindée, encastrée dans le mur.

— C'est de l'acier, dit Josh en tapant un code sur un clavier. Sur quinze centimètres d'épaisseur, ajouta-t-il au moment où un déclic signalait que les serrures coulissaient.

Je n'avais encore rien vu de tel.

Il suffit que Josh appuie sur un interrupteur pour révéler une immense pièce où s'alignaient des étagères en bois, toutes pleines à craquer : boîtes de bougies par douzaines, paquets de piles par centaines, caisses de fruits et thon en boîte, conserves de légumes, jus de fruits, lait concentré, lait en poudre et vingt-cinq pots de beurre de cacahuètes. Plusieurs boîtes de rangement en plastique transparent contenaient des flocons d'avoine et du riz. Une pile de paquets plats argentés réfléchissaient les lumières du plafonnier.

— Nourriture lyophilisée, commenta Josh.

Des centaines de litres d'eau minérale, stockées sur trois rangées, occupaient une étagère entière. Sur une grande bassine verte, une étiquette indiquait en gras : *kit de graines pour la survie*. Plusieurs sacs de couchage roulés s'entassaient près d'une radio à manivelle et d'un réchaud. Les piles de papier-toilette, de boîtes de bandes, de gaze et de savon étaient plus hautes que nous, et les flacons

221

de comprimés étaient rangés par catégorie : antibiotiques, vitamines, teinture d'iode.

— Nom de Dieu... lâcha Kai.

Il fixait une vitrine boulonnée au mur du fond, à l'intérieur de laquelle se trouvaient deux fusils et sept couteaux dans leurs étuis. Six boîtes de munitions étaient posées sous les armes.

— C'est quoi tout ça ? demandai-je.

— A ton avis ? rétorqua Josh.

Il nous tendait des bouteilles de bière. Je pris la mienne à deux doigts, par le goulot. Je ne savais même pas comment ça se tenait.

— Son père pense que la fin du monde arrive, expliqua Michaela. C'est pour ça qu'il a mis tout ça ici.

— On a assez de nourriture pour tenir un an, renchérit Josh. Et l'architecture de cette pièce est invisible, ce qui veut dire qu'on ne peut pas soupçonner son existence de l'extérieur. Quand tout le monde sera à court de nourriture, personne ne viendra ici pour nous piquer la nôtre.

En comparaison, les réserves de ma mère semblaient ridicules.

La pièce fortifiée n'était pas la seule originalité de la maison. Elle avait été entièrement modernisée. Les lampes des six chambres à coucher étaient équipées de variateurs sophistiqués, programmés pour reproduire les effets du lever du soleil et de son coucher. Des volets occultants ultramodernes faisaient barrage à la lumière naturelle lors des nuits blanches, et le banc solaire dans la salle de bains principale était à même de délivrer en vingt minutes la quantité d'UV équivalant à une journée d'exposition. Une serre en parfait état de marche, où poussaient des carottes et des épinards, était cachée dans la dépendance près de la piscine. Et un générateur électrique solaire attendait de servir.

— Vous verrez, conclut Josh, un jour, vous irez au supermarché, et tous les rayons seront vides.

Le jacuzzi était si brûlant que c'en était douloureux. Nous restâmes un moment assis sur le rebord, les jambes pendantes, le temps de nous habituer à la température de l'eau avant de nous y glisser, les uns après les autres. Michaela atterrit sur les genoux de Kai. Il jouait avec une mèche de ses cheveux alors que nous discutions. Josh était juste à côté de moi. J'avalai quelques gorgées de bière. Ça avait un goût affreux. En revanche, je commençais à m'enhardir, à me sentir bien avec mon nouveau deux-pièces, en compagnie de ces trois autres ados, dans ce bain de vapeur.

Dans le ciel crépusculaire et voilé de fumée, le vent dispersait des cendres, qui se posèrent sur la terrasse tels des flocons de neige. Les feux au loin ne faisaient qu'ajouter à notre plaisir. Ils signifiaient que nous vivions une époque importante.

— On vous a montré la secte ? lança Michaela.

Elle se retourna pour indiquer une des demeures voisines. Les propriétés n'étaient pas séparées par des clôtures, ici, si bien qu'on bénéficiait d'une vue plongeante sur l'arrière des bâtisses environnantes. La maison en question, construite sur le même modèle que la plupart, de style méditerranéen, s'élevait sur deux niveaux et son garage pouvait abriter trois voitures. C'était entre ces murs que quatorze personnes s'étaient donné la mort en buvant du vin empoisonné le soir du nouvel an.

— Un type était absent ce soir-là, précisa Michaela. Et maintenant il vit là-bas tout seul.

Le pied de Josh effleura le mien sous l'eau. Je décidai qu'il ressemblait un peu à Seth Moreno. Je pris une minuscule gorgée de bière. Un bosquet d'eucalyptus se balançait au-dessus de la piscine. Ces arbres respiraient la santé – ce qui, je l'apprendrais plus tard, était rendu possible par des lampes à UV dissimulées dans les branches.

Michaela et Josh commandèrent des pizzas, avec un supplément de fromage. Nous mangeâmes en maillots de bain sur le canapé, qui fut rapidement mouillé malgré nos serviettes. Nous zappions d'une chaîne à l'autre, nous attardant particulièrement sur une scène de sexe d'un téléfilm allemand. Ensuite, il y eut les cookies, de la glace et d'autres bières. Je retrouvai rapidement l'impression d'être à ma place.

Josh proposa de jouer à un jeu dont je n'avais jamais entendu parler.

— Mais c'est plus drôle dans le noir, répliqua Michaela.

Bien qu'il soit 22 heures, le crépuscule se prolongerait encore au moins six heures.

— Il suffit de demander, rétorqua-t-il. Regardez !

Il entra un code sur un clavier dans la cuisine. Une série de bips fut suivie par un doux ronronnement en provenance de toutes les directions. Des stores métalliques descendirent lentement sur les fenêtres de l'ensemble des pièces.

— C'est quoi, ce truc ? s'étonna Kai.

La lumière décrut rapidement. Michaela alluma une lampe avant que la maison soit entièrement plongée dans l'obscurité. Nous nous rassemblâmes autour d'elle comme s'il s'agissait d'un feu de joie, le visage baigné d'une douce lueur jaune.

— Ces stores sont aussi en acier, expliqua Josh. Et ils ne servent pas seulement à bloquer le jour. Ils peuvent aussi empêcher les gens d'entrer.

Ils se préparaient à être assaillis par des monstres, qui ne seraient autres que leurs voisins, ou même leurs amis.

Michaela exposa les règles du jeu tout en passant les doigts dans les cheveux de Kai. Ça ressemblait à une partie de cache-cache classique, sauf qu'une seule personne se cachait et que, lorsqu'on la débusquait, on la rejoignait dans sa cachette. Le dernier à découvrir les autres perdait.

Les dés décidèrent que je serais la première à me cacher. Les trois autres s'enfermèrent dans la chambre de Michaela pour me laisser du temps. Après avoir compté jusqu'à vingt, ils éteindraient toutes les lumières et se mettraient à ma recherche.

Je me glissai dans la pièce fortifiée, que nous avions laissée ouverte. Je m'accroupis derrière le stock de papier-toilette au fond. Le couloir s'éteignit ; j'entendis des éclats de rire distants.

J'attendais que mes yeux s'accoutument à l'obscurité, mais ils n'y parvenaient pas. Ces stores ne laissaient vraiment rien filtrer. Le noir était complet, aveuglant. Un noir de nuit sans lune.

Au bout de quelques minutes, des pas se rapprochèrent, puis la porte, que j'avais laissée entrebâillée, s'ouvrit en grand. Le son d'une respiration. Quelqu'un était dans la pièce avec moi.

Plusieurs boîtes de conserve se renversèrent.

— Merde...

Je reconnus la voix de Josh, même si je ne distinguais ni son ombre ni les contours de sa silhouette.

225

Il avança à tâtons jusqu'à ce que ses mains heurtent mes épaules.

— Trouvée, murmura-t-il.

J'étais contente d'avoir été découverte. Il s'assit à côté de moi et toucha à nouveau mon épaule, comme par accident. Nous possédions un nouveau don miraculeux : celui de l'invisibilité.

— Tu étais jolie en maillot de bain, dit-il.

— Merci.

Je lui adressai un sourire invisible. C'était sans doute la première fois qu'un garçon me faisait un compliment sur mon physique. Plusieurs minutes s'écoulèrent sans que nous échangions un seul mot.

— Je n'ai jamais embrassé de fille, chuchota-t-il.

Il y a, au fond de l'océan, des créatures qui peuvent vivre sans lumière. Leur espèce a évolué de sorte à supporter des conditions qui assureraient la mort d'autres ; l'obscurité nous a, nous aussi, dotés de certains talents particuliers. Dans le noir s'accomplissaient certaines choses impossibles en plein jour. Gardant le silence, j'attendis que l'une d'elles se produise.

Je sentis son souffle sur ma joue et restai immobile. Des secondes passèrent. Puis il pressa ses lèvres sur mon menton : l'obscurité s'était jouée de lui.

— C'est pas grave, dis-je.

Il ne répondit rien et s'éclaircit la voix.

— On peut réessayer ? demanda-t-il.

Mon audace m'avait désertée.

— Les autres vont peut-être nous trouver, dis-je.

Lorsqu'il se pencha vers moi, je reculai.

— Allez, insista-t-il. On sera tous morts dans un ou deux ans de toute façon.

— Personne ne sait ce qui va arriver.

Je tendis l'oreille, à l'affût de Kai et de Michaela, mais n'entendis rien.

— Quand on sera à court de nourriture, des guerres vont éclater, reprit-il. Des guerres gigantesques.

Il essaya de m'embrasser une nouvelle fois, et je sursautai, percutant une des étagères au-dessus de nos têtes. Un bocal se brisa sur le béton. En cas de catastrophe, ils auraient un pot de confiture en moins.

— Bien, conclut-il, j'aurais dû me douter que tu te dégonflerais.

Il gagna la porte en traînant les pieds. Une odeur de fraises commençait à me chatouiller les narines.

— De toute façon, Michaela ne t'a invitée que parce que sa mère l'a forcée. Elle refusait de laisser son copain venir ici s'il n'y avait pas quelqu'un de responsable avec eux.

Je compris, dès que les mots eurent franchi ses lèvres, qu'il disait la vérité : il venait de me dévoiler que la soirée entière n'était qu'une illusion. De toute l'année, Michaela ne m'avait jamais proposé de l'accompagner nulle part.

Il referma la porte derrière lui. J'étais à nouveau seule dans le noir.

Je patientai, blottie dans mon coin, un moment. Je ne voyais pas d'autre solution que poursuivre la partie de cache-cache. Mais personne d'autre ne vint me chercher et, bientôt, un rai de lumière apparut sous la porte de la pièce fortifiée. Ils avaient rallumé les lampes... ou ouvert les stores.

Dans le couloir, mes yeux mirent du temps à se réhabituer à la luminosité. Michaela et Kai regardaient la télévision, les jambes entremêlées sur le canapé. Elle piochait des chocolats dans une boîte. Josh n'était pas avec eux.

— Tu es là ! fit-elle. On t'a cherchée partout.

227

Elle portait son maillot de bain et rien d'autre. Ses cheveux s'enroulaient en mèches humides et torsadées. Son visage était éclairé d'une lueur bleutée, vacillante. Kai ne quittait pas l'écran des yeux.

— Vous avez arrêté de chercher ? demandai-je.

— On n'arrivait pas à te trouver, répondit-elle en reportant son attention sur le poste. Josh a dit qu'il avait fouillé la pièce fortifiée et que tu n'y étais pas.

Plus tard, je m'endormis sur le canapé, tout habillée. Je fus réveillée deux fois : la première lorsque la mère de Michaela et Harry rentrèrent avec autant d'insouciance qu'ils étaient partis, elle faisant cliqueter ses talons sur les carreaux, tous deux riant aux éclats ; et la seconde, par le bruit d'un garçon, Josh je crois, vomissant dans les toilettes.

Je fus la première levée. Un carton de pizza était resté ouvert sur la table de la cuisine, à côté d'un pot de glace fondue qui s'avachissait. Les bouteilles de bière avaient été débarrassées, en revanche.

Le soleil s'était couché pendant la nuit. Il faisait noir et froid, et ça durerait toute la journée.

Je téléphonai chez moi, et ma mère envoya mon père me chercher. Je partis sans dire au revoir. Quelqu'un avait pourtant dû donner le feu vert au gardien à l'entrée, parce que la voiture paternelle put parvenir jusqu'à la maison, éclairant le gravier de ses phares.

— Pourquoi aussi tôt ? s'étonna-t-il quand je montai à côté de lui. Quelque chose ne va pas ?

Une odeur âcre empestait l'atmosphère. Les Canadair ne pouvaient pas voler sans lumière, et les feux continueraient à brûler librement plusieurs heures. L'autoradio nous transmit une nouvelle étrange : un tremblement de terre avait frappé le Kansas. On n'en avait jamais enregistré d'une telle magnitude là-bas.

— J'avais juste envie de rentrer, répondis-je.

24

Deux jours avant mon douzième anniversaire, plusieurs baleines s'échouèrent sur la côte. A leur réveil un matin, les habitants du coin découvrirent les mastodontes avachis sur le sable, se débattant faiblement, tandis que la marée refluait sans les emporter. Dix créatures marines perdues sur terre.

Ce type d'incident s'était malheureusement répandu à travers le monde. En Australie, deux mille baleines pilotes et mille deux cents dauphins se retrouvèrent ensemble sur une même plage. En Afrique du Sud, c'étaient des orques. Quatre-vingt-neuf baleines à bosse à Cape Cod.

Les théories abondaient. Mais les éléments manquaient pour les étayer. Les océans se transformaient – ça, nous en avions la certitude. Les courants changeaient. Les marées n'étaient plus régulières. En montant, elles pénétraient davantage dans les terres, en descendant, elles se retiraient plus loin. La chaîne alimentaire se réduisait, et de nouvelles zones mortes étaient apparues. Des baleines affamées pouvaient très bien s'aventurer en eau peu profonde à la recherche de nourriture.

Certains adhéraient à des vues plus conservatrices.

— L'histoire a déjà vu de tels événements, expliqua Mlle Mosely, notre nouvelle enseignante de SVT.

Depuis son arrivée, nous avions cessé de mettre à jour la carte du système solaire de M. Jensen. Le papier kraft noir commençait à se décolorer. Les bords des planètes en papier rebiquaient et la lune était tombée du ciel. Sous l'étiquette « Terre » figurait toujours la mention « *28 h 06* », bien que la durée des journées réelles ait plus que doublé depuis.

Vêtue d'une jupe crayon grise et d'un chemisier blanc, Mlle Mosely se penchait sur un ordinateur portable pour nous projeter des photographies trouvées en ligne et représentant des centaines de baleines sur une plage du XIXe siècle.

— Vous voyez ? lança-t-elle. Ces nouveaux échouages n'ont peut-être rien à voir avec le ralentissement.

Nous n'étions pas dupes, cependant. Nous savions ce qui nous attendait.

J'avais pris l'habitude de passer l'heure du déjeuner à la bibliothèque, où Trevor Watkins, avachi sur un ordinateur, alimentait un vaisseau spatial à coups d'équations algébriques résolues, et où Diane Kofsky lisait un roman à l'eau de rose en piquant des biscuits soufflés au fromage dans son sac – il était tout aussi interdit de manger que de parler.

La seule excuse valable pour se réfugier à la bibliothèque à cette heure-là était d'avoir des devoirs en retard. Sauf que les miens étaient faits. Je m'occupais en lisant – un roman sur un garçon seul dans le Canada sauvage –, mais je ne parvenais pas à me concentrer sur les mots. Mme Marshall parcourait le journal à son bureau, relevant de temps à autre le nez pour surveiller Jesse Schwartz. Si, d'une certaine façon, nous étions tous ici contre notre volonté, Jesse, lui, avait été carrément collé pour une infraction dont la nature n'était pas difficile à imaginer. Installé à une table isolée, il gigotait sans arrêt, le regard tourné vers la cour, son habitat naturel.

Au milieu de la pause de midi, les portes vitrées de la bibliothèque coulissèrent. Le vacarme extérieur nous assaillit aussitôt, avant d'être rapidement refoulé une fois les portes à nouveau fermées.

Quand je découvris l'identité du nouveau venu, j'eus l'impression qu'il avait été convoqué par mes prières. Il se distinguait de tous les autres élèves présents dans cette salle : il était plus beau, plus apprécié. Seth Moreno. Je ne l'avais jamais vu ici à l'heure du déjeuner.

Il s'assit à deux chaises de moi. Je m'interrogeai, pendant plusieurs minutes, sur la raison de cette proximité : hasard ou calcul ?

Il appuya son skate-board contre le siège voisin. Diane releva la tête de son livre. On ne voyait pas beaucoup de planches à la bibliothèque. Il sortit de son sac un cahier à spirale et un portemine. Il feuilleta les pages jusqu'à en trouver une vierge, qu'il lissa de la paume.

Il se mit à dessiner avec application sur la feuille à lignes. Un petit oiseau apparut progressivement à la pointe de son crayon, ailes repliées. Il en traça un second, quelques centimètres plus haut dans le ciel. S'attaqua aux contours d'un troisième, les effaça puis recommença.

La bibliothèque résonnait des grincements de nos chaises chaque fois que nous respirions trop

232

profondément, du cliquetis des touches du clavier sous les doigts de Trevor, du craquement assourdi des biscuits au fromage sous les dents de Diane, du bruissement des pages de mon livre alors que je les tournais... et du doux grattement du crayon de Seth sur le papier.

Un élève cogna contre la fenêtre côté cour.

— La vache, murmura Seth à mon intention. Impossible de se concentrer dehors, si ?

Il leva les yeux vers moi avant de les reposer sur son dessin. Ses cils faisaient une frange épaisse lorsqu'il clignait des paupières.

— Impossible, finis-je par dire.

La sonnerie retentit. Nous rassemblâmes nos affaires. Diane se débattait avec la fermeture de son sac. Trevor restait avachi devant l'ordinateur.

— Trevor ! l'interpella Mme Marshall depuis son bureau. Ça a sonné.

Soudain je sentis une présence juste à côté de moi : c'était Seth et il me parlait. Seth m'adressait la parole.

— Salut, disait-il.

Ce genre de surprise n'est possible que quand on est jeune. Je crus presque qu'il engageait la conversation avec quelqu'un d'autre.

— Merci pour la carte, ajouta-t-il.

— Ah... De rien.

— Tu as entendu pour les baleines ?

Je dus relever la tête pour voir ses yeux. Redoutant de dire une bêtise, je conservai le silence un moment avant de lâcher :

— Ouais.

Il attendait que j'ajoute quelque chose. Je savais que je rougissais. Les drapeaux de tous les pays du monde étaient suspendus aux dalles du plafond.

— Peut-être que quelqu'un pourra les aider à retourner dans l'eau, dis-je.

Seth secoua la tête.

— Elles s'échoueraient sans doute à nouveau. Mon père est un scientifique. D'après lui, les baleines ont atterri sur cette plage pour une raison.

De nouveaux élèves pénétraient au compte-gouttes dans la bibliothèque – avec une dispense d'EPS du médecin.

— Je compte descendre sur la plage après les cours pour les voir, reprit Seth.

Les roues de son skate-board tournaient lentement chaque fois qu'il le faisait passer d'un bras à l'autre.

— Ça te dit de venir ?

— Quoi ?

De tous les phénomènes étranges qui nous étaient arrivés cette année-là, rien, peut-être, ne m'avait autant surprise que cette petite question dans la bouche de Seth Moreno : « Ça te dit de venir ? »

Je me souviens encore parfaitement des losanges rouges sur la moquette de la bibliothèque et de la façon dont les portes coulissantes, chaque fois qu'elles s'ouvraient et se refermaient, faisaient onduler les drapeaux au-dessus de nos têtes.

— D'accord, répondis-je.

— Alors à tout'.

Et ce fut tout. Il tourna les talons et s'éloigna.

Dans le bus du retour, nous étions assis loin de l'autre. Nous descendîmes à notre arrêt, avec les habitués. Une brume de chaleur recouvrait le lotissement. Des nuages de poussière tourbillonnaient sur le terrain vide. Pendant que les autres se dispersaient, je m'approchai, l'air de rien, de Seth. Je craignais qu'il jette son skate-board sur le bitume et dévale la pente sans moi. J'avais peut-être mal compris. C'était peut-être une plaisanterie.

Pourtant, il se tourna vers moi, les yeux mi-clos à cause de la réverbération, et me lança :

— On peut déposer nos affaires chez moi, au passage.

Nous fîmes le trajet en silence, communiquant avec nos pieds, les miens se calant sur les siens sur le trottoir éblouissant.

Je ne prévins pas mes parents ; ils ne rentreraient pas avant plusieurs heures de toute façon.

Seth vivait à deux rues de la nôtre dans une maison de plain-pied blanc cassé ; un panier de basket rouillé coiffait la porte du garage. La pelouse de devant s'était transformée en boue. Le long de celle-ci se trouvait une rangée de pots en terre cuite, sans fleurs.

La porte n'était pas fermée à clé, et je déposai mon sac à côté du sien, dans l'entrée, encombrée de journaux et de linge. Des plaids faisaient office de rideaux occultants. Une bouteille d'oxygène et les tuyaux qui l'accompagnaient, emmêlés, étaient abandonnés dans un coin. La mère de Seth était morte dans cette maison.

— Tu veux un Coca ? proposa-t-il.

— D'accord.

Nous nous assîmes à la table de la cuisine pour les siroter. Son père était au travail, il y passait tout son temps. Seth m'expliqua qu'il était bio-ingénieur et travaillait sur une nouvelle espèce de maïs.

— Si ça marche, les épis n'auront pas besoin de lumière pour pousser.

Seth connaissait un raccourci, par le canyon, pour rejoindre la plage. Une piste escarpée et sablonneuse, tapissée de pommes de pin et ombragée par les parois calcaires. Le parfum du canyon n'avait pas changé, mélange de terre et de sauge, mais les couleurs de la Californie se faisaient plus âpres. Les verts s'estompaient. Presque tout mourait. Pourtant, le canyon retentissait des bourdonnements des scarabées, des moustiques et des mouches – tout ce que les oiseaux mangeaient autrefois.

— Fais attention aux serpents, me conseilla Seth.

J'aimais sa façon de marcher : décontractée et nonchalante, celle d'un garçon qui connaissait son chemin. Et, en l'accompagnant, j'avais l'impression d'avoir la même.

La piste formait un coude ; à sa sortie, la plage apparut. La marée était basse – plus basse que je ne l'avais jamais vue. Des dizaines de mètres de plancher océanique apparaissaient, ainsi que des rubans de sable noircis par les particules de fer. Les entrailles de l'océan étaient exposées.

Nous nous arrêtâmes un moment, observant les vagues lointaines, côte à côte. Nos mains étaient si proches qu'elles se touchaient presque.

Nous traversâmes la route côtière, passâmes sous la bande de plastique mettant en garde contre toute imprudence, et coupâmes entre deux demeures en ruine, que la dernière marée haute avait trempées. Une des deux s'était effondrée comme un gâteau raté. Des bernacles tapissaient ses murs. Et des anémones de mer recouvraient les marches du perron.

Alors que je me baissais pour retirer mes chaussures, Seth attira mon attention :

— Regarde !

Les baleines étaient là, sombres et immobiles, d'une taille préhistorique.

Une petite troupe de curieux s'était rassemblée sur la plage. De bons Samaritains aspergeaient les mammifères d'eau salée. D'autres volontaires remontaient du bord de mer, balançant au bout de leurs bras des seaux pleins.

On pouvait entendre la respiration des baleines, une lente inspiration suivie d'une lente expiration. Nous écoutions. Nous observions. C'étaient des créatures sociales, il suffisait qu'un membre de leur groupe soit éprouvé pour qu'elles le soient toutes. Il ne faisait aucun doute qu'elles étaient en train de mourir. Et pourtant nous ne pouvions nous empêcher de les regarder, nous étions hypnotisés.

Seth ramassa deux gobelets en plastique dans le sable. Il m'en tendit un en disant :

— On doit faire quelque chose. Viens !

Nous courûmes, pieds nus, jusqu'à l'eau. C'était une longue course. Le sable mouillé aspirait nos pieds. Des créatures invisibles grouillaient sous mes orteils. Des poissons crevés scintillaient au soleil et mes cheveux battaient au vent. Lorsque nous finîmes par atteindre l'océan, nous nous retournâmes : les humains sur la plage étaient à peine discernables. Leurs bras et leurs jambes, aussi minces que des brindilles, s'agitaient en silence autour des baleines. Le ressac était le seul bruit.

Nous remplîmes nos gobelets avant de remonter, toujours en courant, l'épaisse bande de vase. Cherchant la baleine la plus desséchée, celle qui avait le plus besoin de notre aide, nous la trouvâmes sur un côté. Nous étions persuadés que c'était la plus vieille. Sa peau, striée de blanc, affichait plusieurs cicatrices. Je chassai les mouches qui recouvraient ses yeux, un œil après l'autre. Seth versa notre maigre quantité d'eau sur sa tête et dans sa bouche. Puis il lui tapota le flanc. Je ressentis un besoin impérieux d'amour.

— Hé, les mômes ! lança un adulte dans notre dos.

L'homme, coiffé d'un bob, balançait un seau vide. Une bourrasque de vent avait noyé ses paroles, il les répéta donc, en criant :

— Celle-ci est déjà morte.

Habités par une certaine solennité, nous reprîmes la piste, à travers le canyon. Nous avions chaud, nous étions épuisés. C'était la vingt-troisième heure de soleil, et il était encore très loin de se coucher.

— C'est le champ magnétique terrestre qui est responsable, dit Seth.

— Responsable de quoi ?

Un vent puissant dévalait le canyon, soulevant poussière et feuilles mortes.

— De ce qui arrive aux baleines. Elles se repèrent grâce à lui, mais avec le ralentissement ça ne fonctionne plus aussi bien.

Je levai les yeux vers le ciel d'un bleu uniforme.

— On ne peut pas le voir, ajouta-t-il. C'est invisible.

Ces baleines furent les premières d'une longue série. Des centaines d'autres s'échoueraient sur les côtes de Californie. Puis des milliers. Dix mille. Davantage. Au final, les gens cesseraient d'essayer de les sauver.

— Il n'y a pas que les baleines qui ont besoin du champ magnétique, reprit-il au moment où nous arrivions sur la chaussée. Nous aussi. Selon mon père, les hommes mourraient sans lui.

238

Ce jour-là cependant, j'étais incapable de m'inquiéter. Mon esprit avait d'autres préoccupations. J'étais un peu amoureuse. J'avais passé tout un après-midi avec Seth Moreno.

25

Le premier eucalyptus fut introduit en Californie dans les années 1850. Importées d'Australie, les graines parcoururent plus de huit mille kilomètres en haute mer avant d'atteindre le sol de notre Etat. Le bois des troncs était censé accomplir des miracles, et remplir des centaines de fonctions différentes, particulièrement servir de traverses pour les rails. Il se révéla pourtant inutilisable. Il se racornissait en séchant et éclatait dès qu'on y plantait un clou. Le marché de l'eucalyptus s'effondra avant même d'avoir prospéré.

Mais les arbres restèrent sur notre terre, et ils se multiplièrent. J'en voyais partout dans mon enfance, et mon grand-père avant moi. Leurs silhouettes élancées bordaient les canyons de la côte, les falaises surplombant les plages et les terrains de foot. Leurs longues feuilles s'accumulaient dans les piscines et les gouttières. Elles s'entassaient sur les rives des lagunes. Pendant plus d'un siècle et demi, les eucalyptus avaient prospéré en Californie, résistant à toutes les catastrophes : tremblements de terre, sécheresse, invention de l'automobile. Dorénavant, les arbres souffraient en masse. Les feuilles perdaient leur couleur. Une sève orangée suintait des entailles dans les troncs. Petit à petit, ils dépérissaient.

Le matin de mon douzième anniversaire, allongée dans le noir, je me remémorai le moindre détail de la veille : la façon dont Seth plissait les paupières tandis que nous cheminions à travers le canyon, la tendresse de son geste lorsqu'il caressait les baleines, le son de sa voix à la fin de la journée et ses paroles – « A plus ! » –, en sautant sur son skate-board et en prenant son élan pour dévaler la pente, son tee-shirt blanc battant au vent. Je devais me répéter sans arrêt que c'était la réalité : il m'avait proposé, à moi, de passer du temps avec lui.

Ma chambre était obscure. La maison, silencieuse.

Dans quelques heures, je verrais Seth à l'arrêt de bus, et il fallait que je trouve les bons mots, ceux qui me conduiraient à un deuxième après-midi à ses côtés.

Je fus brusquement tirée de mes pensées par un raffut terrible. Je me souviens du bruit de verre brisé et du hurlement des sirènes de voitures. Je me ruai à ma fenêtre : le plus grand eucalyptus de la rue s'était abattu sur le toit de Sylvia et avait détruit un coin du pavillon.

Avec le temps, j'ai appris à croire aux présages. Je ne peux m'empêcher de m'interroger, cependant : aurais-je développé un esprit plus rationnel si j'avais vécu avant le ralentissement ? Peut-être qu'à une autre époque, la science se serait suffi à elle-même, peut-être n'aurait-elle pas eu besoin de la superstition.

Mes parents se précipitèrent dehors, ma mère en peignoir, mon père torse nu. Il faisait une nuit sombre et nuageuse, sans étoiles. L'arbre, tombé sur la pelouse en diagonale, bloquait la porte d'entrée de Sylvia. Les racines exposées évoquaient celles d'une molaire qu'un dentiste aurait arrachée. Une partie du toit s'était effondrée.

Un peu partout dans la rue, les lampes s'allumaient dans les chambres, les portes s'ouvraient à la volée, des voix s'élevaient des jardins. Il n'y avait aucun mouvement chez Sylvia, en revanche. Certains voisins s'en approchèrent au petit trot, en pyjama, mais mon père fut le premier à s'engouffrer par la porte latérale. Ma mère s'était plantée au milieu de la rue, les bras croisés. Frissonnant dans ma chemise de nuit, je la rejoignis.

— Elle aurait dû faire couper cet arbre, observat-elle.

Nous nous étions déjà débarrassés de deux des nôtres. Les souches proliféraient dans le quartier, et des équipes de bûcherons vêtus de tenues à bandes réfléchissantes s'affairaient constamment le long des routes, abattant les arbres et les débitant pour les emporter.

— Nous devrions en faire autant avec ceux qui nous restent, ajouta-t-elle.

Elle s'approcha de quelques pas, puis se dressa sur la pointe des pieds, à la recherche d'un meilleur angle de vue.

— Où est-il passé ? demanda-t-elle.

J'étais convaincue, à l'époque, que ma mère en savait au moins aussi long que moi sur Sylvia et mon père, et que ses interrogations en contenaient d'autres en filigrane. Peut-être avait-elle seulement l'intuition de quelque chose.

Elle avait ses propres secrets. Elle cachait un impressionnant stock de provisions dans le placard de la chambre d'amis. Elle y entassait des centaines

242

de conserves à l'insu de mon père. Et elle avait commandé une serre sans le consulter.

Il finit par ressortir par la même petite porte. Sylvia l'accompagnait. Elle était appuyée sur son épaule, mais pouvait marcher seule, pieds nus dans une nuisette blanche. Mon père la guida jusqu'aux marches de notre perron, où elle s'assit et se prit la tête à deux mains.

— Elle va bien, dit-il. Elle est juste secouée.

Ma mère lui apporta un verre d'eau, qu'elle lui tendit cependant de loin. La chemise de nuit de Sylvia lui laissait le dos entièrement dénudé. Devant, la forme de ses petits seins apparaissait à travers le coton fin. Elle resta un long moment ainsi, prostrée sur les marches comme une ado. On voit rarement des adultes verser sans honte, ainsi qu'elle le fit alors, toutes les larmes de leur corps.

— L'arbre a touché le piano, expliqua à voix basse mon père.

— Ce n'était pas un accident, dit-elle en s'essuyant le nez d'un revers de main.

Les voisins avaient fini par rentrer, progressivement, chez eux. Les lumières s'éteignaient les unes après les autres. Il était 5 heures du matin.

— L'eucalyptus était malade, remarqua mon père.

— Non, insista-t-elle en secouant la tête.

Elle avait un cou gracile, un cou de cygne, et je pus distinguer chacune de ses vertèbres lorsqu'elle se tourna vers mon père.

— Quelqu'un a provoqué cet accident.

Sylvia était la dernière adepte du temps réel résidant encore dans notre rue. Les Kaplan étaient partis. Tom et Carlotta également ; un couple avec de jeunes enfants avait racheté leur pavillon et entrepris des travaux de rénovation.

243

— Crois-moi, Joel, poursuivit-elle, ils veulent me pousser à partir.

Elle ne prononçait pas le prénom de mon père comme n'importe quelle autre voisine. Ce qui n'échappa pas davantage à ma mère. Elle jeta un coup d'œil à mon père et resserra les pans de son peignoir sur sa gorge.

Je tentai, sans réel succès, de me rendormir une heure avant que mon réveil ne se déclenche. J'entendais mes parents se disputer dans leur chambre. Je ne distinguais pas le détail de ce qui se disait, mais la tonalité de leur échange, la colère qui transpirait à travers la porte ne m'échappaient pas.

C'était une tradition dans mon collège : les filles s'offraient un ballon le jour de leur anniversaire. Le genre de baudruche qu'on trouvait dans les magasins de farces et attrapes. On se baladait avec toute la journée, à la main ou accroché à son sac à dos, le laissant ainsi flotter dans son sillage, bien rond et bien brillant, en maths, en anglais, en SVT et en EPS. Lesté par un petit contrepoids, chaque ballon sautillait au-dessus de la mer de têtes dans les couloirs, balise indiquant en permanence la position d'une fille heureuse et entourée de l'affection de tous. Cette tradition n'avait pas été affectée par le ralentissement.

L'année précédente, Hanna m'avait acheté mon ballon – dans une autre vie, printemps précoce et dépourvu de complications.

Cette année-là, j'avais la certitude que personne ne marquerait le coup pour moi. Je m'efforçais de ne pas y penser, pourtant c'était plus fort que moi. J'éprouvai une grande tristesse en apercevant Hanna à l'arrêt de bus, appuyée contre la clôture, son téléphone portable pressé contre son oreille. Je n'eus même pas droit à un bonjour.

Restant à l'écart, j'attendis dans le noir l'arrivée de Seth. J'avais consacré beaucoup de temps au choix de ma tenue, finissant par arrêter mon choix sur le pull en mohair blanc cassé que je portais pour la photo de classe et une jupe en jean qui me tombait au genou.

Les étoiles scintillaient. Des phares nous éblouissaient de temps à autre. Des collégiens surgissaient de toutes les directions. Certains descendaient de voitures dont le moteur continuait à tourner, et balançaient leur sac à dos à bout de bras. Seth n'était pas parmi eux.

Plusieurs minutes s'écoulèrent. Je commençai à frissonner.

Je passai d'un pied sur l'autre jusqu'à ce que je découvre, à mon grand effroi, que la lumière des lampadaires se réfléchissait sur les poils de mes jambes. Je me sentis soudain mortifiée de me tenir là, à quelques mètres des mollets lisses de Michaela, rasés de près. Lesquels étaient mis en valeur par une paire de sandales noires à talons. Michaela qui riait dans l'oreille d'un garçon de quatrième.

Le son des roues en plastique sur le bitume finit par s'élever au loin, suivi du raclement de la planche contre le trottoir. Mon cœur s'emballa. Il arrivait enfin. Seth Moreno.

Il descendit de son skate-board, le coinça sous son bras.

Je voulais lui parler d'un autre groupe de baleines, elles aussi échouées sur la côte, à quelques kilomètres plus au nord, mais je ne savais pas comment lancer la conversation. C'était nouveau pour moi, ces échanges entre filles et garçons.

Le bus fit son apparition, et les élèves y grimpè-
rent, un à un, tandis que je m'attardais près des
roues avant, dans l'espoir que Seth me donnerait le
la. Nos regards se croisèrent. Il inclina légèrement la
tête.

J'avais répété cette scène des heures durant,
esquissant une centaine de scénarios différents.
M. Jensen avait un jour essayé de nous expliquer
qu'il existait quelque part un ensemble d'univers
parallèles, inatteignables et pour autant réels, réali-
sant chacun une possibilité : tout ce qui n'arrivait
pas ici arrivait ailleurs. Toutefois, dans ce monde, il
n'y eut qu'une seule version de cette matinée.

Seth traîna un moment sur le trottoir, les yeux
baissés. Il ne sourit pas. Ne prononça aucun mot.
Puis il passa devant moi sans m'accorder un regard,
comme si nous étions deux étrangers, deux élèves
qui ne s'étaient jamais rencontrés. Il monta dans le
bus et ne jeta pas un coup d'œil par-dessus son
épaule.

Je ne sais pas combien de temps s'écoula – trente
secondes, peut-être davantage. Quand je repris mes
esprits, je me rendis compte que le chauffeur de bus
m'apostrophait.

— Hé, toi ! criait-il pour couvrir le ronronnement
du moteur. Tu montes ou pas ?

Tous les autres étaient déjà installés. Quelques-uns m'observaient par les vitres crasseuses avec
un sourire moqueur. J'étais une idiote en pull de
mohair et jupe en jean, plantée dans la rue. J'avais
du mal à respirer.

Je songeai, trop tard, après m'être assise à l'avant,
à quinze rangées de Seth, que j'aurais pu disparaître dans le canyon. Personne ne s'en serait rendu
compte.

Je passai chacune des pauses entre deux cours aux toilettes. Et l'heure du déjeuner à la bibliothèque. Diane s'y trouvait, comme toujours ; la croix dorée autour de son cou brillait sous les néons. Trevor faisait cliqueter les touches du clavier, plongé dans le jeu habituel – il détenait les meilleurs scores du collège. Mme Marshall rangeait des livres dans les rayons ; le chariot émettait des gémissements quand elle le poussait sur la moquette, les couvertures en plastique des livres bruissaient quand elle en insérait un entre deux autres. Dès que les portes coulissantes s'ouvraient, j'espérais découvrir Seth Moreno, venu s'excuser ou s'expliquer.

Une pensée déprimante prenait forme dans mon esprit : peut-être ne voulait-il pas être vu en ma compagnie au collège.

A travers les fenêtres closes filtraient les cris étouffés des autres élèves, qui s'amusaient dans la cour. Ils ne se déplaçaient jamais seuls, eux.

Christy Casteneda passa en se pavanant devant une vitre – c'était aussi son anniversaire et elle arborait non pas un mais deux ballons autour de son poignet délicat, tous deux argentés et marqués d'un message affectueux, dans une écriture ronde.

Le jour de la rentrée, en cours de maths, Mme Pinsky, avait dessiné un schéma au tableau afin d'illustrer le système de sélection auquel nous serions tous confrontés.

«Vous avez intégré la meilleure classe de sixième, expliqua-t-elle. Néanmoins, le nombre d'élèves capables de comprendre les mathématiques diminuera d'année en année à partir de maintenant.»

Nous étions à cette période de la vie : les talents remontaient à la surface, les faiblesses transparaissaient, nous découvrions quel genre d'adultes nous deviendrions. Certains seraient beaux, d'autres drôles, d'autres timides. Certains seraient intelligents, d'autres encore plus. Les élèves joufflus conserveraient sans doute des rondeurs. Ceux qui étaient aimés le seraient, je le pressentais, toute leur vie. Et je redoutais que la solitude suive le même schéma. Peut-être était-elle inscrite dans mes gènes, trait de caractère demeuré latent des années et prenant à présent toute son ampleur.

Je fis mine de lire. L'horloge égrenait les secondes et les minutes. Seth ne vint pas.

Les jours noirs, les fenêtres éclairées de la bibliothèque la transformaient en aquarium, exposant ses occupants au regard des autres enfants : venez admirer les poissons les plus exotiques. Les solitaires, les mal-aimés, les originaux.

Avant la fin de la journée, l'eucalyptus de Sylvia avait été débité en morceaux, entreposés tels des os déterrés devant son garage. Une bâche en plastique blanc recouvrait le trou dans le toit, ondulant à chaque coup de vent. Le soleil ne s'était pas encore levé.

Mon père consacra la majeure partie de sa soirée à examiner le dernier eucalyptus de notre jardin. La moitié de l'arbre produisait encore des feuilles, l'autre était morte. La maladie gagnait la partie saine. Il prit rendez-vous pour le faire couper avant que nous ne sortions pour mon dîner d'anniversaire.

Ma mère était rentrée du travail avec un cadeau pour moi : une paire de ballerines mordorées. Les autres filles du collège en portaient depuis des mois. Je glissai mes pieds à l'intérieur. Elles couinaient sur le carrelage. Mon père m'offrit un livre.

— C'était mon préféré à ton âge, expliqua-t-il.

248

La couverture représentait une chaîne de montagnes, ainsi qu'une vallée et une lune. Les pages sentaient la poussière et le moisi.

— Ça raconte l'histoire d'un gamin seul au monde. Il se sent très isolé pendant un long moment, mais ensuite... enfin, tu verras.

Je me rappelai que ce roman avait circulé dans ma classe deux ou trois ans plus tôt. Je ne l'avais jamais lu, et j'étais trop grande maintenant.

— Merci, dis-je en le serrant contre ma poitrine.

Il me pressa l'épaule et nous partîmes dîner.

— Quelle chance que je ne sois pas malade pour ton anniversaire, lança ma mère alors que nous faisions route vers l'est.

Nous passions prendre mon grand-père avant d'aller dans mon restaurant préféré. J'avais hâte de le voir. Sa voix avait le don de dissiper tout le reste.

— Je continue à penser que nous aurions dû organiser une fête, insista ma mère. Il faut célébrer ce qui mérite de l'être.

— C'est ce que nous faisons, intervint mon père avant de me jeter un regard dans le rétroviseur. Nous respectons les souhaits de Julia.

Le paysage semblait moins vivant chaque fois que nous empruntions cette route. Ça ne tenait pas seulement à l'herbe et aux eucalyptus. Il y avait d'autres signes plus ténus. J'avais la certitude que les rives de la lagune avaient bruni, que les roseaux étaient plus clairsemés. Nous évitions de le dire tout haut – nous avions les serres et les lampes à UV qui nous permettaient encore de remplir nos assiettes –, mais il était difficile de ne pas voir que les plantes mouraient à petit feu, victimes d'une extinction rampante. Dieu sait ce qui advenait sur les continents moins riches. Le terrain de golf, en revanche, était plus luxuriant que jamais. Tous les anciens

greens avaient été remplacés par du gazon synthétique haut de gamme, et à présent les voiturettes
grimpaient les collines : un golf de l'au-delà.

— Je ne comprends pas pourquoi nous n'avons
pas pu inviter Hanna, poursuivit ma mère. Vous
étiez si proches...

Elle se tourna vers moi et sa ceinture lui cisailla le
cou.

— Eh bien, ce n'est plus le cas, rétorquai-je.

La propriété de mon grand-père faisait encore
plus triste mine qu'avant. Il avait refusé d'abattre ses
eucalyptus. Certains, ayant perdu toutes leurs
feuilles, dressaient leur silhouette sinistre contre le
ciel. D'autres étaient tombés. Les pins, eux, résistaient et continuaient à cacher sa maison de la route
et du reste du lotissement.

Dès que mon père eut arrêté la voiture, je bondis
dehors et courus jusqu'à la porte. Mes parents
m'attendirent à l'intérieur, laissant tourner le
moteur.

Comme mon grand-père ne répondait pas, je
sonnai à nouveau. Je frappai. Des moucherons vole-
taient autour de l'ampoule du perron. Derrière moi,
l'obscurité s'estompait enfin, laissant place à une
légère clarté. L'aube s'annonçait. J'essayai de
tourner la poignée, elle était bloquée.

Je retournai à la voiture, mes ballerines faisant
crisser les gravillons.

— Il ne répond pas, dis-je.

— Peut-être a-t-il oublié de mettre ses prothèses
auditives, suggéra mon père.

Il coupa le moteur et m'emboîta le pas. Ma mère
entrouvrit sa portière pour se faire de l'air.

Mon père avait les clés de la maison ; il ouvrit et
je le suivis à l'intérieur.

— Papa ? lança-t-il.

Il faisait chaud. Seul le tic-tac des horloges troublait le silence. L'unique lumière provenait du plafonnier dans la cuisine.

— On est là ! reprit mon père.

Les fenêtres étaient fermées et les étagères aussi dépouillées que lors de ma précédente visite.

— Où sont passées toutes ses affaires ? s'étonna mon père.

Il fit courir un doigt sur un rayonnage vide. Les mains en visière, il examina l'intérieur d'un buffet vitré en acajou, débarrassé de ses services en porcelaine et en cristal.

— Le soir du nouvel an, il avait entrepris un grand rangement, dis-je.

— Comment ça ?

Nous emmenions mon grand-père au restaurant tous les dimanches ou presque. Il nous attendait toujours sur son perron, prêt à monter dans la voiture, se plaignant de notre retard.

— Il mettait aussi certaines de ses affaires dans des cartons, ajoutai-je.

— Quoi ?

Une étincelle d'inquiétude traversa le regard de mon père.

— Mais je lui ai parlé hier soir !

Les cartons avaient disparu. La table était vide. Tous les biens de valeur s'étaient volatilisés. Dans la chambre, le lit était défait. Mon père ouvrit la penderie : la moitié des vêtements, au moins, manquaient, et sans doute quelques paires de chaussures.

Dans la cuisine, nous découvrîmes un tas de lettres d'informations sans intérêts et de prospectus. En première page d'un journal on pouvait lire ce gros titre : « Ce qu'ils nous cachent : la vérité sur le "système horaire". » Sur le réfrigérateur était

251

accroché un dessin satirique, représentant des gens errant dans les rues, le regard vitreux. La légende indiquait : « Les zombies horaires ».

Ma mère nous rejoignit.

— Où est-il ?

— Aucune idée, répondit mon père.

— Oh, mon Dieu ! s'écria-t-elle. On dirait que cette maison a été cambriolée.

— Julia l'a vu faire ses valises.

Mon père bouillait intérieurement, sa colère tel un courant rapide filant sous la glace.

— Ce n'est pas vraiment ce que j'ai dit, rectifiai-je.

Ma mère se tourna vers moi, électrisée.

— Il va falloir que tu cesses de faire des cachotteries, jeune fille.

Dehors, dans la lumière du tout petit matin, mon père appelait mon grand-père.

— Papa, tu es là ?

Par la fenêtre, je le regardai passer au peigne fin l'ancienne écurie, le jardin, le bosquet d'arbres morts à la lisière du terrain.

Mon grand-père ne pouvait plus conduire. Il ne possédait même pas de voiture. Il n'aurait jamais pu partir tout seul. Il dépendait de nous et de Chip, l'adolescent qui vivait juste à côté, pour ses courses et ses déplacements.

— Il est trop vieux pour vivre seul, décréta ma mère. On aurait dû s'en douter.

Je sentais les larmes me monter aux yeux. Mon père partit en courant chez Chip. Ma mère entreprit d'appeler tous les numéros affichés sur le réfrigérateur. Ils appartenaient pour l'essentiel aux membres de l'Eglise de mon grand-père, et leur servaient à se tenir au courant des derniers ragots ou organiser du covoiturage. La maison n'avait pas perdu cette odeur caractéristique, mélange de bain de bouche mentholé et de papier poussiéreux. Une vieille horloge sonna sept coups dans le salon. Ma mère s'exprimait d'une voix brisée, laissant ses coordonnées à chacun de ses interlocuteurs, au cas où quelqu'un verrait mon grand-père.

Mon père ne tarda pas à revenir avec des nouvelles : Chip avait laissé tomber le lycée pour partir.

— Partir où ? voulut savoir ma mère.

Mon père se frotta le front et ferma les yeux une seconde. Un rai de soleil, apparu à l'horizon, perçait par les fenêtres, révélant la poussière qui envahissait l'atmosphère de la maison. A cette époque encore, une forme d'euphorie accompagnait généralement l'aube – après tant d'heures dans le noir –, mais nous lui prêtions à peine attention ce jour-là.

— D'après sa mère, Chip a rejoint cette communauté dans le désert, répondit mon père. Circadia. Il est parti la nuit dernière.

26

Circadia n'apparaissait sur aucune carte. A l'endroit de l'atlas routier où on nous avait dit de regarder, il n'y avait qu'un espace vide, coupé par un pli, une étendue beige symbolisant le désert. Nous avions ainsi l'impression de nous diriger vers un lieu de fiction, une terre imaginaire, rêvée ou inventée. Et, dans un sens, c'était le cas. Une fois dans le désert, nous quitterions la nationale à deux voies pour emprunter une route sinueuse, qui ne menait nulle part à en croire la carte mais aboutirait, en réalité, à une piste de terre battue, trop récente pour être répertoriée. Voilà comment nous rejoindrions Circadia.

— Tu crois qu'il est vraiment là-bas ? demanda ma mère.

La lumière pénétrait à flots par le pare-brise et elle ajusta son pare-soleil.

— Peut-être, répondit mon père, ébloui par le petit jour alors qu'il était 21 heures. Peut-être pas.

Nous avions prévenu la police avant de partir, toutefois mon grand-père ne relevait pas de la catégorie des personnes disparues. Bien que vieux et excentrique, il n'était pas sénile, et il avait emballé ses affaires lui-même avant de partir.

Nous avions pris la route du désert sans tarder, sautant le dîner. La nationale serpentait entre les collines, noircies pour certaines par les feux récents. La température montait à chaque kilomètre. Ici, les plantes avaient toujours dû lutter pour survivre, si bien que le paysage paraissait moins dévasté que dans les zones côtières. Les quelques buissons clairsemés qui s'accrochaient encore aux pentes rocailleuses ne semblaient pas plus décharnés que d'habitude.

— J'ai tellement de mal à imaginer ton père dans ce genre de collectivité, reprit ma mère.

— Il va à l'église, remarquai-je depuis la banquette arrière.

Les lignes électriques défilaient le long de la route, ondulant d'un pylône à l'autre.

— Tu ne trouves pas ça difficile à croire ? insista ma mère.

— Helen, rétorqua mon père, je n'en sais tout simplement rien.

Le dos bien droit, les deux mains sur le volant, il gardait les yeux sur la route.

La radio ne capta plus aucune station, lorsque nous eûmes dépassé la dernière banlieue. Nous croisions de moins en moins de voitures. Le paysage s'aplatissait. Le désert s'étendait autour de nous et le ciel bleu tombait jusqu'au sol. Le soleil resta accroché plusieurs heures à l'horizon.

La surface du bitume se brouillait sous l'effet de la chaleur, et je commençais à sentir l'odeur du cuir des sièges, qui cuisait. Ma mère monta l'air conditionné.

A mesure que les minutes s'écoulaient, nous fûmes tous pris de bâillements. Mon père se frottait le menton, où une légère barbe avait repoussé depuis le matin.

Nous dépassâmes les ruines d'une ancienne station-service. A côté de la pompe, rouge de rouille, se dressait un bâtiment modeste, blanchi par le soleil, privé de toit et penchant dangereusement d'un côté. Ce spectacle m'émut. Quelqu'un avait érigé ces murs. Quelqu'un avait un jour cru à l'avenir de cet endroit. A présent, à travers les fissures de la façade, on pouvait apercevoir le ciel, de l'autre côté.

Je finis par m'endormir, la tête contre la vitre. Je rêvai que nous déménagions à Circadia mais que nous emportions notre maison avec nous – seuls le paysage et les voisins changeaient.

Je me révcillai un peu après 22 heures, secouée par les soubresauts de la voiture sur la piste de terre.

— Ralentis, réclama ma mère, cramponnée à sa poignée.

Nous filions droit vers le soleil. A travers la brume de chaleur, je distinguais des toits au loin, des rangées régulières de pavillons blancs, bordés par un océan de dunes ondoyant vers le désert.

Le panneau du promoteur immobilier marquait toujours l'entrée de la résidence, énorme morceau de granite devant lequel se dressaient une fontaine asséchée et un carré d'herbe morte. On y lisait, gravé en larges anglaises : *Rancho Domingo del Sol*. Au-dessus, un drapeau de fortune flottait entre deux poteaux : *Bienvenue à Circadia*. Juste en dessous, quelqu'un avait ajouté à la main : *Terre de liberté*.

En secret, j'éprouvais une certaine excitation. Gabby m'avait communiqué l'impression qu'ici, peut-être, la vie était plus juste.

Les rues avaient des noms tels que « Voie du Désert Rose » ou « Impasse de la Dune ». Certaines étaient goudronnées. D'autres non. Dans l'allée du Ciel Bleu, le macadam courait sur quelques mètres avant de se transformer en terre battue, repère précis du moment où le promoteur s'était retrouvé à court de fonds.

— Tu te vois vivre ici ? lança ma mère.

L'état d'avancement des maisons variait de l'une à l'autre. A certaines, il manquait un garage. A d'autres, un toit. Quelques-unes se limitaient à une charpente, sans murs, et les boulons commençaient à souffrir de la sécheresse et de la chaleur. On devinait très bien en revanche le but visé par le promoteur : douze rues constituant le squelette d'une nouvelle banlieue. L'épicerie la plus proche était à une heure de route.

Il avait beau être 22 h 30, Circadia s'éveillait tout juste. Vingt-cinq heures de lumière s'étiraient devant nous. Des marteaux résonnaient au loin. Quelque part, une scie grinçait.

Un homme en tee-shirt bleu délavé et chapeau à large bord était accroupi sur des gravillons, occupé à verser de la peinture blanche dans un bac. Derrière lui, une maison, et contre la façade une échelle.

Mon père ralentit, baissa sa vitre. L'air était irrespirable dans le désert.

— Excusez-moi ! l'interpella-t-il sans descendre.

L'homme se retourna, ébloui.

— Je cherche mon père. Il a plus de quatre-vingts ans et il s'appelle Gene. L'auriez-vous vu par hasard ?

L'homme s'approcha. Il avait le visage sérieusement brûlé et une barbe noire de trois jours.

— Il vous a dit qu'il venait ici ? demanda-t-il.

J'avais le sentiment que les habitants de Circadia avaient, en se libérant des horloges, perdu toute notion du temps. J'examinai ses traits à la recherche

257

d'un signe de sa différence, de ce changement. Mais je songeai que la transformation devait être plus profonde, moléculaire, comme si les atomes de son corps tournaient dorénavant à un rythme plus lent que les nôtres. De la sueur coulait de son front. Et dessinait des auréoles sur son tee-shirt.

— Il serait arrivé la nuit dernière, répondit mon père, qui n'avait pas défait un seul bouton de sa chemise blanche.

Son bracelet-montre réfléchit un rayon de soleil. L'air conditionné tentait de lutter contre la chaleur.

L'homme me jeta un regard par la vitre arrière. Il se mordillait la lèvre inférieure. Mon attention fut soudain attirée par l'horloge de notre tableau de bord, qui signalait en chiffres lumineux le passage d'une minute supplémentaire ; notre Volvo constituait un univers à part, dans lequel le temps filait à toute allure.

— Il aurait pu arriver avec un gosse de dix-sept ans, ajouta ma mère en se penchant vers la vitre côté conducteur. Il s'appelle Chip.

L'homme se frotta le front avec le poignet puis toucha le bord de son chapeau.

— S'il ne vous a pas dit qu'il venait ici, peut-être qu'il ne voulait pas que vous soyez au courant.

Mon père renonça et nous poursuivîmes notre route ; l'homme resta planté un moment, les mains sur les hanches, à suivre de loin notre voiture.

A l'embranchement, mon père tourna à droite et croisa une femme qui promenait son labrador fauve.

— Désolée, je ne les ai pas vus.

Elle reprit son chemin.

— Ils ne sont pas très chaleureux dans le coin, observa ma mère.

Nous dépassâmes plusieurs serres. Où que nous regardions, des draps séchaient sur les cordes à linge.

Au bout d'une impasse se trouvait l'emplacement prévu pour accueillir la piscine du lotissement, qui occupait sans aucun doute une place de choix dans la brochure du promoteur. Pour l'heure, ce n'était qu'un trou dans la terre, plus profond d'un côté que de l'autre, et qui attendait qu'on y coule du ciment.

A côté, il y avait un petit terrain de jeu. Une fille en robe d'été verte était assise sur une balançoire, ses cheveux châtains flottant au vent. Elle était avec moi à l'entraînement de foot : Molly Kopachek.

— Arrête-toi là ! lançai-je à mon père avant de baisser ma vitre. Molly ?

Elle releva la tête et noua ses cheveux en chignon relâché. Une année, nous avions joué ensemble, comme arrières, mais elle n'avait pas vraiment l'esprit de compétition. Au point qu'elle cueillait des pissenlits dans la surface de réparation pendant les matchs.

Elle sauta de la balançoire pour s'approcher de ma vitre, ses sandales crissant dans la poussière.

— Tu emménages ici aussi ? me demanda-t-elle.

Derrière elle se dressait une structure squelettique, une charpente qui laissait deviner une maison.

— On cherche juste mon grand-père, dis-je.

Elle ne l'avait pas vu, mais quand je prononçai le prénom de Chip, elle indiqua un pavillon de l'autre côté de la rue.

— Je crois qu'il y a un type de ce nom, là-bas.

Mon père coupa le contact.

La façade de la maison, partiellement peinte en gris, laissait apparaître du plâtre par endroits. Des pots de peinture étaient disséminés autour.

Une fille longiligne, en débardeur blanc, fumait une cigarette devant. Maigre et pâle, elle avait les cheveux coupés tout court et nous observa derrière ses immenses lunettes de soleil. Je pouvais voir le reflet du ciel dans ses verres. Il était partout, ce ciel, qui semblait plus grand dans le désert, plus visible que partout ailleurs.

— Vous êtes ses parents ? s'enquit-elle lorsque mon père la questionna sur Chip.

Des notes de guitare s'échappaient de la maison par vagues. Quelqu'un chantait. Il faisait si chaud que j'avais du mal à respirer.

— Nous voulons juste lui parler, répliqua ma mère.

La fille prit une longue inspiration, puis souffla. Elle tenait sa cigarette entre le majeur et l'index, près de sa hanche. La fumée avait une odeur différente, un parfum de clous de girofle.

— Je crois qu'il est derrière, finit-elle par lâcher.

Elle inclina la tête vers la porte d'entrée.

— C'est ouvert, ajouta-t-elle sans bouger.

Le salon ne contenait pas un seul meuble mais plusieurs sacs de couchage dont un, au moins, était occupé. Un ventilateur fixé au plafond tournait, ne brassant que de l'air chaud.

— Il y a quelqu'un ? lança mon père.

Il promena son regard autour de lui. Il ne semblait pas savoir où mettre les pieds. Une poubelle de recyclage avait débordé dans l'entrée. Des bouteilles de vin vides étaient entreposées sur le parquet comme des quilles.

La musique provenait de la cuisine, où deux filles, aussi élancées que celle du dehors et assises sur des chaises dépareillées, écoutaient un garçon jouer de la guitare, torse nu.

Il remarqua notre présence le premier. La musique cessa.

— Je peux vous aider ?

Les filles se tournèrent avec nonchalance vers nous. Elles avaient les yeux brillants et rouges. Elles éclatèrent de rire dès qu'elles nous aperçurent. Nous formions, ma petite famille et moi, un tableau étrange.

— Nous sommes à la recherche de Chip, expliqua mon père.

Ses mots, secs et tranchants, claquèrent dans l'atmosphère. J'avais l'impression de sentir, pour de bon, la léthargie de la maison, le rythme indolent avec lequel le temps s'y écoulait.

Les filles dirigèrent leurs regards vers la véranda, à l'arrière.

— Hé ! Chip ! l'appela le garçon. Ton père est là !

Les filles s'esclaffèrent et le garçon se remit à jouer.

C'étaient des étudiants, ou d'anciens étudiants – j'avais entendu dire qu'ils étaient des milliers à quitter l'université, à voler les horloges dans les salles de cours pour les casser dans la rue.

Chip était resté fidèle à lui-même : tee-shirt noir et short en jean noir, baskets noires et cheveux teints en noir. Il lisait un livre à l'ombre d'un parasol effiloché, dans un transat délavé. Il fut surpris de nous voir sortir de la cuisine.

— Qu'est-ce que vous faites ici ?

— Mon père t'a-t-il accompagné ? lui demanda mon père.

La question semblait soudain ridicule. Evidemment que mon grand-père n'était pas ici.

— Non, répondit Chip en posant le livre à plat sur ses genoux. Pourquoi ?

261

A quelques pas de lui, un jeune couple était enlacé sur une chaise longue. Ils ne nous remarquèrent pas, ou du moins ne nous prêtèrent aucune attention. Ils s'embrassaient langoureusement, et ma mère mit beaucoup d'ostentation à placer une main sur le côté de son visage, pour occulter ce spectacle.

Mon père montra à Chip un des prospectus que nous avions récupérés chez mon grand-père.

— Je sais qu'il pense aussi que le système horaire est de la connerie, dit Chip, mais s'il n'est pas chez lui, je n'ai aucune idée de l'endroit où vous pouvez le trouver.

N'étant délimité par aucune clôture, le jardin ouvrait sur le désert, où scintillait un vaste champ de panneaux solaires.

— C'est de là que provient notre énergie, m'expliqua Chip, suivant mon regard.

Les lignes électriques ne venaient pas jusqu'ici. L'eau devait aussi être acheminée.

— Vous devriez songer à nous rejoindre, reprit-il. Vous connaissez la devise des années 1970 : « Se déconnecter et se brancher. »

— C'est : « Se connecter et débrancher », rectifia ma mère, qui s'éventait d'un geste théâtral avec un magazine tiré de son sac. Allons-y.

Mon père nota le numéro de son portable sur un bout de papier qu'il remit à Chip.

— Si tu le vois ou entends parler de lui, appelle, s'il te plaît.

Chip nous raccompagna à la porte d'entrée. Nous dûmes retraverser la maison. Les filles riaient encore dans la cuisine ; elles paraissaient infatigables.

— Vous nous prenez sans doute pour des idéalistes qui se bercent d'illusions, décréta Chip alors que la fille, toujours devant le pavillon, s'allumait une autre cigarette. Mais c'est tout le contraire. Nous ne sommes pas dans le déni, nous.

Le vent, de plus en plus puissant, soulevait de la poussière et faisait tourbillonner des ordures dans la rue. Bientôt, nous quitterions cet endroit, et je guetterais les battements de mon cœur, à l'affût de la première accélération.

— C'est nous qui sommes réalistes, ajouta Chip. Et vous qui rêvez.

27

Un des oncles de mon grand-père avait disparu en Alaska. C'était en 1970, au début de l'été, et les jours duraient vingt-deux heures à proximité du cercle arctique. Trente ans plus tôt, ce pêcheur avait quitté la Norvège pour l'Alaska, où il était devenu une légende locale, grâce à son talent pour repérer les plus gros saumons lors de leur reproduction. Il vivait seul sur une minuscule île à quelques kilomètres de la côte. Il était économe. Il habitait une cabane sans électricité ni eau courante et il enterrait tout son argent dans un endroit secret de l'île. Mon grand-père travailla à ses côtés pendant deux saisons et conserva, longtemps, une petite photographie de son oncle en cuissardes et bonnet noir, tenant un filet emmêlé entre ses mains épaisses.

Un jour, cet oncle partit seul sur son bateau de pêche. C'était un petit trajet, du port à l'île. Le ciel était dégagé. La mer calme. On ne le revit jamais, pourtant.

« C'était en juin », avait l'habitude de répéter mon grand-père, comme s'il avait été présent.

Chaque fois qu'il racontait cette histoire, il balayait l'air du plat de la main pour symboliser une mer d'huile.

« La météo était parfaite, précisait-il. Pas un souffle de vent. »

On supposa un naufrage, pourtant mon grand-père n'ajouta jamais foi à cette théorie. Plusieurs fouilles dans la propriété de son oncle ne permirent pas de mettre au jour sa fortune.

« Rolf pouvait tout affronter sur l'eau, disait-il souvent. Il est impossible que ce bateau ait coulé. »

Quinze années passèrent. Personne n'eut de nouvelles de l'oncle.

Mes grands-parents entreprirent alors un voyage en Norvège – des années avant ma naissance. Ils prirent un bus pour gagner le nord du pays, où vivait la famille de mon grand-père. En cours de route, à l'arrêt d'un petit village de pêche, un vieil homme monta à bord.

« Je l'ai reconnu dès que je l'ai vu », aimait à dire mon grand-père.

A ce point de son récit, il secouait lentement la tête, fermait les yeux et sifflait doucement, satisfait d'avoir la preuve vivante de ce qu'il pressentait depuis longtemps.

« J'ai toujours su qu'il était en vie. Toujours. »

Mon grand-père avait un jour perdu son alliance sur une rive enneigée, qu'il avait retrouvée des mois plus tard, au printemps. La neige avait fondu. L'anneau doré, échoué dans la terre, avait regagné son annulaire. Mon grand-père aimait les histoires où l'impossible se produisait.

« Mais pourquoi Rolf avait-il disparu ? » demandais-je systématiquement.

Aux yeux de mon grand-père, ce n'était pas un élément crucial. A moins que les raisons qu'avait un homme de vouloir quitter sa vie lui paraissent trop évidentes pour les préciser.

« Je sais qu'il m'a reconnu dans ce bus, reprenait-il. Il n'a rien dit pourtant. A l'arrêt suivant, il s'est levé pour descendre. Sans jeter un seul regard en arrière. »

Mon grand-père n'avait jamais revu son oncle : ce dernier s'était évanoui dans les bois bordant la route.

« C'était lui tout craché, concluait-il, la voix crépitant d'admiration. Tout craché. »

Il était très tard à notre retour de Circadia. Dans notre rue ensoleillée et silencieuse, tout le monde, ou presque, dormait. C'était le creux de cette nuit en plein jour. On aurait pu croire que notre impasse avait été évacuée. Même Sylvia n'était pas dans son jardin. Le claquement de nos portières se répercuta sur les façades des pavillons. Portés par la brise, deux nuages filaient vers l'ouest. Le seul être vivant dehors, un chat siamois efflanqué, traversait la pelouse artificielle des Peterson.

Mes parents ne se couchèrent pas, appelant les hôpitaux les uns après les autres.

Je fermai mes rideaux et cherchai le sommeil. Des rais de lumière tombaient sur la moquette. Le tic-tac de mon réveil, sur ma commode, m'apparaissait plus rapide que jamais : tic-tac, tic-tac, tic-tac. Les minutes filaient. Les heures s'envolaient. Je dormis un peu. Je fis des rêves déplaisants. Des jours, des mois, des années, des vies entières... qui couraient tous à leur perte. A l'heure prévue, la sonnerie de mon réveil retentit : il fallait se lever. Je me réveillai en sursaut, le cœur battant la chamade, essoufflée et trempée de sueur entre mes draps.

Plus tard dans la matinée, la police appela pour prévenir qu'elle avait recueilli un homme âgé qui errait, déboussolé, dans un supermarché du coin. Mon père se rendit au commissariat pour obtenir la confirmation de ce que nous pressentions déjà . ce n'était pas mon grand-père.

28

Trois jours s'écoulèrent. Nous n'avions toujours pas de nouvelles de mon grand-père.

J'avais l'impression que Seth Moreno était, lui aussi, sorti de ma vie. Il arrivait de plus en plus tard à l'arrêt de bus, le matin. Il ne m'adressait pas la parole au collège. Nous n'avions pas échangé un seul mot depuis l'épisode des baleines. Je passais une grande partie des cours à m'interroger sur ce que j'avais fait de mal.

Pendant ce temps-là, les cycles continuaient à s'allonger. On parlait de points critiques, de boucles de rétroaction, de points de non-retour.

Plus tard, cette semaine-là, la NASA annonça que les spationautes reviendraient sur Terre en dépit des risques. Personne ne savait très bien dans quelle mesure le ralentissement affecterait leur retour. De toute façon, les stocks de nourriture de la station étaient épuisés. On procéda à des milliers de calculs, dont certains comportaient une part d'inconnu irréductible. On nous avait informés qu'Orion traverserait le ciel au sud de la Californie à 16 h 03 pour atteindre la base aérienne Edwards.

J'avais prévu d'être devant mon télescope à cette heure-là, seule.

Il faisait chaud cet après-midi-là quand je descendis du bus. Le soleil donnait depuis plus de vingt heures. L'asphalte étincelait. Une brise tiède soulevait les feuilles et les détritus à travers le lotissement.

Tout en prenant le chemin de la maison, je pensai aux spationautes qui avaient quitté la Terre huit mois plus tôt : ils étaient les derniers humains à n'avoir pas encore fait l'expérience d'une journée de plus de vingt-quatre heures.

Au moment de traverser un terrain vague, je fus surprise de voir Seth sur son skate-board. Il avait filé dès qu'il avait quitté le bus, mais il s'était arrêté là et faisait des sauts près d'une borne à incendie. Je m'interdis de regarder dans sa direction. Le choc sec de sa planche contre la bordure du trottoir résonnait régulièrement. Je ne ralentis pas.

Lorsque je tournai en direction de ma rue, pourtant, le bruit cessa. A sa place, j'entendis le son le plus incroyable : les trois syllabes de mon prénom confiées au vent.

— Oui ? répondis-je.

Une boule s'était formée dans ma gorge. Les autres élèves s'étaient dispersés maintenant. Il ne restait plus que nous deux et la poussière du terrain vague balayée par la brise.

— Tu vas regarder le vaisseau spatial ? demanda-t-il.

Nos ombres s'emmêlèrent sur le trottoir.

— Peut-être.

La timidité me rendait nerveuse.

— Je vais l'observer depuis mon toit.

Un souffle de vent passa. Plusieurs secondes s'écoulèrent.

— Viens, ajouta-t-il.

J'aurais peut-être dû lui en vouloir de sa conduite, cependant je ne me souviens que d'une chose, le mouvement de sa main lorsqu'il m'invita à le suivre, l'intonation qu'il donnait aux mots que mes oreilles mouraient d'envie d'entendre depuis plusieurs jours.

Dans le fatras de son garage, nous récupérâmes deux chaises longues rouillées, que nous traînâmes jusque dans la maison, puis hissâmes en haut de l'échelle, dans le grenier et, enfin, dehors. Nous les dépliâmes côte à côte sur une portion plate du toit, recouverte de papier goudronné et de monticules de fientes séchées. Seth redescendit nous chercher deux Coca et des bretzels, puis nous nous installâmes dans les transats pour attendre qu'Orion passe à toute allure au-dessus de nos têtes. Le ciel était dégagé. L'air chaud. Les chaises longues sentaient l'écran solaire et le sel. La proximité de Seth mettait mon corps en alerte. Je pouvais suivre sa respiration. Le silence s'étira un long moment.

— Pourquoi étais-tu comme ça l'autre jour ? finit-il par lancer.

Une vague de panique m'envahit.

— Comment ça ?

Il ne me regardait pas. Il avala une gorgée de soda avant de poser la canette sur le sol. Nous entendions les voitures qui fonçaient sur l'autoroute, au loin.

— Je ne sais pas, dit-il. Tu étais bizarre à l'arrêt de bus, la semaine dernière.

Mon ventre se serra ; j'agrippai le bras métallique du transat.

— Ce n'est pas moi qui étais bizarre, mais toi.

Il veillait à ne pas tourner la tête vers moi. J'apercevais son nez de profil, le contour anguleux de la partie gauche de sa mâchoire, son oreille, son œil, tandis qu'il regardait droit devant lui, en direction des montagnes à l'est. Il était plus beau que jamais. Après s'être raclé la gorge, il ajouta :

— On aurait dit que tu ne voulais pas qu'on t'adresse la parole.

— Ce n'est pas vrai ! ripostai-je. Pas vrai du tout. On prétend que les humains ont à leur disposition des centaines de langages pour se comprendre les uns les autres, qu'ils peuvent déceler des messages dans les mouvements les plus infimes du corps, dans les expressions les plus fugaces d'un visage, pourtant, étonnamment, ce matin-là, j'avais communiqué avec une efficacité incroyable l'opposé de ce que je désirais le plus au monde.

— Tu t'étais faite chic, et tout, dit-il. Pourquoi tu avais mis des vêtements aussi classes ?

J'avais du mal à respirer, mais j'éprouvais une légère excitation. Je tenais la preuve qu'il avait pensé à moi.

— C'est toi qui étais bizarre, insistai-je. Tu ne m'as même pas dit bonjour.

Il se tourna vers moi et me regarda pour la première fois depuis plusieurs minutes. Il avait des yeux marron foncé et uni, frangés de cils épais.

— Tu ne m'as pas dit bonjour non plus.

Ses lèvres s'étirèrent en un sourire aussi large que subit : je vis que ses dents de devant étaient légèrement de traviole.

— C'était mon anniversaire.

— Ah... Joyeux anniversaire, alors.

Personne n'aurait pu dire ce qu'il adviendrait de nous, mais dans l'immédiat, au moins, nous étions ensemble. J'étais heureuse.

— Attends, fit soudain Seth en se redressant. Quelle heure est-il ?

C'est lui qui s'en rendit compte le premier : Orion aurait déjà dû passer.

— Ça cloche quelque part, dit-il en fouillant de ses yeux sombres l'étendue déserte au-dessus de nos têtes.

Nous patientâmes quelques minutes supplémentaires, mais le ciel demeurait d'un bleu parfait et l'absence de traînée blanche était de mauvais augure.

Nous pressentîmes alors ce qui était arrivé. La télévision de Seth nous apprit les détails qui avaient présidé à la destinée tragique d'Orion. La navette s'était désintégrée à plus de trois cents kilomètres de la côte californienne, pour une cause encore inconnue. Les six hommes à bord avaient été tués.

Assis chacun à une extrémité du canapé, bien droits, Seth et moi suivîmes le flot continu de bulletins d'information. Déjà les chaînes diffusaient des images des spationautes datant du jour de leur départ, le visage reposé et guilleret, dans leurs combinaisons blanches éblouissantes. Leurs énormes casques, coincés sous un de leurs bras, jetaient des éclairs tandis qu'ils agitaient l'autre. On peinait à les reconnaître sur les dernières retransmissions vidéo : ils avaient tant maigri dans l'espace qu'il semblait presque naturel de les voir flotter en apesanteur, tandis qu'ils adressaient leurs rapports à Houston.

Nous n'ouvrîmes pas la bouche pendant un moment. Je changeai de position et le canapé couina. Il y avait des trous dans le cuir.

Seth parla le premier :

— Tu préférerais mourir dans une explosion ou de maladie ?

Je laissai la question en suspens. Sa mère était morte ici. Je ne voulais pas commettre d'impair

— Le truc, avec une explosion, ajouta-t-il, c'est que ça ne dure qu'une seconde.

29

Après ça, je passai souvent du temps avec Seth.

Notre amitié subite était de celles qui n'arrivent qu'aux jeunes ou aux condamnés. Le temps s'écoula différemment pour nous, ce printemps-là : une succession de longs après-midi qui valait autant qu'une année entière.

Je cessai de m'enfermer à la bibliothèque pendant la pause de midi pour aller m'allonger avec lui sous deux pins morts, à l'extrémité de la cour, où nous regardions les nuages. Seth me gardait un siège dans le bus, chaque matin et chaque après-midi.

Au début, je sentais sans arrêt les regards des autres sur nous. Ils nous observaient constamment. J'avais conscience de leurs bavardages. Bientôt je n'y prêtais plus attention : ils pouvaient penser ce qu'ils voulaient, ça m'était bien égal.

— Il a l'air d'un gentil garçon, me dit ma mère. Invitons-le à dîner.

Mais je voulais Seth pour moi seule. Je ne voulais le partager avec personne.

J'étais avec lui le jour où nous avons atteint le point critique et que la fameuse Question du Blé s'est posée. C'était officiel dorénavant : le blé ne pouvait plus pousser sur cette planète sans lumière artificielle. Depuis la pente d'une colline, nous regardâmes les chariots qui zigzaguaient sur le parking du supermarché, remplis d'un monceau de conserves. La panique avait fait son retour. On la sentait dans l'air, picotement, arrière-goût au fond de la bouche.

— Tu préférerais mourir de faim ou de soif ? lança Seth.

Nous avions pris l'habitude de jouer à ce petit jeu. Nous étions des gamins sérieux, que l'époque rendait encore plus sérieux.

— De faim, dis-je. Et toi ?

— De soif.

Il décocha un coup de pied dans une pierre, qui dévala au pied de la pente, soulevant de la poussière dans son sillage. Elle disparut dans un entrelacs de ficoïdes desséchées. Seth choisissait toujours la mort la plus rapide.

Il était chez moi quand la serre de ma mère fut livrée. Nous regardâmes ensemble les ouvriers la monter, à l'arrière. Le verre miroitait pendant qu'ils installaient les lampes à UV et déversaient le terreau. Ils déroulèrent un fil électrique orange avant de brancher la grosse prise à l'extérieur. Nous étions l'une des dernières familles de la rue à en faire l'acquisition. Ma mère l'avait commandée sans consulter mon père et, alors qu'elle creusait des trous pour ses plants dans le terreau, mon père l'observa depuis la table de la salle à manger, les bras croisés. Puis il monta. A la fin de la journée, nous avions deux rangs de haricots verts et trois de fraises au fond de notre jardin.

— Les fraises ne servent à rien, remarqua mon père. Puisqu'on a notre potager, autant faire pousser des champignons. Ils n'ont pas besoin d'autant de lumière.

Une vague de crimes frappa notre ville. Comme ils avaient lieu les nuits blanches, on accusa les adeptes du temps réel. Qui d'autre pouvait être dehors à une heure aussi avancée ? Les vitres de la voiture de Sylvia furent brisées devant chez elle. Son garage se couvrit du message suivant, en énormes lettres dégoulinantes : *Dégage.*

J'étais curieuse de savoir ce que mon père pensait de la situation, mais je ne l'interrogeai pas et il n'en dit rien.

J'eus l'impression que le temps passait à toute allure ce printemps-là. Les cheveux de Seth, redevenus longs, lui tombaient à nouveau dans les yeux. Je laissai pousser ma frange pour m'en débarrasser, et Seth me dit qu'il l'aimait bien, pourtant. Je me mis à me raser les jambes et j'achetai un vrai soutien-gorge – à ma taille, cette fois. Un après-midi, au clair de lune, Seth m'apprit à faire du skate-board ; je n'ai toujours pas oublié la pression de ses mains contre mon dos, lorsqu'il courait à côté de moi pour m'empêcher de perdre l'équilibre à cause des irrégularités du bitume.

Après le collège, nous descendions en expédition dans le canyon, à la recherche de squelettes d'oiseaux – ils étaient partout, une profusion d'os et de plumes, aussi nombreux que des coquillages. Nous partions en quête du dernier eucalyptus vivant, que nous trouvâmes, nous en étions convaincus, sur un promontoire de grès, près de l'océan. Nous collectionnions les derniers brins d'herbe du voisinage. Nous gardions les dernières fleurs de pâquerettes, soucis, chèvrefeuille. Nous

pressions les pétales entre les pages de diction-
naires. Nous entreposions sur nos étagères des
reliques de notre époque – « Regarde, nous imagi-
nions-nous dire un jour, cette feuille venait d'un
arbre qu'on appelait érable, celle-là d'un magnolia,
celle-là d'un tremble, et celle-là d'un chêne. » Les
jours d'obscurité, Seth dessinait des cartes des
constellations, comme si les corps célestes couraient
le risque, eux aussi, de tomber.

Son père était très souvent absent. Il partait de
bonne heure et rentrait tard. Sa présence se devinait à la tasse de café abandonnée dans l'évier, aux
mégots dans le cendrier sur la terrasse, à la blouse
de laboratoire jetée sur la rambarde. Il était un nom
sur le courrier qui s'amoncelait, sans avoir été
ouvert, en pile vertigineuse près de la porte d'entrée,
une voix sur le répondeur disant à Seth de
commander une pizza et de dîner sans lui. Mes
parents ne découvrirent jamais que le père de Seth
était rarement là quand je passais du temps chez
eux.

Nous étions seuls chez lui le jour de la coupure
d'électricité.

La télévision s'éteignit d'un coup, les lumières
aussi ; je lui agrippai la main dans le noir. Il était
16 heures. Le silence inonda la maison, comme s'il
allait nécessairement de pair avec l'obscurité. Il nous
restait seize heures, peut-être plus, avant le retour
du soleil. Je suivis Seth, qui rejoignit à tâtons la
porte et l'ouvrit à la volée : il faisait nuit dehors
également, une nuit préhistorique, où les étoiles
brillaient sans un bruit.

Ma mère m'appela sur mon portable.

— Ne bougez pas, me dit-elle. Enfermez-vous
chez Seth et ne laissez personne entrer.

Nous fîmes le tour des pièces à la recherche de lampes torches Nous nous cognions l'un dans l'autre et percutions les murs – nous eûmes même un fou rire en cassant une lampe. Seth alluma des bougies avec un briquet de son père et nous nous en servîmes comme de torches. Nos visages se couvrirent d'ombres. Nous nous demandions si cela pouvait durer, une vie après l'électricité.

Nous finîmes par nous asseoir sur le plancher du salon, éclairés par leurs flammes tremblotantes. Seth sortit un jeu de cartes.

— Regarde, dit-il avant de commencer de bâtir une tour.

La maison était si calme que j'entendais le frémissement des cartes l'une contre l'autre. Seth semblait plus vieux à la lueur des bougies. Je l'observai un long moment.

— A ton tour, me proposa-t-il en me tendant les cartes, le regard brillant.

Ma main tremblait et je craignais de tout faire s'écrouler.

— T'inquiète pas, dit-il, les niveaux supérieurs sont toujours plus difficiles.

Depuis des semaines je brûlais de parler à Seth de Sylvia et de mon père ; il me paraissait soudain possible, dans la pénombre, de prononcer les mots tout haut. Je pris une profonde inspiration et déglutis.

— Je vais te confier un secret.

Seth s'interrompit et leva les yeux vers moi.

— J'ai vu mon père chez Sylvia.

J'eus alors une conscience suraiguë du silence, de l'absence de bourdonnement du réfrigérateur, de la disparition des chiffres lumineux de la box du câble.

— Comment ça ? demanda-t-il.

— Je les ai vus, tu sais... ensemble.

277

Maintenant que je l'avais dit, les faits me paraissaient encore plus réels qu'avant. Seth ne réagit pas immédiatement. Je patientai. Puis il inclina juste la tête, comme si la vie lui avait appris à attendre de telles surprises. Il ne parlait jamais de sa mère – et j'avais compris qu'il ne fallait pas poser de questions –, mais je percevais parfois l'absence de celle-ci dans les réactions de Seth face à certains événements ; il semblait déjà savoir à l'époque que tout était sous-tendu par un chagrin universel.

— Ta mère est au courant ? finit-il par dire.

— Je ne crois pas. Je ne suis pas certaine.

Il ajouta trois cartes à sa tour. La structure vacilla légèrement, et Seth écarta ses mains sans les reposer, les laissant suspendues : on aurait dit qu'il commandait une force invisible. Le château de cartes resta debout.

— Ce n'est pas juste pour ta mère, dit-il. Et je déteste l'injustice.

J'acquiesçai :

— Moi aussi.

Nous n'ajoutâmes pas un mot, cependant le secret vibrait entre nous. J'étais soulagée d'avoir parlé. J'étais soulagée que ce garçon me connaisse. Plus tard, après que les cartes se furent écroulées et que les bougies se furent entièrement consumées, nous enfilâmes nos maillots de bain pour plonger dans les eaux noires du jacuzzi. On ne voyait absolument rien à part les étoiles. Nos jambes s'effleuraient sous la surface. Seth se pencha vers moi et m'embrassa. Je lui rendis son baiser. J'étais plus heureuse que je ne l'avais été depuis longtemps.

Deux heures plus tard, l'électricité était rétablie.

Les autorités imputèrent la coupure aux lampes à UV et aux serres, qui sollicitaient trop le réseau. Le rationnement énergétique fut mis en place.

278

Pas de lumière allumée après 22 heures. Pas d'air conditionné à moins de trente degrés. Pourtant, les serres industrielles continuèrent à engloutir l'électricité. L'ensemble de nos cultures prospéraient sous des lampes à sodium. Toutes les fermes du pays dépendaient de ces soleils artificiels.

Un jour, au milieu de ce printemps-là, une épaisse enveloppe rose fit son apparition dans chacune de nos boîtes aux lettres, annonçant à l'encre pailletée les détails de la fête que Michaela organisait pour ses douze ans à l'hôtel Roosevelt. Pour la première fois, j'étais invitée à une grande soirée et je me demandai si c'était à cause de Seth. Quelques mois plus tôt, j'aurais décacheté cette enveloppe avec un mélange de gratitude et de joie.

D'un commun accord, Seth et moi déclinâmes l'invitation.

— Je déteste ces machins, observa-t-il. Et Michaela me tape sur le système. Regardons plutôt des films chez moi.

— Tu ne viens pas ? s'étonna celle-ci le lendemain. Tu plaisantes, là, Julia ?

Elle avait invité une centaine d'autres personnes : il y aurait beaucoup de monde.

— Ce n'est pas mon truc, dis-je.

D'un air pincé, elle rétorqua :

— Ça veut dire que Seth non plus ?

Une fierté infinie m'envahit à l'idée que Michaela nous associait, lui et moi.

— Je crois, oui.

Elle se mordit la lèvre avant de conclure, les mains sur les hanches :

— Très bien. Faites comme vous voulez. Je me fiche que vous veniez ou pas, bande de nazes.

C'était moi qui me fichais de ce qu'elle pouvait bien penser, elle qui s'éloignait dans sa minijupe en faisant claquer ses tongs à strass sur le ciment de la cour du collège.

Certains jours, la chaleur devenait dangereuse. Nous n'étions qu'en avril, mais on nous recommandait de ne pas sortir lorsque l'ensoleillement dépassait les vingt-cinq heures. Des records de température furent battus à cette époque.

La météo pouvait tout aussi bien basculer à l'extrême inverse. Un matin noir, au réveil, je découvris un spectacle miraculeux.

— Nom de Dieu, lâcha ma mère.

Je regardai par la fenêtre : de la neige.

Nous étions en Californie, au niveau de la mer, au printemps. Plus de dix centimètres s'étaient accumulés pendant notre sommeil et les flocons continuaient à tomber. Les températures avaient chuté régulièrement à mesure que les nuits s'allongeaient. A présent, le quartier scintillait d'une lueur bleutée au clair de lune : voitures enrobées de sucre, clôtures givrées, croûte de neige sur les tuiles. On aurait dit que les trottoirs avaient été refaits. Les pelouses artificielles avaient disparu sous un drap uniforme et soyeux. Nos rues étincelaient.

Seth vint me chercher. Il portait une parka rouge que je n'avais jamais vue et un bonnet élimé, posé de guingois. Des flocons de neige fondaient sur ses épaules.

— On doit aller faire de la luge, dit-il, brandissant le bodyboard bleu qu'il avait apporté.

J'enfilai mon manteau à la hâte et le suivis dans la rue blanchie.

— Attends ! me retint ma mère. Je ne suis pas sûre de vouloir te laisser sortir.

— Helen, intervint mon père, c'est juste de la neige.

Nous étions des enfants de la plage, du soleil. Nous ne connaissions rien à la neige. Je n'en avais jamais vu tomber, je ne savais pas qu'elle était si légère au début, qu'elle cédait si facilement sous les semelles, je n'avais jamais entendu ce crissement unique. Je ne savais pas, avant ce jour, que la neige étouffait tous les sons, assourdissant à sa façon le vacarme du monde.

Nos garages ne contenaient ni pelle à neige ni souffleuse. Nos voitures n'avaient pas de pneus spéciaux. Le chasse-neige le plus proche était à cent cinquante kilomètres de là, dans la montagne. Et voilà comment nous nous retrouvâmes bloqués par la neige. Les portes du collège restèrent fermées et mon père eut sa journée pour lui. Il ne nous restait qu'à nous jeter dans la poudreuse pour y dessiner des anges, ou faire des bonshommes de neige, ou dévaler la colline la plus proche sur une luge de fortune. Tous les jeunes du quartier envahirent les rues. Nous attrapions des flocons avec la langue, les laissions fondre sur nos cils et dans nos mains.

Tony, notre chat de Californie du Sud, découvrait la neige pour la première fois – désagréablement surpris, il secoua la patte avant de se réfugier dans la maison. Mon père éclata de rire en le voyant, ce qui ne lui était peut-être pas arrivé depuis la disparition de mon grand-père. Il consacrait ses week-ends à se rendre dans les différentes communautés, à la recherche de son père. Une première visite conduisait souvent à une seconde, dans un endroit un peu plus retiré au cœur du désert ou perché dans les montagnes. Il y avait des dizaines de communautés, disséminées dans l'Etat. Il distribuait des affichettes avec la photo de mon grand-père partout où il mettait le pied. Nous n'avions pas de nouvelles depuis six semaines. Nous avions du mal à croire que ce dernier laisserait passer autant de temps sans écrire – commençant à redouter qu'il lui soit arrivé quelque chose, je gardais mes inquiétudes pour moi.

— J'espère qu'il voit ça, dit mon père en se penchant pour toucher la neige. Où qu'il soit.

Il en remplit ses mains, puis forma une boule qu'il lança dans ma direction. Plus tard, il nous aida à faire un bonhomme dans notre jardin.

La neige fondrait entièrement dès le retour du soleil. Ce jour-là, toutefois, la beauté fut, momentanément, rendue au monde.

Je ne prêtai qu'une attention distante à ma mère, boule de nerfs en peignoir vert, se tenant à l'écart.

— Ce n'est pas normal, répétait-elle d'une voix à peine audible au milieu des cris de joie des enfants. On est en Californie, ajoutait-elle sans s'approcher de la neige. Ce n'est pas normal.

30

Un jour, nous entendîmes un bruit étrange dans le ciel : un froissement ou un déchirement, un bruissement de cellophane dans le vent.

Provenant de toutes les directions, le bruit se prolongea trois minutes. Il fut perçu – certaines diraient même « ressenti » – de Mexico à Seattle. On ne vit rien en revanche. Ce qui avait perturbé l'atmosphère demeurait invisible aux yeux des humains.

Durant les heures d'obscurité qui suivirent, une grande traînée verte fut repérée à l'horizon. Des milliers de caméras filmèrent ses ondulations, ses mouvements de flamme. Simultanément, les systèmes de navigation tombèrent en rade. On perdit le contact avec certains satellites. Et ma mère connut l'une de ses pires crises, perdant l'équilibre et s'affalant sur le sol de la cuisine, comme si elle était sur le pont d'un navire qui tanguait dangereusement. Pendant un temps, elle fut incapable de tenir debout.

Lorsque le soleil réapparut, la nouvelle était officielle : le champ magnétique terrestre était victime d'une transformation.

Avant le ralentissement, on ne connaissait que peu de choses sur l'effet dynamo. Il relevait davantage de la spéculation que de l'observation de faits, une hypothèse élégante qui, à l'instar de la théorie des cordes, se situait à la croisée de la science et de l'imaginaire. Invérifiée et invérifiable, la théorie de l'effet dynamo n'était qu'une spéculation séduisante, suggérant que le champ magnétique terrestre dépendait de la rotation régulière de notre planète.

Des millions d'années durant, ce champ magnétique avait protégé la Terre des radiations du soleil ; le septième mois après le début du ralentissement, il commençait à diminuer. Une énorme brèche, l'anomalie magnétique de l'Amérique du Nord, s'ouvrit au-dessus de la moitié ouest du continent.

Ce n'était pas la première fois que j'entendais le mot « radiation », mais si on m'avait demandé de le définir avant ce jour-là, je l'aurais sans doute associé à des événements historiques, à la bombe atomique et aux guerres du siècle précédent.

Dorénavant, nous apprenait-on, des radiations envahissaient les couches supérieures de l'atmosphère. Avions et satellites étaient redirigés dans toute la région. Le gouvernement insistait sur ce point : la menace pour les humains était minime, cependant il était conseillé d'éviter toute exposition au soleil... au cas où. Il faudrait du temps pour déterminer les risques réels.

Voilà comment, alors que les cycles flirtaient avec les soixante heures, les parcs d'attractions et les centres commerciaux en extérieur décidèrent de fermer pendant les heures de jour. Certaines rencontres sportives furent annulées ou déplacées dans des stades couverts. Les serres industrielles furent recouvertes de toile – les radiations pouvaient aussi bien tuer les cellules des plantes que les nôtres

A partir de ce moment-là, les cultures ne subsistèrent plus que grâce à la lumière artificielle.

A l'époque, bien sûr, nous espérions que ces mesures seraient temporaires. Toutes les huiles répétaient la même expression implacable : « par simple mesure de précaution. » Bien plus tard, seulement, je viendrais à voir en ce changement non pas un autre phénomène étrange mais une modification différente, radicale.

Ma mère prit ces mises en garde très au sérieux, mon père aussi. Tout comme les établissements scolaires. Nos déplacements en plein jour se limitèrent aussitôt au trajet du bus scolaire, qui avait été pourvu de stores occultants. Nous gardions nos rideaux constamment fermés. Nous attendions l'obscurité pour faire nos courses. Chaque fois que le ciel s'éclaircissait, nous nous calfeutrions à l'intérieur afin de nous protéger des radiations.

Nous avalions des comprimés de vitamine D pour compenser son apport naturel dont nous nous privions en restant à l'écart du soleil. Nous nous terrions en attendant le feu vert des autorités.

Ce furent des journées maussades. Des journées qui semblaient s'éterniser. Ma mère ne m'autorisait pas à quitter la maison sauf pour aller au collège, si bien que je voyais moins Seth. Je passais mon temps seule dans ma chambre, guettant la liberté que m'apporterait la nuit.

Le coucher de soleil revêtit une nouvelle importance pour moi. Quelques minutes après qu'il avait sombré à l'horizon, on frappait à la porte : Seth émergeait du crépuscule.

« Salut, disait-il.

— Salut », répondais-je avant de l'inviter à entrer.

Les jours noirs, nous passions l'essentiel de notre temps ensemble.

Je n'avais pas vu Sylvia depuis des semaines. Ses rideaux restaient constamment tirés ; mon télescope ne m'était d'aucune utilité. Impossible de savoir ce qui se tramait chez elle. Ses roses, comme toutes les autres, étaient mortes, mais elle n'avait pas pris la peine de nettoyer son jardin. Des buissons décharnés bordaient ainsi le chemin de gravillon qui menait à son garage. Elle ne s'était pas non plus occupée de sa pelouse, contrairement à tous les autres voisins. Aucun gazon artificiel ne remplaçait l'ancien. Une fine couche de poussière recouvrait en permanence le trottoir devant chez elle. On ne la voyait pas sortir. Le graffiti avait été hâtivement masqué à grands coups de peinture marron, qui tranchait sur le garage blanc. La bâche en plastique calfeutrant le trou dans son toit, jamais réparé, jaunissait lentement.

Les gamins colportaient des histoires inquiétantes à son sujet et traversaient la rue pour éviter de passer devant chez elle, quand ils ne se mettaient pas au défi d'aller donner un coup de sonnette – aucun n'avait le cran de le faire. Je vis un jour deux témoins de Jéhovah, qui, après avoir examiné le pavillon, s'éloignèrent sans frapper, renonçant à partager leur message. Si mon père lui avait à nouveau rendu visite, c'était à mon insu. A ce que je pouvais en dire, personne n'était entré chez Sylvia et personne n'en était sorti.

— Peut-être qu'elle attend les nuits blanches, suggéra Seth. Pendant que tout le monde dort.

Allongés chacun sur un canapé dans son salon, nous mangions de la glace dans des bols métalliques, jouissant des dernières heures d'obscurité. Par les fenêtres, nous regardions apparaître les premières lueurs dans le ciel – les aurores boréales étaient presque descendues jusqu'à l'équateur, nouvelle conséquence de la transformation du champ magnétique. On parlait même d'aurores médianes, dorénavant.

— Peut-être, dis-je.

— C'est ce que je ferais à sa place.

— Peut-être qu'elle a déménagé, ajoutai-je.

Seth soupesa cette possibilité ; il tapotait ses dents de devant avec sa petite cuillère.

— Sans sa voiture ? souligna-t-il.

Nous avions remarqué que les journaux ne s'entassaient jamais longtemps sur le paillasson de Sylvia avant de disparaître. De même, la boîte aux lettres ne débordait pas.

— Je pense qu'elle est toujours là, conclut-il.

Les lumières du salon clignotèrent. Ça arrivait de plus en plus fréquemment. Nous dépensions une quantité croissante d'énergie.

— Je sais ce qu'on devrait faire ! lança-t-il.

Il se redressa d'un bloc et posa son bol vide sur la table basse. J'eus une vision fugace de son ventre bronzé. J'aimais bien la façon dont sa hanche saillait au-dessus de sa ceinture.

— On sortira en douce, une nuit blanche, et on verra bien si elle met le nez dehors.

Les mots avaient à peine franchi ses lèvres que je sus : nous le ferions le soir même. C'était trop tentant. Sylvia était l'un des rares spécimens vivants que nous puissions encore observer : la seule vraie partisane du temps réel que comptait encore le quartier.

J'appelai ma mère pour lui annoncer que je dormirais chez Hanna. J'avais de plus en plus de facilité à mentir.

287

— Ah, d'accord, me répondit-elle d'une voix ensommeillée. Je le savais. Que vous finiriez par vous réconcilier. Toutes les deux.

Je devinai, aux secondes qui s'écoulaient entre chaque groupe de mots, qu'elle se remettait d'une nouvelle crise de vertiges. Elle ne m'aurait pas crue si elle avait été en forme. Je n'avais pas mis les pieds chez Hanna depuis des mois.

— Mais, Julia, ajouta-t-elle, promets-moi de faire attention au soleil.

— C'est promis.

Cette nuit-là, pourtant, nous ne tînmes pas compte des précautions.

Je passai la soirée seule avec Seth, près de la piscine, où nous vîmes l'aube pointer derrière les collines – il y avait des semaines que je ne l'avais pas vue de mes propres yeux. Les anciens levers de soleil n'avaient jamais été une source de joie aussi infinie que ceux-ci, plus rares, et désormais frappés d'interdit : ils arrivaient comme une sorte de grâce et provoquaient une réaction chimique d'euphorie. Le père de Seth rentra aux environs de 21 heures.

— Julia ferait sans doute mieux de rentrer maintenant, remarqua-t-il au moment de monter se coucher.

— Elle s'en va tout de suite, répondit Seth.

Je hochai la tête. Le père de Seth se frotta la barbe ; il avait l'air exténué.

— Bonne nuit, alors, dit-il avant de monter dans sa chambre.

Je ne rentrai pas chez moi, cependant.

Etendus sur des chaises longues, Seth et moi, nous attendîmes dans le petit jour, nous attendîmes, attendîmes, attendîmes que le soleil touche notre peau. Et lorsque ce fut enfin le cas, nous laissâmes ses rayons chauffer nos corps jusqu'à l'évanouissement, puis nous nous réfugiâmes, chancelants et enivrés, à l'ombre.

J'appris plus tard que les radiations représentaient un plus grand danger pour les enfants que pour les adultes. Nous étions plus petits, incomplets. Nous avions plus de temps pour permettre aux cellules abîmées de devenir cancéreuses. Nos cerveaux se développaient encore. Des régions entières n'étaient pas encore complètes, essentiellement, nous le comprendrions alors, le cortex préfrontal, siège de la prise de décision et de l'anticipation, de l'évaluation des risques et des conséquences.

Dans d'autres foyers, l'état de santé des malades s'aggravait. Les cas de mal de la gravité se multipliaient dans la région. Les projections concernant l'avenir se faisaient de plus en plus pessimistes. Seth et moi nous sentions bien, toutefois. Nous nous sentions mieux que bien. Parfois, la mort est la preuve que la vie existe. Parfois, le déclin s'accompagne d'un certain brio. Nous étions jeunes et affamés. Nous étions forts, de plus en plus, et éclatants de santé.

A minuit, nous nous échappâmes. C'était une nuit splendide. Dans ma mémoire, je la vois plus lumineuse que jamais, toutefois c'était une illusion – les radiations étaient invisibles à l'œil nu.

A quatre cent cinquante kilomètres au nord de là, Yosemite brûlait. Les arbres morts s'embrasaient comme de rien. La fumée descendait vers nous, si ténue qu'elle formait une brume blanchâtre donnant à nos ciels une luminosité inédite et diffuse.

Les rues étaient plongées dans le silence. Pas un mouvement. Toutes les fenêtres de toutes les maisons étaient masquées et nous étions les seuls dehors à une heure aussi tardive. Puisqu'il était inutile de s'embêter avec les trottoirs, nous marchions au beau milieu de la chaussée. On aurait cru que l'âge de l'automobile était révolu.

— On peut faire tout ce qu'on veut, dit Seth avant de s'agenouiller sur la route, puis de s'étendre sur le dos, visage tourné vers le soleil de minuit.

Je m'allongeai à côté de lui, les cheveux formant une flaque autour de ma tête, l'asphalte brûlant contre ma peau.

— Ferme les yeux, murmura-t-il.

J'obtempérai. Nous restâmes plusieurs minutes dans cette position, aveugles et vulnérables. L'odeur âpre du bitume avait quelque chose de romantique, une poussée d'adrénaline due au danger. Un bruit finit par nous faire sursauter. J'ouvris grands les yeux : ce n'était qu'un chat qui détalait sur le trottoir.

Nous dépassâmes l'arrêt de bus, poussiéreux et désert, le centre commercial, où les stores avaient été baissés pour la nuit. Nous attardant sur le parking, le plus paisible du monde (il n'y avait pas un véhicule), nous fîmes semblant d'être des visiteurs d'une planète lointaine : à quoi pouvaient donc servir cette immense étendue vide, ces rangées de hachures blanches par terre ?

Puis nous dévalâmes la colline menant à ma rue, suivis de nos ombres étirées dans la faible clarté. Nous atteignîmes bientôt le pavillon de Sylvia. Mon père était de garde, mais ma mère était chez nous, endormie, ou pas, juste en face. Ayant peur d'être attrapée, je convainquis Seth qu'il fallait s'accroupir derrière une voiture.

De près, on pouvait toujours, malgré la peinture marron, lire le graffiti sur la porte du garage, les lettres dégoulinantes qui clamaient : *Dégage !* Je me demandai à quoi ressemblait la maison à l'intérieur, si Sylvia avait fait enlever son piano ou s'il était toujours en mille morceaux sur son parquet. J'imaginai un champ de ruines : le plancher qui s'affaissait, les étagères renversées, le macramé usé jusqu'à la corde. Le seul bruit provenait des lignes électriques qui couraient au-dessus de son toit en bourdonnant légèrement.

Le portail sur le côté, ouvert, donnait sur un enchevêtrement d'épineux morts.

— Passons par là, suggéra Seth.

Sans me laisser le temps de protester, il s'engouffra dans le jardin de Sylvia. J'aimais le voir en pleine lumière ; filant le long des murs, il plissa les yeux au moment de tourner la tête vers moi et de me faire signe de le suivre, ce que, bien sûr, je fis. Adossés au flanc de la maison, nous rîmes le plus discrètement possible, les épaules frémissantes, incapables de reprendre notre souffle. Nous étions des adolescents. Nous bravions l'interdit et nous étions amoureux.

Nous risquâmes un coup d'œil par une fenêtre, mais les rideaux étaient fermés. Il n'y avait aucun signe de Sylvia.

L'alternance naturelle de jour et de nuit prenait à présent soixante heures. Si Sylvia vivait toujours là, elle ne pouvait tout bonnement pas dormir tant qu'il faisait noir, ni rester éveillée pendant les trente heures de clarté. Enfin, nous n'avions aucune certitude à ce sujet. Et nous ne désirions rien tant que cela : découvrir tout ce qu'il y avait à découvrir.

Nous aurions pu attendre dans ce jardin des heures sans jamais la voir, pourtant la porte sur le côté s'ouvrit soudain, et elle apparut, plus maigre que jamais dans une robe en lin orange, pieds nus.

Cachés derrière les poubelles, nous la vîmes se diriger vers le garage. Après avoir balayé la rue du regard, deux fois, elle rentra comme une voleuse chez elle et en ressortit avec deux cartons, scellés par du scotch. Elle les posa devant la porte du garage avant de disparaître à nouveau à l'intérieur.

— Tu avais raison, murmurai-je. On dirait bien qu'elle n'a pas bougé d'ici.

Hochant la tête, Seth plaça un index devant ses lèvres.

Sylvia reparut avec deux cartons supplémentaires. Elle sortit de notre champ de vision, cependant le cliquetis de ses clés nous parvint, suivi du bruit de son coffre de voiture qu'elle soulevait et rabattait.

Seth tenta d'étouffer une légère quinte de toux dans sa main, mais elle débuta au moment où Sylvia passait juste à côté. Son regard tomba sur nous.

— Doux Jésus, lâcha-t-elle, une main sur la poitrine. Vous m'avez fait peur. Qu'est-ce que vous fichez là ?

Nous nous étions relevés, toutefois nous n'ouvrîmes pas la bouche. Nous nous sentions fautifs.

Sylvia jeta un coup d'œil nerveux à la porte. La fluidité habituelle de ses mouvements, si gracieux, avait été remplacée par une posture sévère : les bras croisés, elle se mordillait nerveusement la lèvre inférieure.

— Eh bien ? insista-t-elle.

Nous ne décrochions toujours pas un mot.

— Je crois que vous devriez rentrer chez vous. Immédiatement.

Je ne l'avais jamais entendue employer un tel ton. En tant que professeur, elle savait déployer des trésors de patience et de placidité.

— Vous n'avez rien à faire ici, ajouta-t-elle, la voix montant dans les aigus.

La porte grinça dans son dos. Elle ferma les yeux.

Alors, il apparut. Mon père, une valise marron dans chaque main.

Je n'aurais sans doute pas dû être surprise de le voir sortir de chez elle, mais ce fut le cas. Il se figea en nous découvrant. Je l'entendis retenir son souffle. Il déposa les valises à terre.

— Qu'est-ce que vous fabriquez ici ? demanda-t-il.

Il nous considéra successivement, Seth et moi. Une paire de lunettes de soleil était accrochée à la poche de sa chemise. J'étais trop abasourdie pour répondre.

— Je croyais que tu passais la nuit chez Hanna, reprit-il.

Il s'apprêtait à poursuivre, lorsque Seth l'interrompit :

— Elle croyait que vous, vous passiez la nuit à l'hôpital.

Il semblait remonté, prêt à en découdre.

— Ne me parle pas sur ce ton, lui rétorqua mon père. Je m'adresse à Julia.

Il remarqua subitement que le portail était ouvert et la panique déforma ses traits : si ma mère venait à se réveiller, si elle s'approchait d'une fenêtre, elle aurait une vue plongeante sur notre petite assemblée.

— Merde... lâcha-t-il.

Ce fut la première fois que je constatai l'existence de cette distance irréductible entre le père et l'homme. N'importe quel passant aurait décrypté, de loin, les signes d'irritation chez lui : la précipitation pour refermer le portail, les mouvements brusques trahissant la colère.

— Où vas-tu ? demandai-je.

— Nulle part, répondit-il.

Les valises constituaient une preuve criante contre lui, cependant.

— Dis-moi la vérité, insistai-je.

Sylvia entreprit de s'esquiver. Elle flottait, presque imperceptiblement, vers la maison.

— Je veux que tu rentres immédiatement, riposta-t-il.

Il indiqua notre pavillon, à peine visible par-dessus la palissade : à la fois si coquet et si triste, avec sa façade blanche toute simple qui brillait au soleil. Notre maison.

— Non, répondis-je.

Sylvia referma doucement la porte derrière elle.

— Tout de suite, s'entêta mon père.

Je ne reculai pas d'un centimètre. Peut-être était-ce dû à la présence de Seth à mes côtés, ou peut-être au soleil.

— Je ne rentrerai pas, dis-je.

Seth me saisit la main.

— Il ne peut pas t'y obliger, observa-t-il. Tu pourrais aller tout raconter à ta mère, si tu voulais.

La rage se peignit sur les traits de mon père. Une rage incrédule.

— Ta mère et moi avons déjà discuté de ça.

— Je ne te crois pas ! fis-je tandis que les premières larmes de colère roulaient sur mes joues.

Je sentis la main de Seth dans mon dos.

— Si tu ne veux pas rentrer, va chez Seth dans ce cas.

Mon père m'implorait à présent. Je ne l'avais jamais vu faire une chose pareille.

— S'il te plaît, reprit-il, c'est dangereux d'être dehors si tard, et tu ne devrais pas t'exposer aux rayons du soleil.

Au terme d'une courte discussion, je finis par céder, mais refusai de le laisser nous conduire là-bas. Il nous suivit dans sa voiture, adaptant sa vitesse à celle de nos pas. Seth ne me lâcha pas la main du trajet. J'avais l'impression d'être la spectatrice de la vie de quelqu'un d'autre, plus adulte, qui connaissait ces drames étranges n'ayant lieu qu'au cœur de la nuit.

Lorsque nous atteignîmes la maison de Seth, mon père m'appela :

— Julia ! Je ne dirai pas à ta mère que tu as menti au sujet de Hanna.

Il marqua une pause. Le ventilateur du moteur se mit à ronronner.

— D'accord ?

— C'est toi, le menteur.

— Julia, répéta-t-il.

Je ne répondis pas, cette fois. J'ignorais quand je le reverrais.

Toujours main dans la main, Seth et moi traversâmes l'étendue de terre battue où se trouvait, autrefois, la pelouse. Nous gravîmes les marches du perron et nous faufilâmes à l'intérieur sans réveiller son père.

Les rideaux occultants plongeaient le salon dans la pénombre. Il était tard, presque 2 heures.

— Tu devrais le dire à ta mère, remarqua Seth avant de bâiller et de s'allonger sur la moquette.

Je m'étendis sur le canapé, les yeux rivés au plafond. Plusieurs minutes passèrent. Quelque part un robinet gouttait. Le réfrigérateur ronronnait. Dehors, le soleil écrasait la nature.

— Elle l'apprendra de toute façon, conclus-je.

En me tournant vers Seth, je constatai qu'il s'était endormi. Roulé par terre, en tee-shirt et short. Je me laissai bercer par le bruit rassurant de ce garçon qui

295

respirait à côté de moi. J'observai le léger papillote-
ment de ses paupières, pendant qu'il rêvait. Ça ne
me suffisait pas d'être près de lui. J'aurais aimé voir
de quoi ses rêves étaient faits. J'aurais été prête à
m'y rendre avec lui.

31

Ce ne fut qu'au réveil, le lendemain matin, que nous découvrîmes les brûlures. Les pires coups de soleil de notre vie.

Fiévreux et assoiffés, nous avions le corps rouge vif. Rien que plier les genoux nous faisait mal. Ou tourner la tête. Seth courut vomir dans la salle de bains. Je me souviens encore parfaitement de son expression après, lorsqu'il s'allongea sur le canapé en toussant. Dans ses yeux embués de larmes, je lus de la peur.

A mon retour chez moi, ma mère fut horrifiée. De petites pelures blanches recouvraient déjà mes joues.

— Bon Dieu, dit-elle. Je t'avais pourtant demandé de ne pas t'exposer.

Elle revint à la vie ce jour-là, comme si mes brûlures étaient le remède. Elle passa du temps à étaler de l'huile d'aloe vera sur mon visage. Le contact de ses doigts, et le picotement qui l'accompagnait, me donnait l'impression d'être redevenue toute petite.

— C'était ton idée ? demanda-t-elle. Celle de Hanna ? Et où étaient fourrés ses parents, bon sang ?

J'étais incapable de la regarder dans les yeux.

— Je veux que ton père t'examine dès qu'il aura franchi cette porte.

De minuscules morceaux de peau morte collaient à ses mains.

— Il rentrera de l'hôpital dans une heure.

Si j'espérais qu'elle avait raison, je savais qu'un changement s'était produit dans la nuit, une décision radicale qui avait pris la forme de deux valises. Mon père et Sylvia pouvaient être au Nevada à l'heure qu'il était, ou avoir remonté la moitié de la côte californienne. Je ne dis rien à ma mère, cependant. J'attendis que la réalité s'impose d'elle-même.

Elle inspecta mes joues. De près, elle paraissait plus vieille, les rides autour de ses yeux étaient plus profondes, son visage entier évoquait les pétales séchés que Seth et moi avions collectés.

Elle me fit me retourner, souleva mon tee-shirt. Je portais la brassière de sport blanche que j'avais achetée, en secret, lors de ma seconde expédition au supermarché. Je fermai les yeux et me préparai à sa réaction. Elle ne fit aucune remarque. Je n'entendis que le cri étouffé qui lui échappa lorsqu'elle découvrit mon dos.

— Bonté divine, Julia, tu ne portais pas de tee-shirt ?

Le soleil s'était doté d'une nouvelle caractéristique inquiétante : il nous avait brûlés à travers nos vêtements.

Ce matin-là, un camion de déménagement se gara devant chez Sylvia. A travers mes rideaux, je suivis le périple des cartons que les deux déménageurs se passaient sur la terre battue. Ils contenaient des lampadaires, des tapis à poils longs, deux paniers remplis de pelotes de laine, des mètres et des mètres

298

de macramé. Les meubles suivirent : la vieille table de la salle à manger, rustique, le canapé en velours marron, deux fauteuils capitonnés, un cadre de lit, la cage aux oiseaux vide. Le chargement du camion prit toute la matinée, mais Sylvia ne pointa pas le bout du nez. Sa voiture avait déjà disparu. Une tache d'huile séchait devant la porte du garage.

Les déménageurs finirent par partir.

Midi arriva et passa, mon père n'avait toujours pas donné signe de vie. Ma mère essaya de le joindre sur son portable. Il ne décrocha pas.

— Sa garde devrait être terminée à l'heure qu'il est, observa-t-elle.

Je ne pipais mot, cependant la réalité se faisait aussi menaçante qu'un orage à l'horizon – j'aurais pu prévoir l'avenir : mon père ne rentrerait pas. Et cette donnée semblait en recouvrir d'autres, plusieurs autres : l'amour s'usait et les humains échouaient, le temps passait, les pages se tournaient.

Aux environs de midi et demi, ce jour-là, les lumières vacillèrent. Quelques minutes plus tard, elles s'éteignirent.

— Merde, lâcha ma mère. Pas encore.

Même si toutes les fenêtres de notre maison étaient recouvertes d'un rideau occultant, le soleil filtrait par les interstices, et l'obscurité n'était pas totale dans notre cuisine, où nous attendions, en nous rongeant les sangs, comme les femmes d'un autre siècle. Ma mère alluma des bougies.

Je me frottai le visage, de petits lambeaux de peau brûlée tombèrent par terre.

— Ne fais pas ça, Julia. Ça va être encore pire.

Peu de temps après la coupure de courant, les chats se mirent à miauler. Je ne les avais jamais entendus pousser de tels cris. Chloe gémissait, les poils hérissés le long de sa colonne vertébrale. Tony arpentait la cuisine, en faisant pivoter ses oreilles et grondant sourdement. Lorsque je voulus l'approcher, il cracha.

Bientôt, les chiens du voisinage aboyèrent. Ils hurlaient à la mort, leur concert enflant telle une vague. Un dogue allemand dévala notre rue, sa laisse fouettant le bitume derrière lui. Dans la campagne, le bétail chargea ; des chevaux renversèrent des clôtures.

Nous, humains, ne sentîmes rien. Le ciel paraissait bleu et inoffensif.

J'allumai la radio, mais ne réussis à capter que des grésillements. Aucune voix sur aucune fréquence. On n'identifierait que plus tard ce qui, rétrospectivement, semblerait évident : c'était la première des éruptions solaires provoquées par l'affaiblissement du champ magnétique.

Ma mère rappela mon père. Sans succès.

Le cri de Chloe se transforma en plainte, note stridente qu'elle modulait inlassablement. Ma mère l'enferma dans la chambre d'amis et ferma les fenêtres pour étouffer le vacarme.

Elle rappela encore mon père. Cette fois, elle tomba directement sur la messagerie.

— Où est-il ?

Je crois qu'elle devinait qu'il n'était pas simplement en retard. Quelque chose avait changé, et elle le sentait.

— Tu devrais peut-être économiser la batterie, suggérai-je.

Elle avait l'air au bord des larmes.

Une heure s'écoula, puis deux. Nous n'avions aucune nouvelle de mon père. Ma mère contacta l'hôpital. Il ne s'y trouvait pas. Elle essaya à nouveau son portable. Je me souviens clairement de la succession de bips émis par les touches chaque fois que, de plus en plus nerveuse, elle composait le numéro, murmures d'une cause perdue.

Avant le ralentissement, personne n'aurait pu prédire que mon père était le genre d'homme à abandonner femme et enfant. Voilà un homme qui n'avait pas pour habitude de se défiler, qui faisait son travail et rentrait chez lui tous les soirs. Un homme qui gérait les crises et payait ses factures en temps et en heure. De nombreuses études ont été consacrées aux effets physiques du mal de la gravité, mais l'histoire ne rendra jamais compte de toutes les vies métamorphosées par les changements de caractère, plus subtils, qui accompagnèrent le ralentissement. Pour des raisons que nous n'avons pas entièrement comprises, le ralentissement, ou plutôt ses effets ont modifié la chimie de certains cerveaux, transformant de façon notable l'équilibre précaire entre pulsions et maîtrise de soi.

32

A une quarantaine de kilomètres de là se jouait un autre drame. Tout commença avec un golden retriever… Bien sûr, on pourrait dire que le début de l'histoire datait de bien avant, qu'il remontait à plus d'un demi-siècle, à l'année 1961, quand les Américains avaient reçu les premières instructions sur la construction d'un abri antiatomique dans leur jardin, à une époque où tout le monde connaissait la quantité de ciment nécessaire pour protéger un être humain d'éventuelles retombées nucléaires.

Mais les événements de ce jour-là commencèrent bien avec un golden retriever. Comme tous les animaux de notre quartier, il fut effrayé par l'éruption solaire. Au point de franchir d'un bond la clôture du jardin où il était enfermé et de détaler.

Il parcourut une dizaine de pâtés de maisons, longea des barrières, des souches d'arbres, des succédanés de pelouses. Il s'agissait d'un nouveau quartier, apparu peu avant le ralentissement, et où l'on déployait des trésors d'énergie pour limiter au maximum tous les changements consécutifs à la catastrophe. Les pentes étaient dépourvues d'arbres, bien sûr, cependant les pavillons avaient dorénavant une vue dégagée sur l'océan, au loin, puisque plus aucune végétation ne s'interposait sur plusieurs kilomètres. Ce golden retriever finit par gravir une colline et déboucher dans une propriété, à la limite du nouveau quartier, morceau de terre asséchée qui, se trouve-t-il, appartenait à mon grand-père. Le temps que les propriétaires du chien remontent sa trace, il était occupé à déterrer une pièce métallique à demi enfouie, à côté d'un tas de bois. Il s'agissait d'une poignée de trappe.

Ils prévinrent aussitôt la police.

D'aucuns prétendent que l'amour est le plus doux des sentiments, la forme de joie la plus pure, mais ils se trompent : ce n'est pas l'amour, c'est le soulagement.

J'ai gardé en mémoire l'intonation exacte de la voix de ma mère lorsqu'elle m'appela du rez-de-chaussée pour me demander de descendre.

— Le voilà, disait-elle, le voilà.

L'ensemble de notre avenir fut remis en perspective par ce simple son, par le bruit de la voiture de mon père devant le garage.

— Désolé, lança-t-il en franchissant le seuil et en agitant son téléphone, j'ai essayé d'appeler.

Nous ne le découvririons que plus tard, l'éruption solaire avait détruit les satellites de télécommunications. Des millions d'appels désespérés furent envoyés dans l'espace sans jamais redescendre sur Terre.

— Où étais-tu ? lui demanda ma mère.

Ça m'était bien égal, à présent. Il était rentré. Il était là. Je lui pardonnai instantanément.

Je n'identifiai pas tout de suite l'expression de peine sur son visage. J'aurais dû savoir, déjà, que ce ne sont pas les désastres qu'on anticipe qui finissent par advenir... mais ceux auxquels on ne s'attend jamais. Il y avait une raison au retard de mon père. Il avait fait un crochet avant de rentrer.

Derrière le tas de bois de mon grand-père, à l'endroit où avaient poussé, autrefois, des fleurs sauvages, se trouvait une vieille trappe, plate et rouillée. Elle fermait l'entrée d'un abri souterrain qu'il avait creusé, un demi-siècle plus tôt, en cas de guerre nucléaire.

Je ne connaissais pas son existence. Mon père, qui en avait des souvenirs d'enfance, se remémorait à peine sa localisation dans le jardin. Il confierait même, plus tard, qu'il croyait que l'abri s'était effondré depuis longtemps. En réalité, ainsi que nous le découvrîmes alors, mon grand-père avait, pendant les mois précédant sa disparition, remanié sans rien en dire l'espace, l'adaptant aux peurs de cette nouvelle époque.

D'une surface de trois mètres sur trois mètres cinquante, l'abri possédait des murs en ciment, épais de trente centimètres. Il contenait des caisses de bouteilles d'eau, des rangées de conserves, deux fusils et une radio à manivelle. Il y avait quatre sacs de couchage et quatre lits de camp – un pour chacun de nous – ; plusieurs boîtes de mes barres aux céréales préférées. La plupart de ses effets personnels, qui avaient mystérieusement disparu de la maison, y étaient entreposés. Dans un coin s'empilaient des cartons remplis de photographies et d'objets de valeur, ainsi que les boîtes à chaussures pleines de lingots d'or que je l'avais vu emballer dans sa salle à manger. Un calendrier présentant les deux années à venir était accroché à un mur. C'était une tanière conçue pour attendre l'effondrement de la société et ce qui la remplacerait. Elle n'avait pas seulement été pensée pour l'accueillir, lui, mais aussi nous, mes parents et moi. Il ne devait pas être si désireux d'échapper à sa vie, finalement.

Le contenu du dernier balluchon de mon grand-père gisait par terre : un jeu de cartes, un vieux Monopoly, un échiquier et ses pièces. Le tout éparpillé sur le ciment. Juste à côté, il y avait une échelle en bois, dont un montant seulement reposait contre le mur. D'après le rapport de police, le corps de mon grand-père avait été trouvé là.

S'il avait été un homme robuste, autrefois, je songeai dès que j'appris la nouvelle à sa peau devenue si fine, qui saignait si facilement.

Plus tard, je passerais des heures entières à ressasser les questions de causalité, à réfléchir sur les conséquences en chaîne de cette échelle mal équilibrée. Et si le sol de l'abri avait été moquetté et non en ciment nu ? Et si le fabricant de l'échelle avait pensé à doter les pieds d'un revêtement en caoutchouc pour offrir une meilleure prise au sol ? Une échelle de ce genre-là n'aurait sans doute pas glissé aussi facilement. Si les Soviétiques n'avaient pas décidé d'envoyer des missiles à Cuba en 1962, mon grand-père n'aurait jamais construit cet abri. Si la rotation de la Terre n'avait pas été perturbée, il ne l'aurait jamais réaménagé. J'avais pris l'habitude, la nuit, de passer en revue les mille autres détails qui auraient pu empêcher la mort de mon grand-père, mais dès que je prenais l'instabilité de l'échelle comme point de départ, les hypothèses se réduisaient : sa tête heurtait le ciment, le sang s'épanchait dans son cerveau, son cœur cessait de battre, et il quittait la Terre pour toujours.

L'enquête parvint à la conclusion qu'il était mort le jour même de sa disparition, soit pour mon anniversaire. Au moment de sa chute, il portait un pantalon gris, des chaussures en cuir et une veste en velours. Il s'était mis sur son trente et un en prévision de notre dîner. La police conjecturait qu'il était descendu dans l'abri moins d'une heure avant notre arrivée, ce soir-là, dans la probable intention d'y remiser les dernières affaires. Dans la poche de sa veste, ils avaient trouvé une enveloppe bleu pâle avec mon nom dessus, de l'écriture tremblante de mon grand-père. Elle renfermait une carte d'anniversaire, et un billet de vingt dollars glissé à l'intérieur de celle-ci. Un court mot l'accompagnait : « Joyeux anniversaire, Julia. Porte-toi bien. »

Un détail en particulier me fait encore monter les larmes aux yeux aujourd'hui : les jeux de société empilés dans les bras de mon grand-père lorsqu'il est tombé étaient, il le savait, mes préférés.

33

Il pleuvait rarement dans notre région, et pourtant mon grand-père fut enterré sous la pluie. La cérémonie eut lieu un jour d'obscurité, froid et inoffensif. Je n'avais jamais vu mon père aussi silencieux. Ma mère sanglotait doucement à côté de lui. Le cercueil noir luisait sous les projecteurs, tandis que les gouttes d'eau dégoulinaient sur les côtés. Je n'arrivais pas à me faire à l'idée que mon grand-père était à l'intérieur, mort. J'entendais encore le son de sa voix comme s'il était juste à côté. Je voyais encore distinctement son visage. Je n'avais jamais assisté à un enterrement.

Bientôt la terre se transforma en boue, et la pluie en neige fondue. Quelque part, de l'autre côté de la planète, le soleil brillait et les gens se mettaient à l'abri de ses rayons. Frissonnant dans ma parka, je m'interrogeai sur la différence entre la coïncidence et le destin.

Mes brûlures guérirent rapidement, mais Seth fut malade des semaines durant. La peau de ses bras se couvrait de cloques avant de peler. Des fièvres successives épuisèrent son corps. Difficile de savoir si elles devaient être imputées aux coups de soleil ou à autre chose. Il ne venait plus en cours. Je passais les après-midi près de lui, même s'il ne parlait presque pas et dormait beaucoup. Les cicatrices à peine refermées du passé se rouvrirent : je me réfugiais à nouveau à la bibliothèque le midi, seule avec mes angoisses. De moins en moins d'élèves fréquentaient le collège.

Seth finit par se remettre sur pied, pourtant, déjà à l'époque, je m'inquiétais qu'il ait subi des dommages irréversibles. Certains accidents de l'enfance vous accompagnent toute la vie et des spécialistes annonçaient une vague prochaine de cancers.

Mai céda rapidement le pas à juin, qui vit le début des tremblements de terre – bien que peu violents, alors, ils étaient fréquents, presque quotidiens. Ce mois-là, nous fîmes construire une seconde serre dans le jardin et traiter toutes nos fenêtres contre les radiations. Ma mère acheta des cadenas pour l'ensemble des portes de la maison, et mon père, un pistolet.

Sept couchers de soleil plus tard, juin touchait à sa fin.

Le dernier jour de cours cette année-là fut, de mémoire, le plus calme qu'on eût jamais connu. Nous ne parvenions pas à éprouver l'enthousiasme traditionnel. Nous étions éteints, en partie à cause de l'obscurité, et du minuscule croissant de lune dans le ciel, mais aussi à cause de notre nouvelle perception du temps, de la rapidité avec laquelle il passait. Plus tard, j'essaierais de décrire à Seth mes impressions de cette journée – il était absent –, toutefois c'était difficile d'exprimer la complexité d'une humeur avec de simples mots. Nous partagions tous un même sentiment, en fermant nos sacs à dos et en déposant nos manuels dans la bibliothèque, celui que nous ne reverrions peut-être jamais ces couloirs. Septembre planait à moins de trois mois de là, mais nous avions cessé de nous projeter dans l'avenir. La dédicace des annuaires fut prise très au sérieux. La nostalgie était présente sous toutes les plumes. Je n'avais pas adressé la parole à Hanna depuis des mois, pourtant elle insista pour signer mon exemplaire, à côté de sa photo, prise à une époque où nous étions encore amies. Je ne l'ai jamais revue. Cet été-là, elle est partie dans l'Utah avec sa famille, pour attendre la suite des événements.

L'après-midi s'écoula. La lune disparut de l'autre côté de l'horizon. Les professeurs d'anglais nous remirent une liste de lectures estivales : *La Ferme des animaux*, *Tom Sawyer*, *Le Journal d'Anne Frank*. Jamais auparavant nous n'avions été aussi réconfortés par le raclement de nos chaises sur le lino, le couinement d'un feutre sur le tableau. Les horloges continuaient à tourner à leur rythme habituel, pourtant, et la fin de la journée arriva à l'heure prévue. Les bus nous attendaient en grognant, leurs phares perçant la brume. La sonnerie retentit. Certains tombèrent dans les bras les uns des autres. D'autres pleurèrent. Nous nous éparpillâmes. Nous étions moins impatients que jamais d'être en vacances.

Les éruptions solaires se déchaînèrent tout l'été. Seth et moi les recensions scrupuleusement. Nous ne les sentions jamais frapper, mais elles détérioraient les installations électriques dans le monde entier, provoquant régulièrement des incendies. Les radiations dans l'atmosphère étaient de plus en plus importantes. Nous pouvions déceler leur présence dans les arcs incroyables des aurores boréales, ou plutôt médianes, qui accompagnaient la fin de chaque crépuscule. Une montée brusque des particules magnétiques pouvait mettre hors service le réseau électrique à tout instant, et nous gardions des lampes torches, et des bougies, à portée de main.

Nous continuions à éviter le soleil.

L'essentiel de ce qui sortait alors de la bouche des scientifiques s'apparentait à du charabia pour le commun des mortels. Certains faits brusques ne nous échappaient pas, cependant. Le vent solaire qui s'en donnait à cœur joie dans notre ciel avait, il y a très longtemps, asséché les océans de Mars et détruit son atmosphère.

— Nous avons déjà constaté des effets similaires sur le champ magnétique, déclara un spécialiste. Mais jamais à une échelle aussi grande. Une telle dégradation des conditions terrestres devrait mettre des millénaires à se produire.

Leurs déclarations confinaient parfois à de la poésie. Leurs imaginations s'emballaient. Certains invoquaient la présence d'une troisième force, encore inconnue.

— Nous assistons à un bouleversement, expliqua un chercheur, qui remet en question notre compréhension complète de la physique.

La maladie de ma mère allait et venait, toutefois elle apprit à anticiper ses épisodes vertigineux au vague goût métallique qui tapissait sa bouche – autre symptôme que son médecin ne parvenait pas à expliquer.

Je remarquai que mon père veillait sur elle avec une tendresse inédite. J'observais leur relation à distance, pourtant je percevais une nouvelle proximité entre eux. Quelque chose avait changé, et la cause de ce changement demeurait mystérieuse pour moi. Je les examinai cet été-là, à la façon d'un astronome qui déduirait l'existence d'une planète lointaine, non pas en la voyant dans sa lunette mais en mesurant l'incidence de sa masse sur la trajectoire de la lumière d'une étoile. Les indices se cachaient dans l'angle du bras de mon père passé autour des épaules de ma mère, dans le radoucissement de sa voix à elle. Parfois, elle émergeait de ses nausées dans un état quasi euphorique, et nous jouions tous les trois au Monopoly ou aux dames chinoises, eux sirotant une bière. Une fois, son état se maintint une semaine entière, et tous deux veillèrent tard, les sept soirs, discutant à voix basse et éclatant de rire.

— Tu vois ? Tu vas bien.

Je me rappelle les intonations précises de mon père, le poids qu'il donnait à ses mots.

Plus le temps passait, moins je comprenais ce qui les liait, toutefois je soupçonnais qu'en basculant dans l'abri anti-atomique de mon grand-père cette échelle avait modifié le cours du mariage de mes parents. Je ne connaîtrai jamais l'enchaînement exact des événements ni la nature des décisions prises alors. Je ne saurai jamais si mon père avait réellement l'intention de partir avec Sylvia ce jour-là ou pas. Je n'ai qu'une certitude : il n'est pas parti. Il est resté.

Je n'ai pas revu Sylvia. J'ignore si mon père l'a fait. Certaines nuits, cet été-là et pendant l'automne suivant, je l'ai entendu parler au téléphone, à une heure avancée, mais je ne saurai jamais avec qui il était ni ce qui se disait.

Lorsqu'il n'était pas à l'hôpital, il consacrait des heures à recenser les biens de mon grand-père. Sa vieille horloge en chêne trônait désormais dans notre salon. Les cuillères miniatures de ma grand-mère étaient accrochées au mur jaune citron de notre cuisine. Les chaussures d'enfant de mon grand-père, conservées dans du papier de soie pendant plus de quatre-vingts ans, étaient à présent exposées sur une étagère du salon.

Mon père n'évoquait jamais Sylvia directement. Ensemble, nous travaillâmes à nous persuader que certains incidents n'avaient pas eu lieu. L'esprit humain est puissant, surtout quand il y en a deux.

Au début du mois de juillet, le rapport de police concernant l'accident de voiture de ma mère arriva dans notre boîte aux lettres. Il devait mentionner le sort du piéton – décédé –, mais je n'aperçus que brièvement le document en question : mon père s'empressa de le froisser et de le jeter dans la cheminée, sur les journaux dont il se servait pour allumer le feu. Un peu comme si nous avions appris, tous les deux, à remonter le temps et à retrouver un endroit plus simple, où les règles de la chronologie et des conséquences, de l'action et de la réaction, étaient différentes, moins précises, moins strictes. Il ne cita Sylvia qu'à une seule occasion.

C'était une nuit claire, la lune pleine aux trois quarts. Nous nous rendions à l'école élémentaire – à son initiative – pour faire des passes sur le terrain de foot.

— Je sais que tu ne dois pas tout comprendre, dit-il en chemin.

Quelques lampadaires éclairaient le trottoir. Je redoutais ce qui allait suivre.

— Tu as déjà entendu parler des paradoxes ? me demanda-t-il.

Il s'immobilisa et se frotta le front. Une enfilade de maisons éclairées se détachait sur le ciel noir.

— Pas vraiment, répondis-je.

J'avais les poings serrés, cachés par les manches de ma parka. Je ne m'habituais toujours pas au froid qui accompagnait parfois les plages d'obscurité.

— Un paradoxe, poursuivit-il, c'est lorsque deux choses opposées sont vraies.

Il tourna la tête vers le ciel. On commençait à deviner son crâne à l'arrière. Je me rendis compte qu'elle était partout, la preuve criante du passage du temps.

— Souviens-t'en, d'accord ? ajouta-t-il. Tout n'est pas blanc ou noir.

Nous atteignîmes le parking et découvrîmes une ouverture dans le grillage. Je me rappelle le crissement de la pelouse artificielle sous mes crampons. Toutes les plantes du quartier étaient mortes.

La lueur verte des aurores médianes faisait scintiller le ballon. Mon père se plaça dans les buts et je tentai de marquer. A mesure que les mois passaient, il était de moins en moins facile d'envoyer le ballon à l'autre bout d'un terrain, cela exigeait de plus en plus d'efforts – en réalité, ce n'était pas dû à un accroissement de la gravité mais de la force centrifuge. J'avais l'impression que le ballon m'écrasait les orteils.

— Tu sais qu'ils ont trouvé une autre planète qui pourrait bien ressembler à la Terre ? me lança mon père sur le trajet du retour.

— Vraiment ? Où ?

— Très loin d'ici. A vingt-cinq années-lumière.

Une colonne de voitures descendit la rue ; leurs phares éclairèrent momentanément une rangée de souches d'arbres devant l'école.

— Alors, ça ne nous aide pas vraiment, dis-je.

— Non. Pas nous.

Nous continuâmes de marcher en silence. Je remontai la fermeture Eclair de ma parka jusqu'au menton. Mes crampons claquaient sur le bitume.

— Je te parie que tu feras partie de la sélection pour les rencontres sportives nationales, cette année, reprit-il.

Des traînées vertes et violettes striaient le ciel.

— Peut-être.

Nous savions pourtant tous deux qu'il n'y aurait pas de sélection.

De toutes les directions nous parvenaient les échos des marteaux, les sifflements des scies circulaires mordant l'acier. Les abris antiradiations fleurissaient, par centaines, sous terre.

Et les cycles continuaient inlassablement leur expansion. Nous atteignîmes les soixante-douze heures le 4 juillet.

Les jours noirs, Seth et moi errions sous les réverbères, créatures pâles en pleine croissance. Il semblait à nouveau en bonne santé. Il semblait aller bien. A tour de rôle, nous dévalions les pentes du quartier sur son skate-board. Nous achetions des bonbons à l'épicerie, buvions des sodas sur les falaises surplombant la plage. Nous nous rendions au chevet des baleines mourantes.

Un après-midi, Seth se mit à saigner du nez. Quelques gouttes atterrirent sur son tee-shirt.

— C'est rien, dit-il en s'essuyant du revers de la main avant de sortir un mouchoir de sa poche.

Nous nous promenions le long de l'océan, sombre et bruyant à nos pieds. Il rejeta la tête en arrière et se pinça l'arête du nez. Le sang imbiba rapidement le mouchoir.

— Ça m'arrive parfois, expliqua-t-il.

314

— Ah oui ? Peut-être que mon père pourrait t'examiner ?

— C'est rien, je t'assure.

Le saignement cessa au bout de quelques minutes. Je ne remarquai rien d'autre. Il dissimulait bien ses symptômes.

La maison de Sylvia restait vide. Un panneau *A vendre* était planté devant, mais le trou dans le toit était toujours bouché par une bâche en plastique. Aucun acheteur potentiel ne se présentait. Un jour, lors d'une de nos balades, Seth et moi jetâmes un coup d'œil par une fenêtre. Le plancher était légèrement plus foncé à l'emplacement du piano, et le carillon en coquillages tintinnabulait dans la brise. C'étaient les seules traces du passage de Sylvia.

Je me demandais parfois où elle était partie. Une chaîne de télévision diffusa une émission spéciale sur les communautés du temps réel et leurs résidents, et je cherchai, dans chaque plan, la silhouette de Sylvia, sans jamais réussir à la repérer.

A Circadia, cet été-là, trois personnes moururent d'insolation, après quarante et une heures d'ensoleillement et des températures de près de soixante degrés. Les communautés finiraient toutes par fermer. Plus les jours s'allongeaient, moins le corps humain était capable de s'adapter. Les promesses d'un temps ralenti restèrent pour l'essentiel lettre morte. Les conséquences de longues périodes de veille commençaient à agir sur certaines fonctions cognitives. D'anciens partisans du temps réel se repentirent et rejoignirent le système horaire. La majorité de ceux qui s'entêtèrent sombrèrent dans la folie. Un groupe dans l'Idaho fut découvert dans un état proche de la famine, en proie au délire et aux hallucinations – ils avaient arrêté de se nourrir alors que leurs placards étaient remplis de conserves.

Ce fut aussi l'été de la pénurie alimentaire et des suicides collectifs.

Chaque jour, semblait-il, on découvrait de nouvelles victimes d'une secte, qui avaient ingurgité du poison.

Les produits frais se faisaient de plus en plus rares. En juillet, le gouvernement lança la campagne du Jardin de la Vie pour encourager les particuliers à cultiver leur propre potager dans des serres hermétiques. Des kits explicatifs furent distribués, ainsi que des sachets de graines des espèces les plus résistantes. Nous tentâmes de faire pousser des carottes, mais elles sortaient de terre minuscules et flétries. La seule lumière, artificielle, que nous étions en mesure de leur fournir ne suffisait pas. Il n'y avait que les champignons qui prospéraient.

Nous absorbions quantité de vitamines pour compenser l'absence de fruits et de légumes. Bientôt, cependant, elles vinrent à manquer à leur tour. Le stock de conserves de ma mère se développa considérablement, cet été-là. Il débordait même dans la salle à manger.

Seth et moi passions beaucoup de temps à nous représenter la Terre une fois que les humains auraient disparu. Nous avions entendu que le plastique durerait plus longtemps que le reste, et nous imaginions donc les maisons de ma rue réduites à des piles de tuyaux en PVC et de Lego, de boîtes de rangement et de seaux de plage, de puces d'ordinateurs, de téléphones portables et de rasoirs. Des bouteilles de toutes les formes couronneraient le tout, aux étiquettes décolorées et au plastique se fendillant sous la puissance d'un soleil féroce et destructeur.

— Pense à toutes les brosses à dents, me dit une fois Seth.

Une autre fois, il attira mon attention sur un moustique qui venait de se poser sur l'ampoule du perron :

— Regarde !

Ses grands yeux étaient humides. Le moustique s'éloigna. Nous fûmes frappés par sa grâce et sa délicatesse.

— Regarde ! Regarde !

Nous fûmes convaincus, l'espace d'un instant, que c'était la dernière créature sauvage sur Terre.

Une nuit, nous explorâmes les canyons avec des lampes torches. Il nous arrivait de risquer un coup d'œil sous les rideaux, pour apercevoir le soleil. Souvent, nous nous allongions sur le dos, dans le noir, et observions les aurores médianes comme les nuages autrefois.

Nous nous embrassions parfois. Je n'ai pas oublié le contact de ses lèvres contre les miennes, le goût sucré de son chewing-gum à la fraise.

De temps à autre, il me semblait que ma mémoire me trahissait. Je ne me rappelais plus avec précision les contours du visage de mon grand-père ou celle qu'était ma mère avant sa maladie – j'avais l'impression que sa peau s'était fanée, et épaissie, mais c'était difficile de l'affirmer. Le souvenir de la musique du piano de Sylvia disparut entièrement. Tout comme la sensation du soleil sur mon front, le goût des fraises, l'explosion d'un grain de raisin sous mes dents. J'avais de plus en plus de mal à me représenter ces anciens matins où le soleil se levait avec une régularité de métronome, les différentes strates de brume qui se dissipaient lentement dans la clarté délicieuse du petit jour.

Parfois, il suffisait d'une brise ou d'une odeur pour réveiller le passé. L'horizon pouvait me paraître étrangement vide – et, pendant une seconde, je m'étonnais de l'absence d'arbres. Je prenais de temps à autre subitement conscience du silence qui emplissait mes oreilles et songeais à ce qui nous manquait : le chant des oiseaux.

Sur d'autres continents, la famine se répandait. Nous nous efforcions de garder à l'esprit que nous étions plus heureux ici que dans la plupart des autres pays.

En août de cette année-là, la compagnie d'électricité éventra notre rue. A cause des tremblements de terre et des dégâts subséquents. Des ouvriers en gilet de sécurité orange firent sauter au marteau-piqueur une bande de trottoir afin d'atteindre les câbles qui serpentaient sous le macadam. Quelques heures plus tard, leur intervention terminée, ils coulèrent du ciment pour reboucher le trou. Repartant avant que celui-ci ait eu le temps de prendre, ils ne protégèrent la zone qu'avec deux cônes orange et une bande de plastique jaune.

Seth et moi avions envie d'en profiter pour laisser une trace sans savoir quelle forme elle aurait exactement. J'avais une conscience aiguë de son corps à côté du mien tandis que, agenouillés sous un lampadaire, nous débattions.

— Notre message restera longtemps, dit-il.

Il avait les yeux rivés sur le ciment et se mordillait la lèvre ; c'était une de ses manies – j'avais appris à les connaître, toutes. Tournant son regard vers moi, il ajouta :

— Peut-être toute notre vie.

Je fus envahie d'une tristesse diffuse, prémonition d'un sentiment futur.

La surface du ciment humide était aussi lisse que de la neige fraîchement tombée et sentait le sel marin. Il nous fallut beaucoup de temps pour nous décider sur ce que l'on écrirait, tout juste moins que ce qu'il faut au ciment pour sécher à l'air libre.

Et la Terre continuait à tourner, les jours à se succéder, les constellations à se déplacer dans le ciel. Progressivement, on apprit, lors des nuits blanches, à dormir dans les abris antiradiations, creusés au fond de tous les jardins, où l'air avait un parfum si minéral qu'on ne pouvait oublier qu'on était sous terre.

Pas à pas, puis d'un seul trait, l'été fila.

Ce qui est arrivé ensuite a déjà été souvent raconté ailleurs. Mais je doute que le nom de Seth figure dans un autre compte rendu que le mien.

Il ne pouvait pas le cacher éternellement. Nous rentrions de la plage un après-midi, sur la route balayée par les phares des voitures. L'obscurité n'était pas tombée depuis longtemps et la lune était encore basse à l'horizon, à peine visible par-dessus les toits du quartier.

Nous partagions un sachet de bonbons acidulés tout en marchant. Seth regardait les étoiles.

— Si les humains pouvaient réellement aller sur Mars, tu aimerais faire partie de l'expédition ?

Il avait une façon unique de soulever les problèmes.

— Je ne crois pas. J'aurais trop peur.

— Moi, j'irais. J'adorerais faire un truc pareil.

A peine quelques secondes plus tard, le sachet lui échappa. Attirée par le bruit sec du plastique sur le bitume et des bonbons s'éparpillant sur la chaussée, je me tournai vers lui et sentis le poids de son corps contre mon épaule avant qu'il ne s'effondre, tête la première.

Je crois que j'ai su, à cet instant précis, que rien ne serait plus jamais pareil.

Je hurlai son nom. Ses yeux, mi-clos, étaient blancs. Sa tête basculait d'avant en arrière et son corps entier était parcouru de tremblements.

Je courus jusqu'à la maison la plus proche, et la distance me sembla interminable. Cette scène me rappelle un rêve que je faisais à cet âge et qu'il m'arrive encore de faire aujourd'hui, où le sol se dérobe sous mes pieds. Je martelai des deux poings la porte. Je hurlai sur la femme qui vivait là. En proie à une panique égalant la mienne, elle appela une ambulance.

— Oh, mon Dieu ! cria-t-elle dans le combiné. Un garçon est en train d'avoir une attaque dans la rue !

Si je lui fus reconnaissante de son intervention, j'aurais préféré qu'elle nous laisse tous les deux et non qu'elle s'accroupisse à côté de moi pendant que Seth convulsait sur le trottoir. Mes bras frêles ne réussissaient pas à l'immobiliser, mon esprit était encore plus impuissant et ces minutes me paraissaient beaucoup trop intimes pour qu'un témoin y assiste.

La crise finit par retomber, cependant l'hôpital garda Seth pour la nuit. Lorsqu'il rentra chez lui, le lendemain, il me téléphona pour m'annoncer ce que j'avais déjà compris.

— Ils pensent que c'est le syndrome, dit-il.

Les mots me comprimaient la poitrine.

— Je sais, répondis-je.

Nous conservâmes le silence un moment. Je l'entendais respirer à l'autre bout du fil.

— Mais je ne m'inquiète pas, reprit-il sans réussir à me convaincre. C'est vrai, ta mère se sent bien la plupart du temps, non ?

— En quelque sorte.

Je ne lui dis pas que son cas me semblait déjà bien plus sérieux que celui de ma mère.

Il s'affaiblit rapidement après ça. A la sortie du collège, je fonçais chez lui, on regardait des films ensemble ou on jouait aux cartes, quand on ne se postait pas devant la fenêtre de sa chambre pour observer les étoiles.

« Dès que j'irai mieux, disait-il, on construira un fort dans le jardin et on installera ton télescope tout en haut.

— Bonne idée », acquiesçais-je en hochant la tête avec vigueur.

Pourtant, j'étais effrayée par la maigreur et la pâleur de son visage. Il fermait parfois les yeux quelques secondes, pour chasser un mal de crâne subit. Son nez saignait sans arrêt. Il parlait de moins en moins. Son skate-board ne quittait plus sa chambre.

Bientôt, il ne fut presque plus capable de marcher. Je le sentais partir à la dérive, tel un bout de banquise sur la mer.

Le père de Seth ne réussit jamais à mettre au point la variété de maïs sur laquelle il travaillait et qui aurait pu survivre sans lumière. Il baissa les bras et ferma son laboratoire. Un matin d'automne, il décida que Seth et lui allaient déménager – à Mexico, où les radiations étaient censées être plus faibles.

Je garderai toujours en mémoire le souvenir de l'après-midi où Seth m'a annoncé leur départ, ma volonté désespérée de m'accrocher aux mots qu'il ajouta ensuite :

— Mais je suis certain qu'on reviendra.

Je n'oublierai pas non plus le jour où ils ont rempli une camionnette, que Seth n'a pu rejoindre que dans les bras de son père, tant ses jambes, autrefois si puissantes, pendaient sans force. Je l'avais aidé à emballer ses affaires et il m'avait donné son skate ; il ne pouvait plus en faire.

— Garde-le pour moi, me lança-t-il par la vitre côté passager.

Je sanglotais tellement que j'étais incapable de parler. Le père de Seth évitait mon regard en remplissant l'arrière du véhicule.

— C'est seulement pour quelques mois, répétait Seth en me caressant le visage.

Sa peau avait perdu toute couleur, mais son regard était plus intense que jamais.

— Tu verras, ajouta-t-il, on reviendra.

Je regardai la camionnette disparaître au bout de la rue, le visage de Seth se dissoudre. Je restai ensuite un long moment plantée devant chez eux, le skate-board serré contre ma poitrine, attendant, comme s'il y avait une chance, même infime, que les roues se mettent à tourner en sens inverse, remontant le temps à contre-courant, tandis qu'autour de moi la vie continuait à suivre son cours.

Seth m'envoya un bref mail le lendemain, quelques mots plus précieux que tout : « Mexico est une ville bizarre. Et très chaude ! Tu me manques ! »

Je le relus plusieurs fois, le jour même et le suivant. J'entendais l'écho de sa voix dans ces mots.

Deux jours plus tard, toute l'Amérique du Nord fut plongée dans le noir, du fait de la plus grande coupure de courant de l'histoire. Durant soixante-douze heures, nous dûmes vivre à la lueur des bougies et nous rationner. Les cultures furent privées de lumière artificielle et nous redoutions de nous trouver à court de nourriture. Des pillards écumaient les villes et les centres commerciaux. Pour la première fois, mon père ne se rendit pas au travail. Nous nous blottîmes, tous les trois, dans notre abri. Mon père ferma les portes avec une chaîne. Ma mère craignait que nous manquions d'eau et nous n'en usions donc qu'avec le plus de parcimonie possible. Nous comptâmes les heures, puis les jours. Au milieu de la seconde nuit, des coups de feu retentirent au loin. Aucun de nous ne ferma l'œil une seule seconde.

Enfin, le troisième jour, la lumière revint.

Mais tout ne fut pas rétabli. Les énormes serveurs qui alimentaient notre réseau informatique, notre système de messagerie électronique et les principaux sites Internet furent temporairement fermés pour économiser l'électricité. Les consommations superflues furent suspendues.

Et, ainsi que nous le savons tous, ces serveurs n'ont jamais été remis en fonctionnement.

Je ne fus pas la seule à perdre contact avec un être cher. Je me souviens des affichettes qui fleurirent dans les postes et les épiceries ; des noms et des photos de personnes remplacèrent, sur les poteaux, les animaux perdus. « Si vous voyez cette femme, merci de lui dire que Daniel la cherche. » « Si tu lis ce message, J. T., voici mon numéro. » Les relations les plus récentes étaient les moins à même de survivre : des millions de nouvelles histoires furent tuées dans l'œuf. Pensez à tous ces amoureux en puissance de nouveau égarés dans un monde d'inconnus. Je n'avais pas le numéro de téléphone de Seth, pourtant il m'avait communiqué une adresse postale à Baja.

Je me mis à lui écrire. Une lettre par jour, tous les jours, pendant des semaines.

Peut-être l'adresse n'était-elle pas la bonne. Peut-être y avait-il un problème plus général avec le courrier.

Les histoires les plus tragiques sont parfois contenues en quelques mots : je n'ai plus jamais eu de nouvelles de Seth Moreno.

34

Je suis toujours ébahie par l'étendue de notre ignorance d'alors.

Nous avions des fusées, des satellites et les nanotechnologies. Des bras et des mains robotisés, des engins qui arpentaient la surface de Mars. Nos véhicules aériens non pilotés, contrôlés à distance, pouvaient repérer des voix humaines à trois kilomètres. Nous savions recréer de la peau synthétique, cloner des brebis. Le cœur d'un mort pouvait pomper le sang d'un étranger. Nous avancions à pas de géant dans les domaines de l'amour et de la tristesse – nous disposions de médicaments pour stimuler le désir, pour dissiper le chagrin. Nous accomplissions toutes sortes de miracles : rendre la vue aux aveugles et l'ouïe aux sourds, faire apparaître des bébés dans les ventres de femmes infertiles. A l'époque du ralentissement, des chercheurs qui travaillaient sur des cellules souches étaient sur le point de guérir la paralysie – il y avait fort à parier que les paraplégiques auraient rapidement pu remarcher.

Et malgré tout, l'inconnu surpassait encore le connu. Nous n'avons jamais déterminé l'origine du ralentissement. La source de notre souffrance est restée, à tout jamais, mystérieuse.

J'avais vingt-trois ans lorsque le projet Explorer fut rendu public. Ce nouveau type de navette spatiale, conçue pour se déplacer à grande vitesse, ne transporterait aucun humain. Il s'agissait d'une bouteille à la mer, un souvenir de la Terre, peut-être notre dernier communiqué. Il emporterait un disque doré recelant des informations sur notre planète et ses habitants au cas où, dans une partie très lointaine de l'univers, il croiserait la route d'une autre forme de vie intelligente.

Une équipe fut spécialement réunie pour décider du contenu du disque. Parmi les choix définitifs figuraient le bruit des vagues s'échouant sur une plage, des voix humaines récitant des formules de bienvenue dans toutes les langues du monde, des images de la flore et de la faune éteintes, un schéma de la localisation précise de la Terre dans l'univers. Certains faits essentiels, résumés par des symboles, étaient gravés sur le disque lui-même, le but étant de présenter l'histoire complète du XXIe siècle, de transmettre, de la façon la plus concise possible, l'histoire de notre temps.

N'apparaissaient pas sur ce disque l'odeur de l'herbe coupée au cœur de l'été, le goût des oranges, le contact du sable sous la plante des pieds, notre définition de l'amour et de l'amitié, nos inquiétudes et nos rêves, nos bontés et nos mensonges.

L'Explorer parcourrait des distances si pharaoniques que seul le temps permettrait de les mesurer. Une puce d'uranium, au milieu du disque, ferait office d'horloge radioactive, si bien qu'un jour – dans peut-être soixante mille années, lorsque la navette approcherait de la prochaine étoile du système – d'autres êtres seraient en mesure de la dater.

Ils apprendraient également qu'à l'époque du lancement d'Explorer notre stock de nourriture était menacé et que l'obscurité ne cessait de s'approfondir. Le rythme du ralentissement avait diminué au fil des ans, mais il ne s'était jamais arrêté. Le mal était fait, et nous en étions parvenus à la conclusion que la race humaine se mourait. Peut-être que le disque montrera aussi que nous avons continué malgré tout. Nous nous sommes entêtés, quand bien même les experts ne nous donnaient que quelques années de vie supplémentaires. Nous racontions des histoires et nous tombions amoureux. Nous nous battions et nous pardonnions. Des bébés continuaient à venir au monde. Nous espérions toujours que la planète finirait par se redresser d'elle-même.

La maladie de ma mère n'a pas évolué comme celle de Seth. Elle a conservé son poste d'enseignante à temps partiel au lycée jusqu'à ce qu'il ferme, il y a quelques années, à cause de la baisse d'effectifs. Mon père travaille encore à l'hôpital.

Ils vivent dans la maison où j'ai grandi, qui n'a plus rien à voir avec le souvenir que j'en ai. L'herbe et la bougainvillée ont disparu depuis longtemps, bien sûr, et d'épaisses plaques d'acier recouvrent à présent les façades pour protéger l'intérieur des radiations. Des stores bloquent la vue que j'avais de la fenêtre de ma chambre. Le pavillon de Sylvia a été rasé. Un terrain vague occupe l'endroit où il se dressait autrefois.

D'après ma mère, je consacre trop de temps à ressasser le passé. Nous devons avoir le regard tourné vers l'avenir, dit-elle, sur le temps qui nous reste. Sauf que le passé est long et l'avenir, court. Au moment où je rédige ce récit d'une vie ordinaire, nos jours se sont dilatés au point de durer des semaines, et il est difficile de dire quelles périodes sont les plus périlleuses : les semaines d'obscurité glaciale ou la lumière. Ce n'est plus qu'une question de temps avant que les réserves de pétrole qui nous gardent en vie soient épuisées.

Je m'efforce d'aller de l'avant et de prétendre qu'il nous reste réellement des dizaines d'années à vivre. J'ai décidé d'essayer de devenir médecin, même si certaines universités ont fermé leurs portes. Personne ne sait à quoi le monde ressemblera quand j'aurai terminé mes études.

Il est difficile de ne pas penser à une époque meilleure. Certaines nuits de grand jour, allongée dans mon lit, je ne parviens pas à trouver le sommeil. Mon esprit vagabonde, et je pense à Seth. Je me surprends de temps à autre à croire qu'il pourrait revenir. Je me suis mise à collectionner les histoires de retours invraisemblables : la réapparition d'un fils perdu depuis longtemps, un père ressuscité, des amants réunis au bout de quarante ans. Il arrive qu'une lettre tombe derrière un meuble dans un bureau de poste et y reste des années avant d'être découverte et délivrée à son destinataire. On a déjà vu des patients en mort cérébrale se réveiller et récupérer l'usage de la parole. Je suis constamment à la recherche d'une preuve que ce qui a été fait peut, parfois, être défait.

Seth et moi aimions nous imaginer le monde que des visiteurs d'une autre planète pourraient découvrir, dans un millier d'années peut-être, après la disparition de tout humain, après que le bitume se serait entièrement décomposé et réduit en poussière.

Nous nous demandions ce que ces visiteurs verraient. Nous jouions à deviner ce qui subsisterait. Ici, des sillons, souvenir d'un vaste réseau routier. Là, les gisements de fer, à l'endroit où des rangées entières de gigantesques structures d'acier se dressaient, flanc contre flanc. Une ville. Ici, des lambeaux de vêtements et des morceaux de vaisselle, là un cimetière, ailleurs les monticules de terre qui étaient, autrefois, des maisons.

Mais parmi les vestiges qui ne tomberont probablement jamais sous leur regard, parmi les matériaux qui se désintégreront bien avant l'arrivée d'une autre forme de vie, il y a un bout de trottoir dans une rue de Californie sur lequel, par un obscur après-midi d'été, peu de temps avant le premier anniversaire du ralentissement, deux adolescents s'étaient agenouillés. Nous avions plongé nos doigts dans le ciment frais et écrit les choses les plus sincères et les plus simples auxquelles nous ayons pu penser. Nos noms et la date, suivis de ces mots : « Nous étions là. »

Remerciements

Merci à mes enseignants, qui ont tous joué un rôle primordial : Aimee Bender, Nathan Englander, Mary Gordon, Sam Lipsyte, Dani Shapiro, Mona Simpson et Mark Slouka.

J'ai une grande dette envers Alena Graedon, Nellie Hermann, Nathan Ihara et Maggie Pouncey, dont l'amitié, la perspicacité et la disponibilité – ils n'ont jamais, au cours des dix dernières années ou presque, rechigné à lire ce que j'avais écrit – m'ont façonnée autant que mon travail.

Merci à Colin Harrison, pour ses conseils avisés sur la vie et la littérature.

Merci à Rivka Galchen, Tania James, Susanna Kohn et Karen Russell, pour leur regard si essentiel et leurs suggestions.

Merci à Eric Simonoff, pour sa confiance, sa patience et sa sagacité. Merci à Laura Bonner et Cathryn Summerhayes, pour m'avoir représentée avec autant de talent auprès du reste du monde. Chez William Morris Endeavor, j'aimerais aussi exprimer ma gratitude à Tracy Fisher, Alicia Gordon, Britton Schey et Kate Hutchison.

Merci à ma merveilleuse éditrice, Kate Medina, chez Random House, qui a porté à ces pages une attention si fine que j'en ai été constamment touchée et impressionnée. Merci à l'ensemble de l'équipe de ma maison d'édition américaine, et tout particulièrement à Gina Centrello, Susan Kamil, London King, Lindsey Schwoeri et Anna Pitoniak.

Merci à Suzanne Baboneau, Ian Chapman, Jessica Leeke et au reste de l'équipe de mon éditeur anglais, Simon & Schuster, pour leur enthousiasme sans bornes.

Pour l'aide cruciale qu'ils m'ont fournie à divers moments, je dois une fière chandelle aux adolescents suivants : Jonathan Karp, Alice Mayhew, Carolyn Reidy, Dan Scolnic, Michael Maren, Hannah Tinti, Antonio Sersale et Carla Sersale.

Pour m'avoir constamment, et dans la joie, permis d'affiner mes idées sur la littérature, un grand merci à Brittany Banta, Jenny Blackman, Meena Hartenstein, Paul Lucas, Finn Smith, Pitchaya Sudbanthad et Devin McKnight.

Pour leur amitié et leur soutien au cours de tant d'années, je tiens à exprimer ma gratitude à Kate Ankofski, Shiloh Beckerley, Kelly Haas, Heather Sauceda Hannon, Sara Irwin, Samantha Martin, Carrie Loewenthal Massey et Heather Jue Northover.

Pour leur amour et leur passion, ma reconnaissance va à Liz Chu, Kiel Walker, Cheryl Walker, Steve Walker et Chris Thompson.

Je tiens à remercier en particulier mes parents, Jim et Martha Thompson, pour avoir tout rendu possible. Et plus spécifiquement pour m'avoir encouragée à écrire... même à leur cœur défendant.

Et enfin, merci à Casey Walker, mon premier lecteur, dont l'intelligence, la générosité et l'amour ont embelli non seulement ces pages mais aussi mes jours – d'une façon si fondamentale que je ne saurais l'exprimer. Merci, Casey.

Cet ouvrage a été imprimé en France par

à Saint-Amand-Montrond (Cher)
en mars 2012

Composition et mise en pages : FACOMPO, LISIEUX

N° d'édition : 9281 – N° d'impression : 120459/4
Dépôt légal : mai 2012